有華人的地方就有

龍人的作品

喊杀
6

滅秦內容簡介

大秦末年，神州大地群雄並起，在這烽火狼煙的亂世中。
隨著一個混混少年紀空手的崛起，他的風雲傳奇，拉開了秦末漢初恢宏壯闊的歷史長卷。
大秦帝國因他而滅，楚漢爭霸因他而起。
因爲他——霸王項羽死在小小的螞蟻面前。
因爲他——漢王劉邦用最心愛的女人來換取生命。
因爲他——才有了浪漫愛情紅顏知己的典故。
軍事史上的明修棧道，暗渡陳倉是他的謀略。
四面楚歌動搖軍心是他的籌畫。
十面埋伏這流傳千古的經典戰役是他最得意的傑作。
這一切一切的傳奇故事都來自他的智慧和武功……

滅秦五閥簡介

入世閣

閣主大秦權相趙高，身懷天下奇功「百無一忌」，又借助官府之力，使得入世閣漸漸強大至有力壓其他四閣的趨勢。而克制他的皇道武學「龍御斬」又消失江湖，故更令其橫行無忌。

流雲齋

西楚最強大的門派，在其齋主項梁的經營下，統一了西楚武林，將各門各派的人才盡歸入旗下，在萬里秦疆烽火四起之時，趁虛而入想一舉奪得大秦江山。鎮齋神功「流雲真氣」霸道無比，其侄項羽憑此功而搏得西楚霸王的英名。

知音亭

亭主五音先生是亂世武林中修爲最高的幾位強者之一，門下高手無數，紀空手就是得其之助，才能在亂世中立足，鎮門神功「無妄咒」可以控制天下任何絕學導氣時的經脈流向，使其敵不戰自敗，唯一弱點是不能駕馭中咒者的思想。

聽香榭

一個神秘而又古老的組織，當代閥主呂翥是一個不達目的勢不罷休又有著很強征服慾的女人，其門中的「附骨之蛆」、「生死劫」、「紅粉佳人」三大奇毒，控制著無數的武林高手。天下最可怕的殺手主使人。

問天樓

春秋戰國衛國亡國後的復國組織。當代閥主衛三公子，一個怪物中的怪物，雖身懷上古絕學「有容乃大」奇功，橫行天下稀有敵手，但其性格反覆無常讓人捉摸不定，他可以爲達目的而不擇手段，又可爲復國獻出自己唯一的生命。劉邦的親生父親，紀空手的強敵。

主要人物簡介

最聰明的女人——紅顏

知音亭的小公主，擁有著高貴典雅的氣質，空谷幽蘭般的容貌。音律與武學修爲都已達到很高的境界，性格平和堅強，其聰明之處便是在亂世眾雄中選擇了紀空手，而一代霸主項羽卻爲搏其一笑擁兵十萬，相迎十里。反而樹立了紀空手這位宿命中的強敵。

最可悲的女人——張盈

「入世閣」閣主趙高唯一的師妹，天生媚骨，媚術修爲之高已達到媚惑天下眾生之境。因趙高修練鎮閣神功「百無一忌」自閉精氣，冷落了她，使其成爲了秦末武林中最可怕的魔女。終死在了扶滄海的「意守滄海」的奇功之下。

最可愛的女人——鳳影

「問天樓」刑獄長老鳳五之女，是位惹人疼愛的小美人，溫婉嫻靜，清純可愛。在韓信危難中與其結緣，成爲韓信的至愛，江湖傳言韓信背叛兄弟助劉邦爭奪大秦疆土都是爲了此女。

最幸運的女人——呂雉

「聽香榭」真正的主人，是位有冒險精神，性格堅毅果斷的美女。因修練鎮榭神功「天外聽香」需保住處女元陰，而無法享受魚水之歡。後聽香榭發生內亂，她受其姐暗算，與紀空手有了合體之緣。得到了補天異氣之助，不但將神功修練到至高境界，還成爲了紀空手的妻子。

最善良的女人——虞姬

大秦美女，容貌清麗脫俗，是位惹人憐惜的嬌弱美人。性格外柔內剛，堅信緣由天定，對紀空手一見鍾情，爲救情郎情願被劉邦充當禮物送給項羽。劉邦也因此事而鑽進了紀空手布下的圈套，不但痛失至愛，還差點在鴻門宴中身陷萬劫不復之境。

最不幸的女人——卓小圓

「幻狐門」當代門主，性格如水般變化無常，媚功床技天下無敵，由於此門是問天樓中的一大分支，她自然而然成爲了劉邦的情婦，後被紀空手以偷天換日的手法易容後送給項羽，變成一個媚惑項羽的工具。

最成功的英雄——紀空手

一位混混與無賴眼中的神，一段段傳奇中的人物。他身具龍形虎相，偶得補天異寶，踏足江湖後在項羽的十萬大軍前，奪走他心中的美人——紅顏。又從劉邦的陷阱中將他送給項羽的禮物——「虞姬」據爲己有。江山美人讓他樹敵無數，戰爭與血腥使他明白世間的殘酷。仁義二字讓他變得強大無比，這只因他堅信——仁者無敵！

最無情的君主——劉邦

衛國的皇室後裔，身具蓋世奇功「有容乃大」。但名利使他仍容不下身旁具有高才智的兄弟，爲搏強敵的信任，他可以送上心愛的女人與父親的生命。「一將功成萬骨枯」，是他一生奉行的箴言。這只因——帝道無情！

最霸氣的男人——項羽

其天生神力，加之家族的至高武學「流雲道」，更使他身具蓋世霸氣，縱橫大秦疆域所向無敵。然而，爲搏紅顏一笑，樹下了紀空手這位宿世之敵。西楚的疆土毀在其一意孤行，四面楚歌、十面埋伏各種奇計使其在楚漢相爭中敗得無回天之力。烏江之畔，橫劍脖頸只表達心中的霸意——「霸者無懼」！

最危險的敵人——韓信

亂世中的將才，紀空手兒時的好友，因能忍別人不能忍之事，使他很快在亂世中崛起。卻因抵不住名利的誘惑，出賣兄弟。霸上一戰他為保存實力，親手放走他今生「宿命之敵」。為自身的利益，他可出賣一切可以利用的東西。可惜等其擁有爭霸天下的實力時，卻得不到任何的支持力，這是他一生中最殘酷的打擊。但他至死仍不明白這是否是——「宿命之意」！

最聰明的隱士——張良

知音亭五音先生放入江湖中的一枚隱子，此人精通兵法，又足智多謀，是亂世中不可多得的謀士，在劉邦身旁盡心盡力助其發展勢力，紀空手復出後因他之助不費一兵一卒得到大漢所有的軍隊。此人唯一弱點——不懂絲毫武學。

最倒楣的鑄師——軒轅子

天下三大鑄劍師之一，因受人之託隱於市集鑄練神刃，刀成之際，因定名「離別」實屬凶兆，身受數大高手圍攻而血戰至死。後此刀在紀空手之手力戰天下知名高手威揚天下。

最可怕的劍手——龍賡

天生爲劍而生的人，因身具劍心，故能將劍道練至無劍的至高境界——心劍。五音之死令其復出，紀空手得其之助，才棄刀進入至高武學的殿堂——無我武道。

最富有的棋手——陳平

夜郎國的世家子弟，在夜郎陳家置辦賭業已有百年，憑的就是「信譽」二字，創下了無數財富，是各大爭奪天下勢力眼中不可多得的財力支柱。

最失敗的盜神——丁衡

五音旗下的五大高手之一，偷盜之技天下無敵，雖盜得天下異寶「玄鐵龜」卻無緣目睹其寶讓紀空手成爲一代霸者的機會。

滅秦

目錄

第一章　兵臨城下

紀空手已無法笑，也笑不出來，因爲他突然間感到李戰獄的確像換了個人一般，就像他手中緊握的那杆槍，鋒芒盡露。

這是種很奇怪的現象，沒有人能在一瞬之間讓自己的武功形成如此之大的反差。當這種現象出現時，就只有一個原因，那就是剛才的一戰中李戰獄有所保留。

剎那間，紀空手明白了一切，更明白了自己此時此刻才置身於一場真正的殺局之中。

楚漢相爭，馬躍車行，敵我之戰，刀劍之爭，唯有勝者才能控制全局。

紀空手的心底湧起了無限的殺機，對他來說，既然這一戰決定生死，他就絕不會迴避！

「現在你還有剛才的那種自信嗎？」李戰獄顯然捕捉到了紀空手臉上稍縱即逝的表情，卻想不到紀空手並沒有太過的吃驚，反而變得更爲冷靜。

「自信對我來說，永遠存在，否則我就不會一個人來到這裡了。」紀空手淡淡而道。

「你的確是一個值得我們花費這麼多心血對付的人，同時也證明我們宗主的眼力不錯，預見到了可能發生的一切事情，所以你如果識相，就不要作無謂的反抗，不妨聽聽我們之間將要進行的一場交易。」李戰獄以欣賞的目光在紀空手的臉上停留了片刻，然後眼芒暴閃，與紀空手的目光悍然相對。

「你們想要怎樣？」紀空手的目光如利刃般鋒銳，穿透虛空，讓空氣中多出了幾分唯有深冬時節才有的寒意。

「不怎麼樣，我只是代表我們宗主和你談一個我們雙方都感興趣的話題。」李戰獄笑了笑，終於將自己的目光移開。的確，紀空手的目光不僅冷，而且鋒銳，與之對視是一件很吃力的事情。

紀空手禁不住將腋下的人挾得緊了一些，沈吟半晌，道：「爲什麼要和我談？我只是一個喜歡武道的遊子，你們憑什麼相信我能和你們談這筆交易？」

「這的確是一個有些冒失的決定，當我們宗主說起這件事情的時候，我也提出反對，可是我們宗主說得很有道理，由不得我們不信。」李戰獄每每提起李秀樹時，臉色肅然，情不自禁地流露出一股敬仰之情。似乎在他的眼中，李秀樹本不是人，而是他心中的一個高高在上的神。

「哦？他說了些什麼？我倒有些興趣了。」紀空手似笑非笑地道。

「他說，無論是誰，只要敢到這裡來，其勇氣和自信就足以讓我們相信他有能力來談這筆交易。這樣的人，惜字如金，一諾千金，答應過的事情就絕不會反悔。試問一個連死都不怕的人，又怎會輕言失信？」李戰獄淡淡地道。

紀空手沒想到李秀樹還有這麼一套高論，不由得爲李秀樹的氣魄所傾倒，更爲擁有李秀樹這樣的對手而感到興奮。對他來說，對手愈強，他的信心也就愈足，唯有征服這樣的強手，他才能體會到刺激。

「承蒙你們宗主這麼看得起，我若不與你們談這筆交易，倒顯得我太小家子氣了。」紀空手淡淡一笑道：「請說吧，在下洗耳恭聽。」

李戰獄道：「我們的目的只有一個，就是不能將夜郎國銅鐵的貿易權交到劉邦和項羽的手中，只要你們能滿足我們的這個條件，不僅靈竹公主可以安然而返，而且從今日起，金銀寨又可恢復它往日的平靜。」

紀空手沈吟了片刻，道：「如果你是我，會不會答應這個條件？」

李戰獄怔了一怔，道：「會，我一定會！」

「能告訴我爲什麼嗎？」紀空手語氣顯得極爲平靜。

「這是顯而易見的，若沒有了靈竹公主，這個後果誰也擔負不起，以漏臥王的脾氣，一場大規模的戰爭將不可避免地要發生在這片富饒的土地上，而這，正是你們最不想看到的。」李戰獄似乎胸有成竹地道。

紀空手拍了拍自己腋下的被團，道：「這就怪了，靈竹公主明明在我的手中，你怎麼卻睜眼說起瞎話來？」

「是的，靈竹公主的確是在你的手中。」李戰獄的臉上露出了一絲古怪的表情：「不過，你卻無法將她從這條船上帶走。這並不是我們小看你，無論是誰，武功有多高，但多了靈竹公主這樣的一個累贅，都不可能在我們手中全身而退！」

「只怕未必！」紀空手非常自信地笑了。

「你很自信，但自信並不等於實力，一件本不可能完成的事情單單擁有自信是不夠的。」李戰獄的臉部肌肉抽搐了一下，從眉鋒下透出一股殺機道：「退一萬步講，就算我們攔不住你，我們還可以殺掉靈竹公主！」

紀空手的心中一震，冷冷地道：「你們若殺了靈竹公主，難道就不怕漏臥王找你們算賬？」

李戰獄冷酷地一笑道：「漏臥王能夠登上今天這個位置，我家宗主功不可沒，所以他對我們宗主十分信任，視如手足。如果我們略施小計，移花接木，栽贓嫁禍，將靈竹公主的死推到你們的身上，他沒有理由不信，更不可能懷疑到我們頭上。」頓了頓，嘿嘿一笑，又接道：「更何況漏臥王一向對夜郎國虎視眈眈，正苦於出師無名，就算他對我們的說法將信將疑，也絕對不會有任何的異議。」

紀空手的心彷彿突然掉入一個深不見底的冰窖中，頓感徹寒，他相信李戰獄所言並非危言聳聽，都是極有可能發生的事情。面對兩大高手他已殊無勝算，若再要分心分神保護靈竹公主的安全，豈非更是難上加難嗎？

縱是處於這種兩難境地，紀空手也無法答應李戰獄提出的這個要求。銅鐵貿易權的歸屬，正是紀空手與陳平、龍賡實施他們計畫中的關鍵，根本不可能讓步。

而若假裝答應對方的要求，使得自己與靈竹公主全身而退，這不失爲一個妙計，但紀空手自從認識五音先生之後，便堅持信乃人之本，不足於取信一人，又安能最終取信於天下？這等行徑自是不屑爲之，也不願爲之。而讓他最終放棄這種想法的，還在於在他的身上，有一種不畏強權強壓的風骨，猶如那雪中的傲梅，愈是霜凍雪寒，它開得就愈是鮮紅嬌豔。

「可惜，我不是你。」紀空手冷哼一聲，飛刀已然在手。

「這麼說來，你一定要賭上一賭？」李戰獄的臉上露出一絲詫異。

「你們宗主的確是超凡之人，所以他把一切都算得很準。可是，無論他如何精明，也永遠揣度不到人心，我心中所想，又豈是你們可以猜得透的？」紀空手目中冷芒如電，驟然跳躍虛空，身上的殺氣濃烈如陳釀之酒，瀰漫空中，無限肅寒。

「我們雖然猜不透你心中所想，卻能知道你今天的結局。只要你一出手，就會為你現在的決定而後悔！」李戰獄深切地感受到了紀空手那把跳躍於指掌間的飛刀上的殺機，那種濃烈的味道幾乎讓他的神經繃緊到了極限。於是，他的手已經抬起，凜凜槍鋒如暗夜中的寒星，遙指向紀空手的眉心。

「縱然如此，我也是義無反顧。」紀空手暴喝一聲，猶如平空炸響一串春雷，激得李戰獄的心神禁不住發生了一下震顫。

只震顫了一下，時間之短，幾乎可以忽略不計，但是紀空手的目力驚人，早有準備，又豈會錯過這個難得的機會？

其實，經過了剛才的一戰，又目睹了紀空手與人交手，李戰獄對紀空手已是不無忌憚，是以即使再說話之間，他也將功力提聚，隨時準備應付紀空手凌厲的攻擊，可是他沒有料到紀空手的聲音也是一種武器，一震之下，心神為之一分，而這一切正在紀空手的算計之中。

紀空手的確是一個武道奇才，憑著機緣巧合，他從一名無賴變成了叱吒天下的人物，但正是他在無賴生涯中養成的求生本能與靈活的機變，使他的感官異常敏銳，在捕捉與製造戰機方面有著別人不可比擬的優勢。

正因如此，當這震撼對方心神的一刻驀然閃現時，紀空手並沒有出刀，而是整個人突然消失於虛空，當真是駭人聽聞。

沒有人可以平空消失，紀空手當然也不例外，何況他的腋下還挾著一個靈竹公主。李戰獄一驚之下，立時明白紀空手的身影進入了自己視線的死角，是以長槍懸空，並未出手，只是用敏銳的感官去感受著紀空手的存在。

雖然刀還沒有出手，但刀的鋒芒卻無處不在。儘管紀空手腋下挾了一人，身形卻絲毫不顯呆滯，當他出現在李戰獄的視線範圍時，飛刀竟然只距李戰獄的手腕不過一尺之距。

如此短的距離，李戰獄根本來不及應變，不過幸好他的袖中另有乾坤，袖未動，卻標射出兩支袖箭。

紀空手沒有料到李戰獄還有這麼一招，唯有改變刀路，反挑箭矢，李戰獄趁機退出兩丈開外。

而兩丈，正是長槍的最佳攻擊距離。

是以李戰獄再不猶豫，手臂一振，槍影重重，迅疾掩殺而來。

紀空手不敢大意，刀鋒直立，緊緊地鎖定對方槍鋒的中心。

「叮叮……」無數道清脆的聲響在這靜寂的空間爆開，便像是小樓窗前懸掛的一排風鈴，毫無韻律的美感，卻帶來一種震撼人心的力量。

一連串的攻守之後，兩人的身影在虛空中合而又分，如狸貓般靈巧，剛一落地，紀空手卻不再進攻，只是凝神望著兩丈開外的李戰獄，心中有幾分詫異。

經過了這剎那間的短兵相接，紀空手既沒有占到先機，也不落下風。一來是因爲毫無保留的李戰獄的確是個不容小視的對手，氣勢之盛，並不弱於他；二來他的身上多了一個累贅，使其動作不再有先前的完美流暢，不僅如此，他還得時刻提防著別人對這個累贅的偷襲。這樣一加一減，使得紀空手似乎墜入困境。

不過，他相信對方的感覺一定比自己難受，這是他的自信，也是一種直覺。因此，他一旦等到機會，依然會毫無顧忌地搶攻。

心念一動，手已抬起，就在李戰獄認爲最不可能攻擊的時候，紀空手的刀已緩緩劃出。

刀未動，刀意已動；刀一動，刀意已然漫空，紀空手似是隨手的一刀中，其刀意隨著刀身出擊的速度與角度衍生出無窮無盡的變化，所以這表面上看來非常簡單直接的一刀，落在李戰獄這行家的眼中，卻深知其不可捉摸的特性，如若被動等待，必然擋格不住，唯一的對應之策，就是以攻對攻。

「刷拉拉……」槍身在虛空中發出如魔音般的韻律，震顫之中，已化作無數幻影，迎刀而上。

「轟……」兩股龐大的勁氣在半空中相觸，爆生出呼呼狂風，槍鋒與刀芒分合之間，彷彿凌駕雲霧的兩條氣龍，交纏相織，平生無數壓力。

「轟隆……」木艙顯然無法負荷如此強勁的力道，突然向四周爆開，碎木激射，一片狼藉。

饒是如此，紀空手的攻勢依然流暢，根本不受任何環境的影響，飄忽的身法形同鬼魅，在密佈的槍影中騰挪周旋。

李戰獄愈戰愈心驚，他忽然發現自己的長槍正陷入到一股粘力之中，揮動之際，愈發沈重。

然而就在他心驚之際，紀空手的身體開始按著逆向作有規律的旋轉，好像一團游移於蒼穹極處的光環，一點一點地向外釋放能量，使得長槍無法擠入這無形的氣牆。

這種旋轉引發的結果，不是讓人神眩目迷，就是眼花繚亂，一切來得這麼突然，完全出乎了李戰獄的意料之外。

他唯有退，以他自己獨有的方式選擇了退。

不退則已，一退之下，他才發覺自己犯了一個大錯。

此時紀空手的氣勢之盛，沛然而充滿活力，就像是漫向堤岸的洪流，因有堤岸的阻擋而不能釋放他本身的能量，可是李戰獄的這一退，恰似堤岸崩潰，決堤之水在剎那間爆發，已成勢不可擋。

「你去死吧！」紀空手突然一聲暴喝，飛刀的刀芒已出現在氣勢鋒端，猶如冬夜裡的一顆寒星，寂寞孤寒，代表死亡。

紀空手的人已在半空之中，相信自己此刀一出，必定奠定勝局。

他有這個自信，只源於他有這樣的實力，然而，他要面對的強手絕不只李戰獄一個，至少還有一隻鐵手。

這隻鐵手的主人既然能夠替李戰獄擋下一刀，那其武功就差不到哪裡去。而就在紀空手暴喝的同時，這道神祕的人影終於出現了。

他一出現，便如狂風暴掠，森寒的鐵手已以無匹之勢襲向了紀空手的背心。而與此同時，李戰獄一退之下，卻迎刀而上，丈二長槍振出點點繁星般的寒芒，直指紀空手的眉心。

場中的局勢已成夾擊之勢，就在紀空手最具自信的時刻，他已面臨腹背受敵之境。

但是這些都在紀空手的意料之中，他絲毫沒有任何的驚懼，真正讓他感到可怕的是，殺機也許根本就不在這兩人的身上，真正要命的，還是自己腋下的這個人。

這個人之所以要命，是因為她的手中有一把鋒利無匹的匕首，當這把匕首穿透棉絮刺向紀空手時，的確可以要了紀空手的命。

紀空手的反應之快，天下無雙，甚至快過了他自己的意識。當這股殺機乍現時，他的整個人便有了相應的反應，厲嚎一聲，將腋下的人重重地甩了出去。

可是匕首的鋒芒依然刺進了紀空手的身體，深只半寸，卻有一尺之長，劇烈的痛感讓他在瞬間明白，懷中所擁的女子絕不是靈竹公主！她才是對方這個殺局中最重要的一環，只要她一出手，勝負就可立判。

一切的事實都證明紀空手的判斷十分正確，可惜只是太遲了一點。

他敢斷定此人不是靈竹公主，是基於他對靈竹公主的認識，以靈竹公主的相貌，雖入一流，然而其武功卻只能在二、三流之間，否則的話，紀空手也不會這麼容易為人所乘。

他一直認為，靈竹公主的失蹤只是她與李秀樹串通演出的一場戲，是以當他認定床上所睡的人是靈竹公主時，對她也略有提防，在攻擊李戰獄的同時總是讓自己的異力先控制住靈竹公主的經脈，然後才出手。所以當懷中的女人驟然發難時，雖然出乎他的意料之外，卻讓他在最危急的時刻作出了必要的反應，才使他將受傷的程度降至最低。

「裂……」那緊裹著佳人胴體的錦被在半空中突然爆裂開來，一陣銀鈴般的笑聲伴著一個有著魔鬼般身材的女人出現在紀空手的眼前。

這女人美豔異常，笑靨迷人，在她的手中，赫然有一把血跡斑斑的匕首，猶如魔鬼與天使的化身，讓人在驚豔中多出一分恐怖。

但是紀空手根本沒有時間來看清這女人的面目，雖然他擲出那女人的線路十分巧妙，正好化解了李戰獄長槍的攻擊，卻仍無法躲過那只鐵手的襲擊。

「砰……」一聲悶響，鐵手砸在了紀空手的左肩上，差點讓紀空手失去重心，一口鮮血隨之噴出，猶如在天空中下起了一道血霧。

雖然擊中了目標，但「鐵手」滿臉驚懼，斜掠三步，避開了這腥氣十足的血霧。

他之所以感到不可思議，是他的鐵手明明衝著紀空手的背心而去，就在發力的瞬間，他甚至可以預見到紀空手的結局，然而他萬萬沒有料到，紀空手能在這一瞬間將身體橫移，致使自己這勢在必得的一擊只是擊中了對方並不重要的部位，而沒有形成致命的絕殺。

「呼……」紀空手的刀鋒連連出手，三招之後，他的人終於脫出了三人的包圍，轉爲直面對手的態勢。

雖然他的傷勢不輕，但在生死懸於一線間，其體內的潛能完全激發出來，加之腋下的累贅盡去，使得他的實力並未銳減，反而有增強之勢。

直到這時，他才有機會看到那笑聲不斷的女人，一眼看去，不由爲之一怔，似乎眼前所見到的風景與自己的想像迴然有異。

他一直以爲懷中的女人不著一縷，是以才會以錦被將其裹挾得嚴嚴實實，卻沒有料到在她的身上還有一件大紅肚兜。這倒不是紀空手聯想豐富，而是因爲那搭在床欄上的小衣與裙褲讓他產生了這種誤會。

「看來這世上能如張盈、色使者那類的女子畢竟不多，至少眼前的這位美女還懂得找件東西遮羞。」紀空手思及此處，忍不住想笑，看他輕鬆悠然的表情，誰也想不到此刻的他已身受重傷，而且還要面對三大高手的挑戰。

這也許就是紀空手成功的訣竅，唯有良好的心態，樂觀的心情，以及永不放棄的精神，才是構成每一個成功者的決定性因素。當紀空手一步一步地崛起於江湖的時候，回首往事，不乏有運氣的成分摻雜其中，然而單憑運氣，是永遠無法讓紀空手不斷的創造出每一個奇蹟的。

奇蹟的背後，往往拒絕運氣。唯有強大的實力與非凡的創造力，才是奇蹟得以發生的最終原因。

而此時的紀空手，能否再一次創造奇蹟，以受傷之軀，自三大高手聯擊之下全身而退？

血，依然在流；傷口，依然作痛。紀空手臉上卻沒有一絲凝重，甚至多出了一絲笑意，似乎根本沒有意識到問題的嚴重性。

「靈竹公主不在船上，會在哪裡？李秀樹既然有心置我於死地，又怎麼遲遲沒有現身？」這個念頭一出現紀空手的思維中，就被他強行壓了下去，因爲他明白，此時不是想這些問題的時候，那只是未來的事，而他看重的，也是必須看重的，應該是目前，是現在！

三大高手並沒有急於動手，而是各自站立一個方位，形成犄角之勢，大船上彷彿陷入了一片死寂。

夕陽斜照在湖水之上，遠處的船舫依然來往穿梭，顯得極是熱鬧。誰也想不到就在這百米之外的小島邊停靠的這艘大船上，在爆發一場血與火的搏殺。

紀空手的臉上依然帶著淡淡的笑意，臉色漸漸蒼白，他聞到了血的腥味，感覺到一種向外流洩的生命。力量就像是傷口一點一點向外滲透的鮮血，正一步一步地離他遠去。

自己還能支撐多久？紀空手問著自己，卻無法知道答案。無論生命將以何種形式離開自己，他都不想讓自己死在這裡，所以，他必須出擊。

湖風吹過，很冷，已有了夜的氣息。天氣漸暗，遠處的船舫上已有了燈火點燃，唯有這片水域靜寂如死，像史前文明的洪荒大地。

看著對方一步一步地踏前而來，長槍、匕首、鐵手都已經鎖定住自己，紀空手的心裡不由多了一分苦澀，他唯有緩緩地抬起手中的飛刀，向前不斷地延伸著，彷彿眼前的虛空沒有盡頭。

血在流，但他體內的異力依然呈現著旺盛的生機。當他的刀鋒開始向外湧出一股殺氣時，李戰獄望了望自己的同伴，三人臉上無不露出一股詫異。

這實在令他們感到不可思議，也令他們更加小心。

突然間，紀空手發出了一聲近似狼嚎般的低吟，悲壯而淒涼，卻昭示出一種不滅的戰意。初時還幾如一線，細微難聞，彷似來自幽冥地府，倏忽間卻如驚雷炸起，響徹了整個天地。

在嘯聲乍起的同時，三大高手在同一時間內出手，就像是在狂風呼號中逆流而行，而紀空手不過是吹響了戰鬥的號角，使得整個戰局進入了決一雌雄的最後關頭。

他們三人出手的剎那，都在心中生出了同一個懸疑，那就是此刻的紀空手，將用什麼來拯救他自己的生命？

時間與速度在這一刻間同時放慢了腳步，宛如定格般向人們展示著這場廝殺的玄奧。

長槍、鐵手、匕首自不同的角度，沿著不同的線路，以一種奇怪的緩慢速度在虛空中前進……

紀空手的七寸飛刀更如蝸牛爬行般一點一點地擊向虛空至深的中心……

一切看似很慢，其實卻快若奔雷，正是有了這快慢的對比，才使得在這段空間裡發生的一切都變得玄乎其玄。

每一個人都明白自己的意圖，奇怪的是，他們也彼此清楚對方的心跡。

紀空手出刀的方式雖然無理，甚至無畏，但它最終的落點，卻妙至毫巔。

因爲李戰獄三人發現，如果事態若按著目前的形勢發展下去，肯定就只有一個結局。

同歸於盡！

這當然不是李戰獄三人所願意的，沒有一個武者會在占盡優勢的情況下選擇這樣的結局，除非是瘋子。

他們當然沒有瘋，就在這生死懸於一線間，三大高手同時悶哼一聲，硬生生地將各自的兵器懸凝於虛空之上，一動不動，如被冰封。

紀空手當然也沒瘋，似乎早就料到了這樣的態勢。他所做的一切就爲了等待這一刻的到來，他絕沒有理由錯過這個稍縱即逝的時機。

「嗖……」他手中的刀終於再次離他而去，虛空之中，呈螺旋形一分爲三向四周射去，逼得三大高手無不後退一步。

然後他驚人的潛能就在這一刻爆發，悲嘯一聲，以箭矢之速衝向船舷。

他想逃，他必須得逃！

當李戰獄他們發現紀空手的真實意圖時，再想攔截已是不及，因爲他們誰也沒有料到紀空手會在這個時候逃，更想不到他能將攻防轉換做得如此完美。

在進退之間，由於是不同的形式，由進到退，或是由退到進，在轉換中都必然有一個過程，這也是李戰獄他們無法預料的。因爲紀空手由進到退，速度之快，根本就不容他們有任何的反應，彷彿整個過程已可忽略不計。

然後，他們便聽到了「砰……」地一聲，正是某種物體墜入水中的聲音。

◆

望著已經平靜的湖水，李戰獄、「鐵手」以及那如魔鬼般的女人半天沒有說話，似乎依然不敢相信紀空手能在這種情況下全身而退。

無論如何，這都像是一個奇蹟。

「宗主的眼力果然不錯，此人對武道的理解，已然進入了一個全新的境界，遠遠超出了吾輩的想像，所以我們此次夜郎之行，此人不除，難以成功，怪不得宗主要費盡心計來策劃這麼一個殺局。」李戰獄輕歎一聲，言語中似有一股無奈。

「他的可怕，不在於其武功，我倒認爲在他的身上，始終有一股無畏的精神讓我感到震撼。我真不敢想像，當我一個人獨自面對他的時候，我是否還有勇氣出手！」「鐵手」臉上流露出一種怪異的表情，忍不住打了個寒噤。

「你不可能有這樣的機會了。」那如魔鬼般的女人咯咯一笑，眉間殺機一現，略顯猙獰。

「哦，這倒讓人費解了。」「鐵手」冷然一笑道：「難道說我就這麼差勁？」

「敢說『隻手擎天』差勁的人，放眼天下，只怕無人。」那如魔鬼般的女人笑道：「我這麼說，只因爲可以斷定此人未必能活得過今夜。」

「莫非……」李戰獄與「鐵手」吃了一驚，相望一眼，無不將目光投在那如魔鬼般女人的臉上。

那如魔鬼般的女人淡淡一笑道：「其實我並沒有做什麼，只是我這樣的一個弱女子，人在江湖，不得不有一些防身絕技，所以通常在我的兵器上都淬了毒。」

她的話並未讓李戰獄太過吃驚，倒像是他意料之中的事，因爲這如魔鬼般女人的真實身分就是東海忍者原丸步。

東海忍者能夠崛起江湖，最大的特點就是不擇手段，脫離武道原有的範疇置敵於死地，所以它給人留下的印象就是兇殘。原丸步無疑是其中的佼佼者，製毒用毒，堪稱行家中的行家，胭脂扣就是她創造出來的極爲得意的一種毒。

「鐵手」卻皺了皺眉頭道：「我好像並沒有看出此人有中毒的跡象，他最後的一次出手，不僅充滿了想像，富於靈感，而且力道之勁，哪裡像一個中毒者所為？」

「用毒之妙，就是要在不知不覺中讓敵人中了毒而不自知，便是旁人也無法一探究竟，這才是用毒高手應該達到的境界。我在匕首上所用之毒，名為『一夜情』，這名稱浪漫而旖旎，唯有身受者才知道浪漫的背後，是何等的殘忍，因為它本是採用春藥所煉製，一中此毒，必須與人交合；與人交合，必然脫陽而死，所以一夜情後，中毒者能夠剩下的，不過是一堆白骨而已。」原丸步的笑依然是那麼迷人，卻讓李戰獄與「鐵手」無不打了個寒噤，倒退了一步。

「這麼說來，此人真的死定了。」李戰獄看著不起波紋的湖面。自紀空手落水之後，就不曾再有過任何動靜，他在想：或許用不著「一夜情」的毒發，紀空手就已經死了，這絕不是不可能發生的事情。

「他若不是死定了，我又何必攔阻你們下水追擊呢？此乃天寒時節，湖水最寒，我實在不忍心讓你們因此而大傷元氣。」說到這裡，原丸步已是媚眼斜睇，神情曖昧，有一種說不出的輕佻流於眼角。

◆

一連三天都沒有紀空手的消息，陳平與龍賡雖然已經恢復了功力，但心中的焦急使得他們就像熱鍋上的螞蟻，坐立不安，翻遍了整個金銀寨，也不見紀空手的身影。

「屋漏又逢連夜雨」，就在陳平與龍賡為紀空手生死未卜而感到焦慮的時候，夜郎王陪同漏臥國使者來到了通吃館內，大批武士三步一崗，五步一哨，一臉凝重，使得氣氛頓時緊張起來。

陳平急忙上前恭迎，禮讓之後，眾人到了銅寺落座。夜郎王看了一眼陳平，搖搖頭道：「靈竹公主失蹤，你責無旁貸，如今漏臥國使者帶來了漏臥王的最後通諜，若是今夜子時尚無公主的消息，漏臥國將大兵壓境，興師問罪。」

陳平一聽，已是面無血色，輕歎一聲道：「臣辜負了大王對臣的期望，實是罪該萬死。假如夜郎、漏臥兩國因此而交戰，臣便是千古罪人。」

「哼！」一聲冷哼從漏臥國使者的鼻間傳出，這位使者其貌不揚，卻飛揚跋扈，一臉蠻橫，冷笑道：「你死尚不足惜，可靈竹公主乃千金之軀，她若有個三長兩短，縱是殺了你全家，只怕也無以相抵。」

陳平的眉鋒一跳，整個人頓時變得可怕起來，厲芒暴出道：「陳平的命的確不如公主尊貴，但也不想糊裡糊塗而死，你既是漏臥王派來的使者，我倒有幾個問題欲請教閣下！」

漏臥國使者冷不防地打了個寒噤，跳將起來，虛張聲勢道：「你算什麼東西？竟敢這般對本使說話？」

夜郎王眼見陳平眉間隱伏殺機，咳了一聲，道：「他不算是什麼東西，只是我夜郎國賴以支撐的三大家族的家主而已，你雖然貴爲漏臥國使者，還請自重。」

夜郎王說得不卑不亢，恰到好處，無形中讓陳平有所感動。眼看國家面臨戰火，身爲一國之君並沒有一味遷怒於臣子，一味著急，反而首先想到維護自己臣子的尊嚴，這夜郎王的確有其過人之處。

漏臥國使者見夜郎王一臉不悅，不敢太過狂妄，收斂了自己的囂張氣焰，道：「大王請恕在下無禮，實在是因爲敝國公主平白失蹤，讓人極爲著急所致。再說夜郎、漏臥兩國一向交好，倘若爲了這種事情大傷和氣，正是親者痛、仇者快，豈不讓兩國百姓痛心？」

「正因如此，我們更要冷靜下來，商量對策，使得真相早日大白。倘若一味怪責，只怕於事無補。」夜郎王道。

「大王見教得是。」漏臥國使者狠狠地瞪了陳平一眼道。

陳平微微一笑，並不在意，而是上前一步道：「靈竹公主此行夜郎，住在臨月台中，爲的是觀摩兩日後舉行的棋賽。這一切似乎非常正常，並無紕漏，但只要細細一想，就可發現其中問題多多。」他的目光在夜郎王與漏臥國使者的臉上掃了一下，繼續說道：「第一，靈竹公主每年總有三五回要來通吃館內一賭怡情，一向住在通吃館的飛凰院，可是這一次，她卻選擇了臨月台；第二，她所帶的隨從中，這一次不乏有生面孔出現，而這一幫人，就在公主失蹤的頭天晚上，還企圖對我不利。我想請問，這一幫人究竟是什麼人？何以能打著公主的幌子進入我通吃館內？他們與公主的失蹤究竟有什麼聯繫？」

漏臥國使者似乎早有對策，微微一笑道：「你所說的問題，其實都不是問題。靈竹公主心性乖張，飛凰院住得久了，自然煩悶，所以搬到臨月台小住幾日，這是再正常不過的事情。你之所以有此懷疑，不過是巧合罷了；第二，她所帶的隨從中，是否有你說的這一幫人存在，空口無憑，尙待考證，至於你說的這些人曾經企圖對你不利一事，無根無據，更是無從談起，所以我無法回答你的問題。我只知道，人既然是在你通吃館內失蹤的，你就有失職之責，若今夜子時再無公主的消息，就休怪我國大王不仁不義！」

陳平淡淡一笑，笑中頗多苦澀，道：「欲加之罪，何患無辭？既然如此，我也無話可說，請使者大人先下去休息，今夜子時，我再給你一個交代。」

漏臥國使者冷哼一聲道：「我心憂公主安危，哪裡還有閒心休息？還請大王多多用心才是。」

夜郎王的臉上現出一絲憂慮，一閃即逝，淡淡而道：「這不勞使者操心，靈竹公主既然是在我國失蹤，本王自然會擔負起這個責任，你且下去，本王還有事情要與陳平商議。」

漏臥國使者不敢再說什麼，只得去了。

當下陳平跪伏於地，語音哽咽道：「微臣無能，不僅沒有辦好大王委託的事情，而且出此紕漏，驚動了大王聖駕，真是罪該萬死！」

夜郎王一臉凝重，扶起他來道：「這事也不能怪你，本王看了你就此事呈上的奏摺，看來漏臥王此次是有備而來，縱然沒有靈竹公主失蹤一事，他也會另找原因，興師問罪。因此，本王早已派出精兵強將，在漏臥邊境設下重兵防範，一旦戰事爆發，孰勝孰負，尚未可知，本王豈能將此事之罪怪責到你的頭上呢？」

「可是此事的確是因微臣而起，縱然大王不怪罪，微臣也實難心安。」陳平一臉惶然道。

夜郎王道：「身為一國之君，本王所考慮的事情，更多的是放在國家的興衰存亡之上，區區一個漏臥王，尚不是本王所要擔心的。本王擔心的倒是兩日之後的棋賽之約，此事關係銅鐵貿易權的歸屬，誰若得之，中原天下便可先得三分。」

陳平道：「照大王來看，在劉、項、韓三方之中，誰最有可能最終成為這亂世之主？」

「這就是本王要讓你舉辦棋賽的原因。」夜郎王一臉沈凝道：「因爲目前天下形勢之亂，根本讓人無法看清趨勢。這三方中的任何一人都有可能成爲這亂世之主，所以我們誰也得罪不起。誰都明白，真正能夠撼動我夜郎百年基業的力量，是中原大地。」

「於是大王才將這貿易權的決定權交給微臣，讓微臣擺下棋陣，以棋說話？」陳平微微一笑道。

「這是唯一不會得罪這三人的決定方式，能否得到這貿易權，就在於棋技的高下，贏者固然高興，輸者也無話可說，只能怨天尤人。如此一來，在無形之中我夜郎便可化去一場傾國劫難。」夜郎王的目光炯炯，沈聲道。

「但是現在靈竹公主失蹤，漏臥王又陳兵邊境，只怕棋賽難以進行下去了。」陳平輕歎了一口氣道。

「沒有任何事情可以阻擋本王將棋賽舉辦下去的決心，如果過了今夜子時，靈竹公主依然沒有消息，本王不惜與漏臥大戰一場，也要保證棋賽如期舉行！」夜郎王剛毅的臉上稜角分明，顯示出了他果敢的作風與堅毅的性格。

陳平深深地看了夜郎王一眼，沒有說話，他所擔心的是，任何一場戰爭，無論誰勝誰負，最終遭殃的只能是百姓，所以若能避免不戰是最好的結局。但他卻知道夜郎王絕不會爲了一些百姓的死活而干擾了他立國之大計，在夜郎王的眼中，更多考慮的是一國，而不是一地的得失。

夜郎王顯然注意到了陳平略帶憂鬱的眼神，緩緩一笑道：「當然，身爲一國之君，本王也不希望在自己國土上發生戰事，所以此時距子夜尚有半日時間，能否不戰，就只有全靠你了。」

陳平苦澀地一笑，道：「三天都過去了，這半日時間只怕難有發現。微臣與刀蒼城守幾乎將金銀寨掘地三尺，依然一無所獲，可見敵人之狡詐，實是讓人無從查起。」

「謀事在人，成事在天，真是盡力了，本王也不會怪你。」夜郎王一擺手道。

「也許我知道靈竹公主的下落，不知大王與陳兄是否有興趣聽上一聽呢？」就在這時，銅寺之外傳來一陣爽朗的聲音，隨著腳步聲而來的，竟是失蹤三日之久的紀空手，在他的身旁，正是龍賡。

陳平不由大喜，當下將他二人向夜郎王作了介紹。

「左石？」夜郎王深深地凝視著紀空手，半晌才道：「你絕非是一個無名之輩，但你的名字聽起來怎麼這樣陌生？」

「名姓只是代表一個人的符號，並沒有太大的意義，一個人要想真實地活著，重要的是過程，而不是想著怎樣去留名青史。」紀空手微微一笑道：「否則的話，活著不僅很累，也無趣得緊，又何必來到這大千世界走上一遭呢？」

他說的話彷如哲理，可以讓人深思，讓人回味，就連夜郎王也靜下心來默默地思索，可陳平與龍賡不由相望一眼，似乎不明白失蹤三日之後的紀空手，怎麼說起話來像打機鋒，深刻得就像是他已勘破生死。

難道這三天中發生了什麼意外事情，讓他突然悟到了做人的道理？抑或是他曾在生死一線間徘徊，讓他感悟到了生命的珍貴？

第二章　刀劍同行

紀空手躍入水中的剎那，頓時感到了這湖水的徹寒。

但他唯有讓自己的身體繼續沈潛下去，一直到底，然後在暗黑一片的湖底艱難前行。

走不到百步之遙，他陡然發覺自己的身體向左一斜，似乎被什麼物體大力拉扯了一下，迅即融入到一股活動的水流當中，緩緩前移。

隨著移動的距離加長，紀空手感到這股暗流的流瀉速度愈來愈快，牽引自己前行的力量也愈來愈大，剛剛有點癒合的傷口重又撕裂開來，令他有一絲目眩昏暈之感。

他心中一驚，知道自己必須在最快的時間內離開這道暗流，而且必須盡快浮出水面。雖然自己憑藉著補天石異力還可以在水下支撐一定的時間，但體內的血液始終有限，一旦流盡，便是神仙也難救了。

幸好距這暗流的終點尚有一定的距離，所以暗流產生的力量並不是太大，紀空手的異力在經脈中一動，便得以從容離開這道暗流的軌道。

他對位置感和方向感的把握似乎模糊起來，無奈之下，只能沿著湖底的一道斜坡向上行進，走了不過數百步，坡度愈來愈大，他心中一喜，知道自己已經離岸不遠了。

血依然一點一點地在流，如珠花般滲入冰寒的湖水，形成一種令人觸目的淒豔。紀空手的身形拖動起來緩慢而沈重，愈來愈感覺到自己難以支撐下去了。

不自禁地，他想到了紅顏，想到了虞姬，甚至想到了虞姬體內未出世的孩子。在他的心中，頓時湧出了一股暖暖的柔情，支撐著他行將崩潰的身體。有妻如此，夫復何求？有子如此，夫復何求？紀空手甚至生出了一絲後悔。

他真的後悔自己爲什麼不能與她們相聚久一些，爲什麼不能放棄心中的信念，去享受本屬於自己的天倫之樂。他身爲孤兒，自小無家，所以對家的渴求遠甚於常人，可是當他真正擁有家的時候，卻沒有將自己置身於家中，去感受家所帶來的溫暖，這難道不是一種諷刺？

但是紀空手的心裡卻十分明白，他不能這樣做！他已別無選擇，當他踏入這片江湖的土地上時，就註定了不屬於自己，也不屬於某一個人，他只屬於眼前這個亂世，這個江湖。

這豈非也是一種無奈？

好冷，真的好冷，紀空手只感到自己的身體彷彿置身於冰窖之中，幾乎冰封一般。當他感覺到自己的血液也凝固的時候，也許，他就離死不遠了。

想到死，紀空手並不懼怕，卻有一種深深的遺憾，他心裡清晰地知道，成功最多只距他一步之遙，跨出這一步，他就可以得到這亂世中的天下，可是就在他欲邁出這一步的時候，他才知道，成功已是咫尺天涯。

他只感到自己的思維已經混亂，一種昏眩的感覺進入了他的意識之中，非常的強烈，然後，他就覺得自己的身體陡然一輕，向上浮游，升上去，升上去……就如霸上逃亡時所用的氣球……

他失去知覺時聽到的最後一點聲音，是「嘩啦……」一聲，就像是一條大魚翻出水面的聲音。

……

一縷淡淡的幽香鑽入鼻中，癢癢的，猶如一隻小蟲在緩緩蠕動。

這是紀空手醒來的第一個意識，當他緩緩地睜開眼睛時，這才知道此刻正置身於一個女人的香閨之中，躺在一張錦被鋪設的竹榻上。

「你終於醒了。」一個銀鈴般的聲音傳了過來，接著紀空手的眼前便現出一張美麗而充滿青春活力的俏臉。

紀空手微微一笑，點了點頭。

陽光明晃晃的，影響了他的視線，使他要換個角度才能看清這女子的裝束。

她相貌娟秀，身段苗條美好，穿一身異族服飾，水靈靈的眼睛緊盯著紀空手的臉，巧笑嫣然。

「你是誰？我怎麼會在這裡？」紀空手感到自己的傷口已然癒合，不痛卻癢，似有新肉長成，淡淡的藥香自傷處傳來，顯然是被人上藥包紮過。

「我叫娜丹，是這座小島的主人。你昏倒於岸邊，所以我就叫人把你抬到這裡來。」少女笑吟吟地看著他，沒有一點居功自傲的樣子，好像出手救人是她本應該做的事情。

「難道這裡只是湖中的一個小島？」紀空手顯然吃了一驚。

「你不用怕，只要到了我這座無名島，就沒有人敢上島來追殺你。」娜丹的嘴角一咧，溢出了一股自信。

紀空手怔了一怔，看看自己的傷口包紮處。誰見到了這麼長的傷口，一眼就可以看出這是被人刺傷的，娜丹這樣聰明的女孩，當然不會看不出來。

「你真的有這麼厲害？難道你是天魔的女兒？」紀空手很想放鬆一下自己緊張的神經，是以隨口一說。

「也許在別人的眼中，我比天魔的女兒更可怕。」娜丹莞爾一笑，語氣很淡：「因爲我是苗疆的公主，說到毒術與種蠱，天下能與我比肩的人不多，最多不會超過三個。」

紀空手並不感到吃驚，只是笑了笑道：「幸好我沒有得罪你，否則你給我下點毒，或是種點蠱，那我可慘了。」

娜丹的目光緊盯住紀空手的眼睛，一動不動道：「你已經夠慘了，不僅受了傷，而且你的身體的確中了毒，是一種非常下流的毒。」

說到這裡，她的臉禁不住紅了一下。

紀空手又怔了一下，他還是第一次聽人這樣來形容毒的，不由奇道：「下流的毒？」

「是的。」娜丹的臉似乎更紅了，但是她的目光並未離開紀空手：「這種毒叫『一夜情』，是一種用春藥煉成的毒藥。中了此毒之人，必須與人交合，然後脫陽而亡。」

紀空手沒有料到她會這麼大膽，毫無避諱就將之說了出來，不過他聽說苗疆的女子一向大方，對男女情事開放得很，是以並不感到驚奇。他感到詫異的倒是娜丹前面說過的一句話，既然自己中了毒，何以卻沒有一點中毒的徵兆？

娜丹顯然看出了他眼中的疑惑，淡淡而道：「你之所以還能活到現在，是因爲你中毒不久，就深入冰寒的湖水中，以寒攻火，使得毒性受到克制，暫時壓抑起來，再加上我正好是個解毒的高手，所以就將這種毒素替你祛除了。」

「這麼說來，我豈非沒事了？」紀空手笑道。

「恰恰相反，你身上的春藥還依然存在，春藥不是毒，只是催情物，是以沒有解藥可解。」娜丹的臉更紅了，就像天邊的晚霞，低下頭道：「除了女人。」

紀空手吃了一驚，他倒不是爲了娜丹最後的這句話而吃驚，而是就在他與娜丹說話之間，他的確感到了丹田之下彷彿有一團火焰在慢慢上升，他是過來人，當然知道這將意味著什麼。

他感到體力已經迅速回復過來，當下再不遲疑，掙扎著便要站將起來。

「你要幹什麼？」娜丹一臉關切，驚呼道。

紀空手苦笑一聲道：「在下既然中了此毒，當然不想等到毒發之時害人害己，在姑娘面前出醜，是以只有告辭。」

娜丹以一種詫異的眼神盯著他道：「你難道在這裡還有女人不成？」

紀空手搖了搖頭道：「沒有。」

娜丹道：「你可知道中了春藥的人若是沒有女人發洩，幾同生不如死？」

「縱是這般，那又如何？」紀空手的臉上已有冷汗冒出，顯然是憑著自己強大的意念在控制著藥性的發揮，終於站起身來道：「姑娘的救命之恩，在下沒齒難忘，他日再見，定當相報。」

他踉蹌地走出香閨，才知這是一座典雅別致的竹樓，掩映於蒼翠的竹林中，有種說不出的俊秀。可惜他無法欣賞眼前的美景，藥性來得如此之快，讓他渾身如同火燒一般，情緒躁動，難以自抑。只走出幾步，他整個人便坐倒在竹樓之下，氣息渾濁，呼吸急促，身下的行貨如槍挺立，硬綳得十分難受。

他頭腦猛一機伶：「靜心！」只有靜心，才能使潛藏在自己體內的獸性受到制約，可是當他深深地吸了一口氣時，彷如一團火焰的氣流卻湧上心頭，幾欲讓他頭腦爆裂。

直到這時，他才豁然明白，在這個世上，的確是除了女人，再無這種春藥的解藥了。因爲此時此刻，他腦子裡所想的，不是紅顏，就是虞姬，全是他們之間纏綿動人的場面。

昏昏然中，他已完全喪失了理智，開始撕裂自己的衣物。

就在這時，一聲悠揚的笛聲響起，在刹那間驚動了紀空手已然消沈的意志。當他滿是血絲的眼睛循聲而望時，卻看見一個少女的胴體在清風中裸顯出來，該凹的凹，該凸的凸，健美的體形始終跳動著青春的旋律。

「紅顏，真的是紅顏！」紀空手喃喃而道，幾乎不敢相信自己的眼睛，緩緩站了起來，一步一步向那美麗的胴體靠了過去。

當他相距胴體不過三尺之距時，已聞到了一股淡淡的處子幽香，這幽香恰似一粒火種，誘發了他心中不可遏制的獸性。

他低嚎一聲，猶如一匹發情的野狼般撲了上去……

當他醒來時，他的人依然躺在竹樓香閨的床榻上，斜照的夕陽從竹窗中透灑進來，斑斑駁駁，分出幾縷暗影。

在他的身旁，多了一位如花似玉的美女，赤裸著身體，正是娜丹。

紀空手不由大吃一驚，再看自己的身上，竟然是同樣的自然天體。

「難道剛才發生的一切並不是夢，並不是紅顏與我共赴巫山雲雨，而是……？」想到這裡，紀空手幾乎嚇出了一身冷汗，隨手找了一件錦緞裹在身上，再看娜丹時，卻見她的臉上似有一股倦意，安然沈睡，猶勝春睡海棠，臉上隱有淚光，但又有一絲滿足和甜美散發出奪人神魂的豔光。

「怎麼會是這樣呢？」紀空手驀然恢復了自己喪失理智前的所有記憶，當時自己明明走出了竹樓，遠離美女，何以最終兩人卻睡到了一起？

更讓紀空手感到心驚的，是床榻錦被上隱見的片片落紅的遺痕，這一切證明一件事，那就是娜丹以處子之身化去了他所中的春藥之毒，這無法不令紀空手感到內疚與感動。

紀空手緩緩地站到了窗前，輕輕地歎息了一聲。他之所以歎息，是不明白娜丹何以會對萍水相逢的自己作出如此巨大的犧牲，更讓他感到慚愧的是，即使是在喪失意識的時候，他也只是將身下的女人認作紅顏，而不是娜丹。

背後傳來娜丹驚醒的嬌吟聲，她顯然聽到了紀空手的這一聲歎息。

她沒有說話，只是靜靜地看著紀空手那健美有力的背影，俏臉微紅，似乎又想到了剛才可怕卻又甜美的一幕。

「還痛嗎？」紀空手不敢回頭看她，只是柔聲問了一句。

「你爲什麼不敢回頭？」娜丹卻沒有回答他的話，只是輕輕地問了一句。

「對不起，我不是故意的，我從來沒有想過要冒犯於你。」紀空手緩緩地轉過頭來，與娜丹的目光相對。

娜丹淡淡一笑道：「你沒有必要內疚，一切都是我心甘情願的，因爲，我喜歡你。」

她的確是敢愛敢恨，在某種意義上來說，她似乎比紀空手更有勇氣。

紀空手只能默然無語。

「在我們苗疆，處子的丹血本就是獻給最心愛的情郎的。從第一眼看到你時，雖然你臉無血色，昏迷不醒，但我卻知道你就是我等了多年的情郎。所以，我一點都不後悔。」娜丹嫣然一笑，就像是一朵才承雨露的野花，嬌豔而充滿了自然清新的韻味。

紀空手本就不是一個太拘小節之人，娜丹的大度讓他有所釋懷，面對少女熱烈的愛，他不忍拒絕，一把將之摟入自己的懷中，道：「你這樣做豈不是太傻？」

娜丹搖了搖頭道：「就算我不愛你，也依然會這樣做。因爲我們苗疆人沒有見死不救的傳統，能爲一條人命而獻出自己的處子之身，這不是恥辱，而是我們苗疆女人的無上光榮。」

紀空手還是頭一遭聽到這種論斷，雖覺不可思議，但仍爲苗疆女子的善良純樸所感動。

「我一定不會辜負你的。」紀空手輕撫著她光滑的背肌道。最難消受美人恩，對紀空手來說，他願意爲自己的每一次風流付出代價。他始終認爲，這是男人應盡的責任。

「你錯了，我愛你，卻不會嫁給你，因爲我知道你的身邊還有女人。按照我們苗疆女子的風俗，我把處子之身交給我愛的人，卻把自己的一生交給愛我的人，只有這樣，我才是最幸福的女人。」娜丹笑得很是迷人，毫不猶豫地將紀空手緊緊抱住，輕喘道：「所以，我並不介意你再來一次，希望這一次當你興奮的時候，叫的是我的名字。」

紀空手還能說什麼呢？他什麼也不必說，他只是做了他應該做的事，那就是以自己最大的熱情去融化懷中的女人，在她的心上，深深地刻下自己的名字。

……

「給你下毒的人一定是個高手！」娜丹說這句話的時候，衣裙整齊，就靠在紀空手的身上。當她聽完紀空手所講述的經過時，臉上出現了一種對英雄式的狂熱崇拜。

「不錯，李秀樹身爲高麗親王，他的手下的確是高手如雲，這一次我能死裡逃生，不得不說是僥倖所致。」紀空手經歷了生死一戰之後，不由得對李秀樹作出了重新的估量。

「幸運永遠不會眷顧於同一個人，如果有，只是因爲他有超然的實力。」娜丹緊盯著紀空手的眼睛，微微一笑道：「這是我們族人中的一句諺語，卻是你的最好寫照。沒有人會擁有永遠的運氣，只能是擁有永遠的實力，你能創造出這樣的奇蹟，絕非僥倖可得。」

紀空手笑了笑，便要去摟她的小蠻腰，誰知她卻像一隻滑溜的魚兒般掙了開來，發出了一陣銀鈴般的笑聲。

「我不許你摸，摸著我我就想要，那樣只怕要累垮你。」娜丹的眼睛一瞇，斜出一片迷人的風情。

「你真像是一隻吃不飽的小饞貓，不過，就算累垮了我，也是我心甘情願的。」紀空手笑嘻嘻地與之捉起了迷藏，只幾下，就將她擁入懷中，兩人坐於窗前，靜觀著天上的那一輪明月。

「你後悔嗎？」紀空手突然問了一句。

「你怎麼會說起這個話題？」娜丹笑了一笑，有幾分詫異。

「因爲我只是一介遊子，過了今晚，也許我就會離你而去。」紀空手淡淡而道，眉間卻隱含一絲傷感。

「你本就不屬於我，所以我並不後悔，我只是想問，你究竟是左石，還是紀空手？」娜丹平靜地說出了驚人之語。

紀空手的臉色一變，只是深深地盯了她一眼，道：「我就是紀空手。」雖然他刻意想隱瞞自己的身分，但面對娜丹那雙清澈純真的眼睛，卻不忍以謊言相對。

他與紅顏的故事，早已傳遍了天下，所以當他在失態之下叫出「紅顏」的名字時，娜丹就已經明白騎在自己身上的猛男是誰，她並沒有感到太多的意外，因爲她一直有這樣的直感，那就是自己喜歡的男人，本就不應該是一個平凡的人。

只有非凡的英雄才能馴服這匹美麗而充滿野性的烈馬，這種夢幻般的畫面正是娜丹所求的，所以當紀空手向她道出身分之後，她只是幽然一歎：「該走的終究要走，其實在你的心中，已經裝不下任何東西，你所裝下的，只有天下。」

「對不起……」當紀空手說出這三個字的那一剎間，他突然覺得自己好累好累，身心俱疲，彷彿在自己的身上背負了一座沈重的大山，壓得他幾乎喘不過氣來。

他只不過是淮陰城的一個整天無所事事、無憂無慮的小無賴，不過是機緣巧合，才使他涉足江湖。在他小的時候，最遠大的抱負也無非是娶妻生子，平安一生。而如今，上天卻要讓他去面對天下，去面對那永無休止的爭鬥搏殺，他又豈能不累？

他真想就待在這個島上，接來紅顏、虞姬，與美人相伴，歸隱山林，終老此生，那豈非也是一樁令人幸福的事情？到了那個時候，什麼天下，什麼百姓，什麼恩怨情仇，什麼人情淡薄……統統都滾他娘的蛋，俺老紀只想抱著老婆，逗著兒女，過一過只有柴米油鹽的日子，大不了再做一回無賴。

他真的是這麼想的，至少在這一刻，當他看到娜丹那明眸中透出的無盡留戀時，他有一種不可抑制的衝動。

可是，他知道，他可以這麼想，卻不能這麼做，這是別無選擇的事情。人與畜生最大的區別，就在於他明白在自己的身上，除了吃喝拉撒之外，還有一種責任。

「你來這裡，難道就是爲了向我說出這三個字的嗎？」娜丹欲笑還嗔，斜了他一眼道：「其實我知道你現在的心裡，想的最多的人並不是我，而是另一個女人。」

「我可以發誓……」紀空手有些急了，卻見娜丹的香唇貼了上來，堵在了他的嘴上。

半晌才到唇分時刻，娜丹帶著微微嬌喘道：「我說的是靈竹公主。」

紀空手摟著她盈盈一握的小蠻腰，眼睛一亮道：「莫非你認得她？」

「豈止是認得，我們簡直是最要好的朋友。漏臥王一向與我父王交好，所以我們在很小的時候就已認識，結成了最投緣的姐妹，每年的這個時候，我們都會相約來到夜郎住上一陣，唯有今年，她比我來得早了一些，彼此間還沒有見上一面。」娜丹微微笑道。

「可是她卻失蹤了。」紀空手心有失落，既然她們還沒有來得及見面，娜丹當然不會知道有關靈竹公主更多的消息。

娜丹從懷中取出一個香囊，清風吹過，滿室皆香，紀空手深深地吸了一口氣道：「好香！」

「我真想把它送給你留作紀念，可是卻不能，因為它們原是一對，象徵著我與靈竹公主的友誼。」娜丹一字一句地道：「這香囊中的香氣十分特別，不管是揣在懷裡，還是藏於暗處，我只要放出一種馴養的山蜂，若靈竹尚在十里範圍之內，牠就可以帶我找到。」

紀空手不由大喜道：「既然如此，我們還猶豫什麼呢？」

娜丹搖了搖頭道：「我不能帶你去，除非你能答應我一件事情。」

紀空手奇道：「什麼事？」

「因為我和靈竹是要好的朋友，所以無論靈竹怎麼得罪了你，你都一定要原諒她。」娜丹的臉上現出了少見的嚴肅，幽然接道：「我知道她是一個心地善良的姑娘，若非情不得已，她絕不會去輕易傷害別人的。」

紀空手驀地想到那一夜在鐵塔之上，靈竹公主那有些怪異的眼神，心中一動道：「其實我知道她是心地善良的姑娘，她所做的一切也無非是兌現當年她父王對李秀樹的一個承諾。我目前要做的事情，就是找到她，將之毫髮無損地交到漏臥王手中，讓漏臥王沒有出兵的藉口，僅此而已，並沒有其他的惡意。」

「她害得你這麼慘，難道你不恨她？」娜丹看了看他那尺長的傷口道。

「我沒有理由恨她，因爲我知道她的背後是李秀樹。就算我有恨她的理由，卻因禍得福，讓我得到了你，這足以讓我忘卻這段仇恨。」紀空手說到最後，似笑非笑，將娜丹緊緊地攬入懷中。

……

當一群細小的山蜂嗡嗡飛向半空時，紀空手與娜丹也乘舟離開了小島，直到這時，紀空手才發現這小島並非如自己想像中的那般寧靜，在竹影暗林中，數十道人影悄無聲息地擔負著小島的安全警戒。

「看來你的派頭並不小。」紀空手微微一笑，道：「我第一次看到你時，以爲來到了蓬萊仙島，碰上了一個出塵脫俗的仙子，心裡還好生激動哩！」

娜丹並沒有笑，只是緊緊地拉著紀空手的手道：「我也不想這樣，可是誰叫我是苗疆的公主呢？若不是想自由自在地過一種普通人的日子，我也不會每年跑到夜郎來了。」

「其實世上的事就是這樣，當你一無所有的時候，便希望擁有一切，而當你擁有一切的時候，所得到的東西就成了你的累贅，反而讓你失去了自由。」紀空手微微笑道，說出了一句近乎哲理的話，然而他的笑意剛剛浮現臉上，卻突然凝固。

「難道自己所做的一切不是正像這樣嗎？」紀空手心中一震。他曾經一無所有，隨著個人的努力，得到了權勢，得到了地位，得到了以前連想都不敢想的東西，但卻並不感到幸福，當責任成為一種枷鎖，禁錮了自由時，他才發覺，也許隨意的生活才是人最大的幸福。

他苦笑了一聲。

很快舟抵湖岸，兩人下船，不疾不徐地跟在山蜂之後，穿街過巷。

「如果另一只香囊不在靈竹公主身上，我們恐怕就會白走一趟了。」紀空手拉著娜丹的小手在人流中穿行，突然想到了什麼似地道。

這種可能性並非不存在，對於紀空手來說，此時的時間是最重要的，如果再不能找到靈竹公主，那麼對於夜郎這個國家，對於夜郎這個國家的子民，無疑是一場大的災難。

「就算白走一趟，我們也要走，難道不是嗎？畢竟我們別無選擇。」娜丹安慰他道。

再走兩條大街之後，紀空手突然發現眼前的建築與店鋪都有種似曾相識之感，正欲說話，卻聽娜丹「咦……」了一聲，道：「這不是北齊大街嗎？」

紀空手靈光為之一現，剎那之間，他終於明白了靈竹公主的藏身之處。

◆

「最危險的地方，其實也是最安全的地方。因為在每一個人的意識之中，都認為危險的地方戒備森嚴，沒有人會甘冒風險藏匿其中。正因人人都有這樣的想法，就往往會將最危險的地方忽略。這樣一來，反成了對方最安全的地方。」紀空手在夜郎王、陳平、龍賡三人的注目之下，展開了他的大膽推理。他之所以如此自信，是因為還有娜丹站在門外，那群山蜂就停在門外的一叢茶花中。

「李秀樹無疑是一個非常聰明的人，他佈下的每一個局都經過了巧妙的構思而成，是以結果總能出人意料之外。我們聽到靈竹公主失蹤的消息之後，一開始就步入誤區，認爲靈竹公主已被李秀樹劫持出了通吃館，而且派出的人也一直跟蹤到了八里香茶樓。」紀空手的思路非常清晰，是以講述起來絲毫不亂：「於是，有了這個先入爲主的思想，我便順著這條線路追查過去，很快就發現李秀樹好像是有意讓我發現他們的行蹤，有誘敵深入的感覺。」

「你既然預感到了這種危機，何以還要繼續前行？」夜郎王似有不解道。

「因爲我別無選擇。」紀空手看了看陳平與龍賡，微微一笑道：「他們都中了胭脂扣的毒，在這種情況下，我唯有義無反顧。」

陳平與龍賡的眼中無不流露出一種東西，就是感動。

「然而事態的發展顯然出乎了我的意料，在經過了生死搏殺之後，我發現，無論是李秀樹，還是靈竹公主，他們根本不在那艘大船上，他們只是以靈竹公主作幌子，爲我專門佈下了這場殺局。」紀空手看似輕描淡寫，一句帶過，但陳平與龍賡卻知道紀空手必定經歷了九死一生，才能得以全身而退。否則，以紀空手的身手，又怎會受人如此重創？

「他們不在船上，會在哪裡？」紀空手笑了笑道：「這已經成了我心中的一個懸念，只有當我與娜丹公主來到北齊大街時，才驀然明白了李秀樹玩的花樣。」

「娜丹公主？」夜郎王與陳平吃了一驚，顯然對這個名字並不陌生，向門外看去，只見娜丹盈盈一笑，然後轉頭望向那一叢盛開的茶花。

「如果我不是遇上了娜丹公主，只怕，我已經葬身魚腹了。」紀空手知道娜丹不想介入到這種是非漩渦，是以才不進來。由此可見，她能出手相救自己，的確是出於一片真情，這不由讓紀空手感激地望了她一眼，苦澀而道。

龍賡輕輕地拍了一下他的肩道：「我想，從此之後，這種事情不會再發生了，因爲在你的身邊，至少還有我。」

他說這句話時，整張臉就像是一塊鐵石，也許無情，卻堅定，更有一種對信念與朋友的忠誠。

「當然不能少了你。」紀空手微笑而道：「以李秀樹的武功與心智，要想置他於死地，沒有你還真是不行。」

夜郎王一怔，道：「這靈竹公主與李秀樹到底藏身在哪裡呢？」他一直等著紀空手說出結果，心裡都有幾分急了。雖然他從紀空手的話裡隱約猜到了一些，卻不敢肯定。

陳平和龍賡都將目光投在紀空手的身上，只聽得紀空手一字一句地道：「如果我所料不錯，他們應該一直就在臨月台。」

這個結果雖然有些匪夷所思，卻是最有可能出現的結果。唯有如此，才能解釋李秀樹的所作所爲，才使得一切事情變得合乎情理。金銀寨人口不過數萬，以陳平的勢力尚且查不到他們的一點線索，這只能說明他們的藏身之處就在通吃館內。

這就是所謂的「燈下黑」。

因爲李秀樹算定了人們通常的思維習慣，既然靈竹公主是在通吃館內失蹤的，就不會有人想到靈竹公主會藏身通吃館。這樣一來，通吃館反而成了最安全的地方，即使紀空手、陳平等人把金銀寨搜個底朝天，也不會想到靈竹公主其實就在他們的眼皮底下。

這個計畫不僅大膽，而且奇絕，也唯有像李秀樹這樣的奇才能夠想得出來。雖然紀空手從一開始就有些疑心，卻也沒有料到李秀樹會如此狡詐。

然而天網恢恢，疏而不漏，卻讓紀空手遇見了娜丹。偏偏娜丹又與靈竹公主相識，當那群山蜂追著香氣來到北齊大街時，紀空手靈光一現，才終於明白了李秀樹這個大膽的計畫。

「我們現在應該怎麼辦？」夜郎王的臉上出現了幾分驚喜，隨即又多了幾分隱憂。當他得知靈竹公主的下落時，心裡不鬆反緊，又擔心起靈竹公主此刻的生死來。

「現在最大的問題，就是靈竹公主在李秀樹的手上，雖然這裡面不排除靈竹公主是和李秀樹合夥串謀演了這麼一出戲，但我們還得防範李秀樹在形蹤暴露之後，狗急跳牆，真的將靈竹公主劫作人質，甚至有可能對靈竹公主下毒手。」紀空手的眉頭緊皺，考慮到採取行動之後有可能引發的結果，心裡也有幾分隱憂。因爲他心裡明白，對手既然是李秀樹，那麼就有可能發生一切可能的事情，無法以常理度之。

「靈竹公主一死，只怕我們與漏臥國的這一戰就勢難避免了。」陳平一臉沈重地道。

「所以我們要防患於未然，盡量避免這種情況的發生。爲了保險起見，從現在開始，我們對臨月台採取明鬆暗緊的方式，在臨月台四周佈控，形成一個非常嚴密的包圍圈，然後由我與龍兄設法潛入臨月台，營救靈竹公主。」紀空手沈吟半晌，說出了自己的營救方案。

龍賡一臉凝重道：「可是我們無法確切的知道靈竹公主的具體位置，貿然行動，一旦被李秀樹發現了我們的行蹤，只怕會加速靈竹公主死亡的速度。」

紀空手微微一笑道：「誰說我們不知道靈竹公主的藏身位置？也許人不知道，但有一種東西肯定知道。」說到這裡，他的目光已落在了門外嗡嗡直飛的那群山蜂上。

◆

臨月台位於銅寺鐵塔不過數百米之距的一個小島上，以廊橋走道與其他建築相連。既不排除在整個通吃館建築群之外，又是一個單獨的整體，環境幽雅，風格迥異，怪不得靈竹公主會看中此地，成爲自己在通吃館的落腳點。

夜郎王與紀空手等人守在臨月台出口的一個隱密所在，看著上百名夜郎高手悄然進入指定位置，形成了數道伏擊圈後，這才望向紀空手與龍賡道：「此事事關我夜郎國的和平大計，只有辛苦二位了。」

紀空手與龍賡望了陳平一眼，然後對夜郎王恭身行禮道：「大王但請放心，我們一定盡力而爲。」

紀空手轉身的一剎那，與人在一株樹後的娜丹相視一眼，見她一臉緊張與關切，心中一動，微微地笑了一下，這才開始行動。

爲了避免臨月台中的人起疑，娜丹只放出了七八隻山蜂引路，紀空手與龍賡伏下身去，沿著廊橋的底部爬行而去。

橋下便是平滑如鏡的湖水，橋樁深入湖水之中，一眼望去，足有上千根之多，唯有如此，才能承荷起這千米廊橋的重量，而紀空手與龍賡正可藉著這些粗若桶形的橋樁掩身前進。

這兩人不僅武功高絕，而且心智出眾，往往一個眼神，已知對方心意，是以兩人配合十分默契，很快行至廊橋的一半，正在這時，紀空手的心中一動，似乎聽到了什麼動靜。

他的耳目之靈，自從有了補天石異力輔助之後，方圓十丈範圍的動靜都難以逃出他感官的捕捉。此刻天色漸暗，本來他們可以在天黑之後行動，但由於時間緊迫，必須爭分奪秒，是以才會決定提前行動。

然而行動提前，勢必給他們的行動帶來諸多不便，生怕自己的行蹤被敵人所發現。因爲他們心裡清楚，這臨月台看似寧靜，其實步步驚心，稍有不慎，形勢就會急劇變化，朝不利於他們的方向發展。

紀空手聽到的是兩股似有若無的氣息，氣息的來源就在前方十丈外的橋樁之後。李秀樹顯然考慮到了敵人有可能從橋下侵襲而來，是以在橋下設伏了哨崗，這無疑給紀、龍二人前行增加了不小的難度。

從氣息中聽出，敵人的身手一般，充其量只是二三流角色，但要想悄無聲息地將之幹掉，肯定不行。因爲在臨月台上肯定還設有瞭望哨，監視著廊橋上下的動靜。

紀空手的目光與龍賡對視一眼，似乎都認識到了問題的棘手。雖然他們可以等下去，但那空中的山蜂卻不等人，慢悠悠地在空中嗡嗡飛行。

所以兩人沒有猶豫，以最快的速度沈潛入水中，沒有發出一絲的聲響，只在他們入水處生出一個內陷式的漩渦，泛出數道波紋擴散開來。

兩人屏住呼吸，沈潛至水下一丈餘深，然後形如大魚前游。暗黑的水下世界並沒有讓他們喪失應有的位置感與距離感，憑著敏銳的感官觸覺，他們在水下自如地游動著。

一盞茶功夫之後，就在紀空手看到小島沒入水中的山體時，他看到前方數丈處懸掛了一片網狀物，連綿之長，環繞了整個小島，顯然是李秀樹爲了提防敵人從水下侵入佈下的機關。

敵人防範如此嚴密，的確讓紀空手感到了一種心理上的可怕，這也使得他在思想上給自己敲響了警鐘。

他在水中給龍賡作了一個向上竄的手勢，沿著橋樁緩緩地向上浮游，就在距水面不過數寸的空間裡，貼耳傾聽了一下水面上的動靜，這才慢慢地冒出水面來。

廊橋的盡頭是一座水榭，沿水榭往上，便是一行直通島中的台階，掩於樹影之中，清風徐動，一片寧靜。

紀空手並沒有在思想上有任何的鬆懈，反而更加小心翼翼，因爲他心裡清楚，在靜默的背後，湧動的是無限的殺機。

夜色一點一點地瀰漫空際，迷濛的月色下，山蜂依然嗡嗡前行，兩人借著地勢的掩護，從台階兩邊的山石樹木間向島中跟進。

台階直達一座幾重房樓的大院，進入院裡，守衛漸漸森嚴起來。每道建築之前都掛滿風燈，亮如白晝，紀空手與龍賡避過幾處暗崗暗哨，終於看到了那七八隻山蜂飛入了一座掩映於茶樹之中的閣樓。

這座閣樓面積不大，卻精緻小巧，透過窗櫺，燈光滲出，將閣樓四周的環境映襯爲一個明暗並存的世界，更將這暗黑的空間襯得十分詭異，如同鬼域一般。

雖然相距還有十數丈，但在紀空手的心裡，已經感受到了那似有若無、無處不在的壓力。

山蜂既然飛入閣樓，那麼證明靈竹公主必在樓中，可是問題在於，這閣樓中除了靈竹公主之外，還有誰？

未知的世界總是讓人感到新奇，在新奇之中必然覺得刺激，伴隨刺激而來的，卻只有殺機隱伏的危機。

紀空手當然不會幼稚到真的相信閣樓裡會這般的寧靜，他的飛刀已然在手，握刀的手上滲出了一絲冷汗！他雖然不能覺察到敵人的確切位置，但卻可以感覺到敵人的氣機正一寸一寸地逼近，那種無形卻有質的殺氣猶如散漫於寒夜中的冰露般讓人情不自禁地心悸。

他與龍賡對視了一眼，只見龍賡的臉上也是一片凝重，毫無疑問，龍賡必定也感覺到了這股氣機的威脅。

「嗖……」紀空手腦中靈光一現，飛刀驀然出手。

「呼啦……」一聲輕響，沿飛刀所向的空間，突然多出了十數支勁箭，勢頭之烈，端的驚人。

紀空手與龍賡沒有一絲的猶豫，就在箭出的同時，他們至少發現了三處敵人的藏身所在。劍與人幾成一體，和著清風而出，有一種說不出的飄逸。龍賡的身形快逾電芒，甚至趕到了清風的前端。

「撲……撲……」寒芒一閃間，龍賡的手腕一振，連刺五劍，正好刺入五名敵人的咽喉！其出手之快，這五人中竟然沒有一人來得及做出反應。

與此同時，紀空手撲向了另一處藏敵之所，拳芒暴出，無聲無息，卻控制了前方數丈範圍。當他的拳頭連中三名敵人的胸膛時，就如擊中麵團一般，發出一種近似於無的沈悶聲。

當兩人完成出擊之時，幾乎用了同樣的時間，剛剛掩好身形，便聽到窗前閃出一道人影，低聲哼道：「誰?!」

窗外除了風聲之外，並無人應答。

那人遲疑了一下，「呼……」窗戶一張一合之下，一條人影如夜狼般竄出，竟然是那位「隻手擎天」！

那隻鐵手在暗影中竟有光澤泛現，而他的臉上更透發出一股無法抑制的殺意。

此人出現在臨月台，這就證明紀空手判斷的準確。如果紀空手要想在不驚動他人的情況下將之刺殺，難度實在不小。不過，紀空手似乎沒有考慮這些，而是又從懷中取出了一把飛刀在手。

「鐵手」顯得十分謹慎，當他沒有聽到窗外的回音時，心裡就「咯噔」了一下，隱隱覺得有點不對勁，等他來到窗外，聞到風中挾帶的一絲血腥氣時，他已然感覺到了殺機的存在。

然而他既沒有叫喊，也沒有退縮，而是等了半天，才踏步向前，這頓時令紀空手與龍賡都鬆了一口氣。

這絕不是運氣使然，而是「鐵手」身分之高，乃是僅次於李秀樹之下的人物，虛榮心與自尊心使他不能喊，也不能退，而是必須向前。

即使如此，「鐵手」也顯得非常機警，絕不冒進，一步一步地向紀空手藏身的一棵大樹逼來。

就在這時，從小島外的遠處突然響起了一片隱隱約約的人聲，雖然聽不清晰，但四周的火光卻映紅了半空。

紀空手心中一喜，知道這是夜郎王與陳平按照原定計畫採取公然闖入的方式，以吸引敵人的注意力，便於紀空手與龍賡能夠更好地行動。時機拿捏之妙，恰到好處，這怎不讓紀空手感到欣喜？

「鐵手」又怎知其中的奧妙？本來疑心極重的他，禁不住停下腳步，怔了一怔。

一怔的時間，極短極短，也就是將流暢的意識頓了一頓的功夫。

然而，就在這一怔間，「鐵手」似乎驚覺到了什麼。

——在他左手方的茶樹間，一道寒芒破影而出，無聲無息，猶如疾進中的鬼魅。

「鐵手」想也沒想，就將鐵手迎空振出，同時身形只進不退，連衝數步。

寒芒是劍鋒的一點，帶出的氣勢猶如烈馬，樹葉齊刷刷地斷裂，卻沒有發出金屬碰撞的脆響。劍與鐵手根本就沒有接觸，龍賡的意圖，本就不是爲了攻擊而攻擊，他的出手是另有深意。

劍從鐵手邊堪堪掠過，氣流竄動間，龍賡的身形一閃而滅，又竄入一片茶樹中間。

「鐵手」不由愕然，剛剛縮回揚在虛空中的鐵手，自己的背部竟然被一股平空而生的刀風緊罩其中。

這無疑是決定紀空手與龍賡此行是否成功的一招，是以紀空手出刀之際，不遺餘力，一刀破空，誓不回頭。

「鐵手」眉鋒一跳，心中大驚，紀空手殺出的這一刀其勢之烈，角度之精，猶如夢幻般的神來之筆。

「鐵手」雖然看不到背後的動靜，卻對這種刀勢似曾相識。當這一刀擠入自己身體七尺之內時，他這才猛然意識到，自己所要面對的敵人竟是紀空手！

他的心裡頓時漫湧出一股巨大的恐懼，想喊，卻已喊不出，因爲刀勢中帶來的壓力足以讓人窒息。他十分清楚自己絕不會是紀空手的對手，而且在紀空手的一邊，還有那名劍術奇高的劍客。然而，他的心裡並不甘心束手待斃，而是心存僥倖，無論如何，他都必須出擊。

「呼……」鐵手如風輪般甩出，一振之下，猶如蓮花綻放，在虛空之中幻生千萬寒光，直迎向紀空手的飛刀。

他這形如格擋式的出擊，還有一層用意，就是希望鬧出一點動靜，以驚起閣樓中人的注意。

「砰……」紀空手看出了「鐵手」的意圖，絕對不會讓他創造出這種機會。就在刀勢最烈的時候，他的飛刀偏出，趁著側身的機會，陡然出腳。

腳的力道不大，卻突然，就像是平空而生的利箭，踢向了「鐵手」的腰間。

「鐵手」要想避讓時，已來不及，悶哼一聲，已然倒退。他退的是那般無奈，竟忘了在他退卻的方向，有一叢茶樹，而在茶樹的暗影裡，還有一股凜凜的劍鋒。

這不能怪他，因爲他沒有絲毫的喘息之機，整個人的意識都圍繞著紀空手那飄忽不定的刀芒而轉動，使得他在一剎那間竟然忘記了身後還有強攻守候。

美麗而躍動的弧線閃沒虛空，如詩一般的意境展露於這夜空之中……

第三章　颶風行動

這一刀劃出虛空，的確很美，彷彿在紀空手的手中，拿的不是刀，而是畫師手中的筆，平平淡淡地畫出了一種美的極致。

「鐵手」眼中綻射出一道光芒，臉上盡是驚奇之色，他顯然沒有料到這一刀是足以致命的，整個人彷彿浸入了刀中所闡釋的意境之中。

他沒有任何格擋的動作，只是再退了一步，心中期待著這一刀中最美時刻的到來。

然而，他卻沒有看到這一刻的到來，在無聲無息中，他感到身後突然有一道暗流湧動，以無比精確的角度，直透入他的心裡。

是劍，來自於龍賡手中的一把劍。當這一劍刺入虛空時，其意境同樣很美，可惜「鐵手」卻無法看到，永遠無法看到。

「鐵手」緩緩地倒下了，倒下的時候，兩眼依然睜得很大，瞳孔中似乎依然在期待著什麼。

他至死也沒有明白，無論是刀，還是劍，它們最美的時刻，總是在終結的那一瞬間。熱血如珠玉般散漫空中，猶如歡慶之夜半空中的禮花般燦爛……

「鐵手」倒下的時候，他甚至來不及驚訝，而真正感到吃驚的人，居然是紀空手！

因為他怎麼也沒有料到，以「鐵手」的武功，竟然在自己與龍賡的夾擊之下幾無還手之力。這的確讓人感到不可思議，「鐵手」曾經與紀空手有過交手，在紀空手的印象中，此人單打獨鬥，也許不是自己的對手，但若是真正的擊敗他，恐怕不費點精神也難以辦到。

難道說自己一旦與龍賡聯手，彼此之間就能相得益彰，發揮出不可估量的威力？

紀空手帶著這種疑惑，望向龍賡，然後彼此間都流露出心領神會的笑意。

然而在紀空手的心裡，並沒有感到有任何的輕鬆，雖說剛才的交手沒有發出太大的動靜，但以李秀樹的功力，只怕還是難於逃過他的耳目。既然如此，何以這閣樓中依然能夠保持寧靜？

這令紀空手心生懸疑，同時更不敢有半點大意。他與李秀樹只不過有一面之緣，但在一系列的事件中，他已領教了不少李秀樹的厲害之處，面對這樣的強敵，不容他有任何的疏忽。

他沒有繼續遲疑下去，作了一個手勢，示意龍賡多加小心，同時躡著腳步向閣樓逼近。

站到閣樓之外，紀空手的心裡忽然生起了一種十分怪異的感覺，竟然感應到閣樓中只有一個人的氣息。

只有一個人，是誰？為什麼只有一個人？這令紀空手大惑不解。

不過對他來說，他遇上這種事情，通常就只用一種辦法，那就是推開門看，而不會去胡思亂想。因為他始終認為，人的思想是考慮有一些價值的事情的，而不必浪費在這種馬上便可以看到的事情之中。

「吱……」門果然開了，卻不是紀空手用手推開的，也不是龍賡用劍抵開的，而是有人從門裡拉開的。

門分兩扇，站在門裡的人竟然是靈竹公主！她的臉上毫無表情，目光無神，似乎有幾分冷漠。

「你們終於來了。」靈竹公主淡淡而道，好像她事先預料到了紀空手會找到這裡一般。

「你果然在這裡！」紀空手的神情放鬆了不少。能夠看到靈竹公主平安無事地出現在自己的眼前，紀空手便感到了自己所做的一切努力都沒有白費。

「本公主一直就在這裡，這裡既是本公主所選的寢地，本公主不在這裡，還會在哪裡？」靈竹公主淡淡一笑，彷若無事般道。

紀空手的眼中暴出一道厲芒，直直地盯在靈竹公主的臉上，冷冷地道：「你如果覺得這是一場好玩的遊戲，那麼你就大錯特錯了！你可知道，爲了你失蹤的事情，你的父王此刻正率兵三萬，駐於夜郎國界，一場大戰就要因你而起。」

他看著靈竹公主漸漸低下了頭去，頓了頓道：「戰爭是殘酷的，一戰下來，白骨累累；一人戰亡，殃及全家。若是因你之故而傷亡千人，就將有數萬人因你的這個遊戲而痛苦一生。你於心何忍？」

靈竹公主的俏臉一紅，顯然心有觸動，低語道：「本公主也沒有料到事情會變成這樣，當年父王承諾高麗親王，答應爲他做成一樁大事，事隔多年，他既尋上門來，本公主爲了兌現父王當年的承諾，當然只有出手相助。」

「你說得不錯，一諾千金，重情重義，本是做人的本分，但是爲了取信一人而損害到十萬人的利益，這不是誠信，而是傷天害理！」紀空手緩緩而道：「李秀樹的用心之深，手段之毒，遠非你這樣的小姑娘所能了解的，如果夜郎、漏臥真的因你而發生戰爭，那麼你將因你的無知成為漏臥的千古罪人！」

靈竹公主抬起頭來，故意挺了挺胸脯道：「本公主不是小姑娘，用不著你來對我說三道四！」

紀空手瞄了一眼她胸前高挺的部位，微微一笑道：「你既然明白其間的利害關係，那是再好不過了，我也懶得多費口舌。我只想問你，李秀樹他們現在哪裡？」

這才是紀空手關心的話題，然而紀空手知道靈竹公主的個性乖張，性格倔強，倘若一上來就提起這個話題，她未必就肯一一作答。而此刻靈竹公主的嘴上雖硬，可心裡已經意識到了自己一時任性造成的惡果，已有補救之心，是以他才出口相詢。

果不其然，靈竹公主遲疑了半晌，才吞吞吐吐地道：「其實就在你們到來之前，他們還在這裡，等到他發現來人是你們時，已經知道形跡敗露，所以當機立斷，搶在你們進來之前就走了。」

「走了？去了哪裡？」紀空手心中一驚，問道。

「當然是離開了臨月台，至於去了哪裡，本公主就不得而知了。」靈竹公主道。

紀空手緊緊地盯著她略帶紅暈的俏臉，搖了搖頭道：「你在說謊！」

「放肆！」靈竹公主的眉頭一皺，臉上頓有怒意：「你既不信，無須再問，就算問了，本公主也再不作答！」

紀空手吐了吐舌頭道：「你又何必生氣呢？我說此話，必有原因。你說李秀樹他們已經離開了臨月台，可我們明明人在外面，怎麼就沒有看到他們的身影呢？難道說我們的眼睛都已瞎了？」

他說出這話來，靈竹公主果然氣鼓鼓地別過臉去，一副充耳不聞的樣子。

正當紀空手無計可施之時，一陣腳步聲從外面傳來，竟是夜郎王與陳平率人闖了進來，在他們的身後，娜丹也跟隨而來。

靈竹公主見了娜丹，好生親熱，兩人嘰嘰喳喳地說了好一陣子，卻聽紀空手道：「你好像還沒有回答我的問題。」

靈竹公主怔了一怔，瞪他一眼。娜丹問明原由，紅著臉在靈竹公主的耳邊低語了幾句。

靈竹公主臉上好生詫異，目光中似有一絲幽怨，冷冷而道：「李秀樹早在你們進入臨月台前，就派人挖了一條通往島外的暗道，那裡藏了幾條小舟，不經廊橋，他們就可出島而去。」

紀空手心中一驚，這才知道自己與李秀樹每次交鋒，竟然都落入下風。對於這一點，他本該事先想到，畢竟北域龜宗與東海忍道都擅長土木機關，挖掘地道最是內行。

在靈竹公主的引領下，果然在一面牆下發現了一條可容雙人並行的地道，龍賡正要跳入，卻被紀空手一把攔住。

「此時再追，已經遲了，而且李秀樹顯然並不懼怕我們追擊，否則他也就不會留下靈竹公主了。」紀空手非常冷靜地道。

龍賡一怔之下，頓時會意。以李秀樹的行事作風，他若真怕人發現地道，肯定會殺人滅口，所以他留下靈竹公主的原因，一來是不怕有人追擊，二來靈竹公主既然性命無憂，他算定紀空手等人自然不會窮追猛打。當務之急，是要將靈竹公主送回漏臥，以消弭即將爆發的戰爭。

紀空手沈吟良久，突然低呼了一聲：「李秀樹果然是李秀樹，行事簡直滴水不漏。」

眾人無不將目光注視在他的身上，搞不懂他何以會發出這番感慨。

紀空手道：「既然靈竹公主安然無恙而回，那麼我們現在要做的第一件事，會是什麼？」

陳平道：「此時距子時尚有幾個時辰，如果我們即刻啓程，快馬加鞭，可以在子時之前趕到邊疆，將靈竹公主交到漏臥王手中。」

紀空手點點頭道：「此事如此緊急，當然不容出半點紕漏，所以我們通常只能派出大批高手加以護送，但這樣一來，又勢必造成整個通吃館內兵力空虛。」

陳平恍然大悟道：「然後李秀樹就會趁這個大好時機，開始對房衛與習泗下手。」

「不僅如此，爲了掩人耳目，他也肯定會對卞白下手，造成一種假象。這樣一來，他們便可順利完成此行的最終目的了。」紀空手斷然道。

「那麼我們現在應該怎麼辦？」夜郎王情急之下道。

「大王不必操心，此事交給我辦就成了。」紀空手微一沈吟，已然胸有成竹。

當下紀空手與龍賡、陳平站到一邊，開始商議起行動的方案，而夜郎王與刀蒼城守出了臨月台，準備了一百匹快馬守候城門外，只等紀空手他們商量妥當，即刻啓程，趕往漏臥邊境。

「李秀樹絕對想不到我們會識穿他玩的把戲，所以這一次對我們來說，是一個機會。」紀空手的眉間已隱生殺機，他已經非常清晰地意識到，李秀樹這幫人的活動能量之大，非同小可，已經成爲了他們完成計畫的絆腳石，如果不能加以剷除，必生無窮後患。

龍賡的眼睛一亮道：「我們雖然人數不少，卻缺乏那種對成敗具有決定性因素的高手，如果我與你都護送靈竹公主前往漏臥邊境，只怕難以顧及到這裡，勢必不能對李秀樹構成致命的威脅，除非……」

他顯然已經猜測到紀空手心中所想，卻沒有繼續說下去。

紀空手道：「護送靈竹公主一事，的確重要，但李秀樹既然決定對房衛與習泗下手，就不會將自己的注意力放在那上面，所以護送公主一事，反而變得安全。以夜郎王身邊的高手，再加上刀蒼手下選派一幫精銳，已足夠完成任務。」

「你的意思是說，由大王親自護送靈竹公主前往？」陳平一怔道。

「這看似有些風險，其實非常安全。一來夜郎王已在邊境駐有重兵，以應不測之變，在雙方實力相當的情況下，漏臥王絕不敢輕舉妄動，公然出兵一戰；二來靈竹公主既然回到漏臥，漏臥王便出師無名，假若硬要出兵一戰，士氣不振，難有作爲；三來漏臥王此次出兵，肯定與李秀樹的鼓動大有關係，靈竹公主既然由我們送回，他肯定會有所聯想，算到李秀樹這邊大勢已去。有了這三點，再加上夜郎王親臨，給他一個台階下，漏臥王又何樂而不爲呢？」紀空手說出了他的推斷。

「那我們事不宜遲，即刻去辦。」陳平看看天色，心裡有些急了。

紀空手微微一笑道：「話雖如此說，但我們卻不能如此做，至少要像李秀樹所期望的那樣，精英盡出，護送靈竹公主回國。唯有如此，他才相信我們在通吃館內的實力空虛，方敢放手一搏。」

龍賡笑道：「然而我們大張旗鼓地出了城後，便悄悄地給他殺一個回馬槍！」

「不僅如此。」紀空手望向陳平道：「在通吃館內，對房衛、習泗、卞白三個點上的佈防，表面上是一視同仁，分出同等的兵力佈置守衛，但我們的重點卻在房衛身上，只要房衛無事，就無礙於我們大計的實施。至於習泗、卞白，生死由命，也就隨他們去吧。」

三人哈哈一笑，一個圍殺李秀樹的殺局就在這一笑中醞釀而成。

這三大棋王中，卞白乃韓信的人，紀空手不看重他尚且有理可尋，而習泗來自於項羽，房衛來自於劉邦，無論項羽、劉邦，都與紀空手有不共戴天之仇，何以紀空手會輕習泗而重房衛，生怕房衛受到別人的攻擊呢？這其中難道另有圖謀？

紀空手的這一著棋的確讓人匪夷所思，以李秀樹的才智，也絕對想不到紀空手會有這樣的打算。所以當紀空手與李秀樹再一次正面交鋒的時候，從一開始，李秀樹似乎就在算計中落了下風。

他還能扳回來嗎？這沒有人知道，世事如棋，當棋子還沒有落到盤上的一剎那，誰又能推算出這是一著妙手，還是一著臭棋呢？

◆

夜到子時，最是沈寂。

夜深，如蒼穹極處般不可測度；夜靜，靜如深閨中的處子守候明月。明月照人，月下的人影無疑是最孤獨，最寂寞的，對影望月，當然成了畫師手中最能表現靜默的畫卷。

清風徐來，微有寒意，吹動起茶樹繁花的枝葉，沙沙輕響，宛若少女沈睡中的夢囈。

月華淡如流水，樹影婆娑，搖曳於七星亭的院牆內外，整幢建築就像是一頭蟄伏已久的巨獸，靜默中帶出一種讓人心悸的氛圍。

七星亭乃是通吃館內有名的建築，不大，卻精美，房衛與樂白、寧戈所帶的上百名漢王軍隊中的精銳高手就住在此間。

在七星亭的周邊，陳平已派出一部分力量作了例行的防範佈署，而他府內的高手卻在他的分派下，進入了事先指定的位置，迅速埋伏於各個交通路口。

雖然一切行動都在祕密進行之中，但是仍然沒有逃過房衛等人的耳目。就在陳平剛剛佈置完畢之後，房衛派人悄悄將陳平請入七星亭的內室之中。

「看陳爺如臨大敵的樣子，莫非是得到了不利於老夫的消息？」房衛恭身行禮之後道。

「房先生不必擔心，我的確是聽說有人將在今夜子時對你不利，但以我陳平的力量，足以確保你的安全。」陳平微微一笑道。其實他進入七星亭後，一路留心觀察，發現七星亭內的戒備森嚴，高手如雲，並非如自己想像中的弱不禁風。

「既然有人於我不利，老夫又豈能袖手旁觀，讓陳爺來為老夫擔當風險？老夫此行，手下倒也不乏一些高手，如果陳爺有什麼地方用得著他們的，儘管開口。」房衛顯得十分客氣。

「房爺此話正好說到點子上了，我的確想請房爺身邊的高人作好準備，以應不測之變。」陳平的臉色一肅，頗顯凝重地道：「因為此次敵人的來頭不小，實力雄厚，弄不好就是一場生死搏殺。」

房衛奇道：「此人是誰？難道說他與我有仇？」

「此人雖然與先生無仇，卻與漢王有怨，他明知此次的銅鐵貿易權的歸屬對漢王來說十分重要，所以才蓄意破壞，甚至不惜刺殺於你。」陳平頓了頓道：「此人正是高麗國親王李秀樹！」

「李秀樹？」房衛對這個名字並不太熟悉，將目光投向了身邊的樂白。

樂白忙道：「此人不僅是高麗國的親王，亦是北域龜宗的宗主，以王爺身分，兼統棋道宗府、東海忍道，其勢力之大，未必在五閥之下。他們的勢力範圍一向在中原以北，只在近一兩年才出現南下的跡象，致使江湖傳言，他與韓信暗中勾結，聯手圖謀中原大好河山。」

房衛倒抽了一口冷氣，這才明白陳平此舉，絕非小題大做。

陳平告辭而去，他的身影是在數道目光的鎖定下離去的。在暗黑的虛空中，同樣有一雙深邃的眼睛亮著厲芒，注視著陳平遠去的背影。

◆

夜色依然朦朧。

在朦朧的月色之下，數十條暗黑的人影漸漸向七星亭靠攏，當先一人，就是李秀樹。

在他的身後，有東木殘狼、原丸步等一眾高手，精英盡出，似乎對今晚的行動勢在必得。

李秀樹的確有這樣的自信，這不僅是因爲他本身具有雄厚的實力，而且他相信自己調虎離山之後，通吃館已是一片空虛，自己完全可以如一股颶風般橫掃，以達到最終目的。

所以這次行動的代號，就叫颶風。

望著七星亭裡的一片暗黑，李秀樹敏銳地感受到了那種似隱似現的重重殺機。在暗夜裡，他的目光就像是帶著寒意的發光體，彷彿預感到了其中的危機。

然而他並未將這一切放在眼裡，此次夜郎之行，真正讓他感到有所忌彈的，只有兩個人，那就是紀空手與龍賡。

龍賡的可怕之處，在於他超凡脫俗的劍道，李秀樹雖然沒有與之交手，卻親眼目睹過他在劍道中演繹的內容，那種深邃，那種博大，連李秀樹這樣的一代宗師都難有必勝的把握。

而那個名爲「左石」的年輕人，從表面上看，他似乎遠不如龍賡那般鋒芒畢露，就像是一塊深藏泥中的寶石，光華盡斂。但李秀樹卻知道他是屬於那種在閒庭信步中乍現殺機的高手，不動而已，一動必是驚天動地，往往左右著整個戰局的走向。

如此厲害的兩個人，的確在無形中給了李秀樹極大的威脅，所以他才會精心設下殺局，來對付他們。當殺局失敗之後，李秀樹意識到有這兩個人的存在無疑是自己完成此行任務的最大障礙，於是他寧可放棄用靈竹公主的生死來引發二國之戰的計畫，而改用靈竹公主的安全問題來調動他們，離開金銀寨。

當他手下的眼線前來稟報，說是親眼看到龍賡與左石護送著靈竹公主離開了金銀寨時，他才算真正的鬆了一口氣，開始謀劃今晚的行動計畫。

今晚的行動十分簡單，就是殺！只要殺掉房衛與習泗，一切就可大功告成。

這本是下下之策，但事已至此，卻成了李秀樹唯一的選擇。所以他要求自己屬下的只有一句話，那就是「只許成功，不許失敗」！

然而他的人到了七星亭外，卻沒有馬上進去，而是各自守候在既定的位置上，等待著他的命令。

這就是李秀樹與別人的不同之處，他行事的作風，類似於獵豹，當他沒有十足的把握時，絕不輕易出手，寧可多費時間在一些準備的工作上；然而他一旦出手，就絕不回頭，所以攻擊的必定是敵人要害。

這種方法需要時間，需要耐性。當你付出了之後，就會收到意想不到的效果。

李秀樹從來沒有懷疑過這種方法，也嘗試到這種方法給他帶來的成功，所以他靜靜地伏在一座小山丘上，俯瞰著眼下這片暗黑的空間。

他已經感到了一股濃烈的殺機，瀰漫於七星亭上空，然而他並不感到吃驚。經過了靈竹公主失蹤一事之後，通吃館內的戒備必定大大加強，房衛也會加倍提防，還有刀蒼所佈置在三大棋王外的兵力也定會增多，如果這處沒有殺機出現，李秀樹反而會感到驚訝。

按理說在得到了龍賡與紀空手不在金銀寨的消息之後，李秀樹應該輕鬆才對，可是他卻沒有，在一剎那間，他的心靈中彷彿出現了一絲不祥之兆，使得他原本緊張的神經負荷起更大的壓力。

這令他有些懷疑起自己的直覺來，因爲自他踏入江湖的那一天起，其直覺就從來沒有出現過一次失誤，難道說自己真的老了，以至於失去了敏銳的判斷？

他不知道，也無法知道，只是搖了搖頭，將自己的注意力重新集中在七星亭裡。

明月當空，夜色朦朧，李秀樹耳目並用，甚至用一種靈覺去捕捉七星亭內的任何動靜。很快，他就清晰地知道在哪一條道路上，埋伏了多少人；在哪一棟建築旁，暗伏了多少殺機。當這一切匯成圖像印入了他的腦海時，他已經形成了自己對事態的評估與判斷。

他的右手緩緩地向空中伸去，很慢，很緩，就像是承荷了一座大山！目光再一次透過暗黑的夜色巡視部下。在這些人中，不乏有身經百戰的高手，每一個人都精神抖擻，信心十足，作好了戰鬥的準備。他們的目光無不盯注在李秀樹的這隻大手上，等待它伸至極限，等待它停頓下來，等待它如流星般揮落……

當這隻大手揮落的一剎那，颶風行動就將開始，這是他們事先約定的信號。而在整齊計畫中，因爲分工的不同，每一個人的行進路線都將不同，每一個人出發的時間也不盡相同，唯一相同的，就是他們所攻擊的都是同一個目標。

大手終於重重地揮下！

第一組人馬出發了。這一組人馬只有三人，人數不多，卻是精銳中的精銳！李戰獄、東木殘狼、張樂文，這三人加在一起，就像是一個無敵的組合。他們的任務，就只有一個——刺殺房衛！

他們三人無疑是颶風行動的核心，其他的小組都是圍繞著他們展開行動的，就像是一把鋒利的劍，他們三人無疑是劍的劍鋒，而其他的人則是劍背、劍身、劍柄，只有當它們組成一個完美的整體後，劍才可以發揮出最大的威力。

這三人的武功不凡，人又機警，行動起來猶如狸貓，毫無聲息地進入了七星亭。三人似乎都具備了非常敏銳的感官，得以從容繞過敵人的防線，直接到達了七星亭的中心——七星樓。

七星樓分三層，每層都高達一丈有五，要想爬到頂端，絕對不是一件容易的事情。李秀樹之所以要派出這三人，是因爲他知道房衛就在七星樓中，卻無法知曉其具體位置。爲了使得整個刺殺更具突然性，他要求李戰獄、東木殘狼與張樂文各守一層，一旦發現目標，立即實施攻擊。

他將這次行動取名爲颶風，當然力求整個行動能如颶風般迅速、突然，帶有驚人的震懾力。所以當他看到李戰獄三人進入到預定位置之後，毫不猶豫，將手下的人馬兵分三路，沿三個方向進入到事先設定的線路上待命，等候他最終動手的信號。

他的手已伸入懷中，再伸出來的時候，指間已經多了一管禮花，而這管禮花一升入空中，就是整個行動開始的信號。

手在空中懸凝不動，在他作出決定之前，習慣性地審視了一下自己這次行動的整個方案。

——由李戰獄、東木殘狼、張樂文三大高手聯袂出擊，事先守候在七星樓內。

——然後三路人馬分三個方向攻向七星樓。此攻乃佯攻也，目的就是爲了吸引對方的注意力，從而爲李戰獄三人刺殺創造機會。

——樓外既有動靜，房衛絕對不會坐視不理，必然出來觀望，只要他一現身，就很難再有活著的機會。

——房衛一死，颶風行動便已結束，趁著局面混亂，己方就可全身而退。

這個方案的確非常絕妙，而且有效，美中不足的，是沒有明確撤退的行動和路線。不過這本就不是李秀樹考慮的範圍，他做事從來就是爲達目的，不擇手段，縱然己方有一定的傷亡，他也只會認爲這是成功所必須付出的代價。

李秀樹的心中不免有幾分得意，雖然颶風行動還沒有開始，但他卻預見到了行動的結果——他實在想不出自己會失敗的理由。

然而就在這一瞬間，那種曾經在他心頭出現的不祥之兆如幽靈般再竄了出來，令他又有了幾分驚駭。

林間有風，枝葉輕搖，沙沙的枝葉擺動聲和著繁花送來的清香，使得七星亭上的空間顯得悠遠而寧靜。

在這寧靜之中，李秀樹彷彿感應到了一股不同尋常的氣息，猶如夢幻般若有若無，瀰漫於這段空間之中。

他不能確定，當他企圖尋找到這股氣息的來源時，剎那之間，殺氣又似乎全部收斂，就像是一種錯覺，在這個世上根本就沒有這種氣息存在。

李秀樹的臉色變了一變，在他的記憶中，他從來沒有遇到過這種情況。

也許自己真的老了？李秀樹的心裡湧出一股悲哀。

但這一戰關係到他此行夜郎的成敗，也許是巨大的壓力讓他緊張起來，神經繃直到了一定的極限，所以才產生了錯覺。

這是他給自己的一個解釋，還有一種情況，就是這不是錯覺，這股殺氣的確真實存在。

如果是後一種情況，李秀樹真的想不出在這通吃館內，除了那個叫「左石」的年輕人與龍賡之外，還有誰？

這種氣息絕不是普通的高手能夠擁有的，唯有超強的高手才能在呼吸之間將這種氣息自然地流露出來。在不知不覺中化作空氣的一份子，讓所有的生機融入這片虛空之中，不分彼此，使人根本無法分辨出來。

然而，在不能確定的情況下，李秀樹更願意將自己的這種發現歸類於錯覺，因爲他心裡清楚，今夜已是他最後的，也是唯一的機會，如果再不動手，他的夜郎之行將以失敗告終。

所以，他只猶豫了一下，手臂終於振出。

「嗖……」半空中頓時傳出一聲短促而尖銳的呼嘯，隨著「砰……」地一聲炸響，一道美麗而絢爛的禮花衝天而起，如繁花般綻放。

好美的一幅圖畫，只是在暗黑的夜空下，這美麗的背後，似乎並不單純，隱藏著一股淡淡的，如煙花般飄渺的殺機。

煙花升起的那一剎那，撕破了夜空的寧靜，喊殺聲起，數十人影兵分三路，喊打喊殺地直奔七星亭上的七星樓。

這些人無疑都是李秀樹手下最精銳的人馬，行動之快，閃亮的刀芒如疾風速移，若入無人之境一般飛速向前移動了百步左右。

這實在太順利了，對方好像一點反應都沒有，靜謐得有些反常。

眼看他們衝到七星樓前的一塊廣場，突然一聲炮響，原來以七星樓爲中心點，四面已經全被上千的戰士包圍了起來，四面八方，一里之內全是閃爍的光點，無數支火把陡然亮起，向著敵人掩殺而來。

李秀樹人在局外，雖然這一切在意料之中，但他仍然感到有些吃驚，不自禁地將目光鎖定在七星樓上。

七星樓卻靜得可怕，在同一個空間裡出現靜鬧兩個截然相反的世界，這實在讓人心驚，讓人覺得不可思議。

無論是李戰獄，還是東木殘狼、張樂文，他們此刻的心情同樣緊張，靜伏在守候點上，握著兵器的手甚至滲出了絲絲冷汗。

雖然自火光起，他們等候的時間並不長，但樓中的人顯然不像他們事先預料的那般衝出樓來觀察動靜，反而龜縮不動，這不由得不讓他們三人有意外的驚懼。

難道說這樓裡根本就沒有人？

李戰獄心中暗暗吃驚，如果說房衛不在樓中，不僅整個颶風行動徒勞無功，而且他們也難以製造出大的混亂來掩護自己全身而退。現在唯一的辦法是，既然樓裡無人出來，那麼他們只有破門而入，展開搜尋，直至將房衛擊殺。

「啪……」一聲很輕很細的聲響傳入李戰獄的耳朵，李戰獄突生警兆，立感不妙，因為他感覺到樓中並非全無動靜，一團暴湧而來的氣機正如電芒般的速度向自己迫來。

「蓬……」他所正對的房門裂成了無數塊木條，若箭雨般直罩李戰獄的身體而來，緊接著一點寒芒閃爍在這木條之後，刺破了夜空的寧靜，也刺破了這原本靜寂的空氣。

李戰獄的臉色陡然一變。

他對李秀樹制訂出來的行動方案近乎迷信，從來就沒有懷疑過半分。這倒不是李秀樹自踏足江湖以來，鮮有失手的紀錄，而是這次行動本來是經過了準確無誤的計算之後，再反覆推敲才出爐的，絕不可能出現任何紕漏。可是當驚變陡然發生時，一下子就將李戰獄的心理完全打亂，失去了他原本應有的自信。

這就好像是一個人自以為自己一直在算計別人，可到了最後，卻發現自己早在別人的算計之中，這種心理上的打擊實在讓李戰獄感到難以承受其重。

然而李戰獄並沒有因此而亂了手腳，他並不是第一次面對這種危機。雖然來人的劍勢極端霸烈，但他對自己的長槍同樣抱有不少的信心。

危機是一種湧動的殺意，不可捉摸，飄忽不定，比烈焰更野，比這流動的空氣更狂，劍芒閃爍間，跳動著一種有如音樂的韻律。

那破空之聲懾人心魂，是氣流與劍身在高速運行中發出的摩擦聲，像是幽冥中的鬼哭，又像是荒野中的狼嚎，暗黑的劍流瀉於暗黑的夜，形成一種令人心悸的妖異。

李戰獄的眼神為之一亮，猶如暗夜中的一顆啟明星，當寒芒乍起的一瞬，長槍已如一條怒龍般標出。

「噹……」劍與槍在剎那間交擊一點，脆響暴出，打破了本已寧靜的平衡。

氣流隨之而動，風嘯隨之而起，兩人一觸而分，李戰獄這才看清對手的面目。

來人竟是樂白！雖然李戰獄並不知道對方的名字，也不知道對方是誰，卻從對方剛才的那一劍中認出了來人絕對是一位不容小視的高手。

沒有人敢小視樂白，他是問天樓四大家臣之一，混進入世閣臥底，又成爲趙高最爲倚重的三大高手之一，像這樣一位在五閥之中都能排得上號的人，試問天下有誰膽敢不將之放在眼裡？

李戰獄當然也不會小視他！此刻的李戰獄有些動容，因爲他完全沒有料到，在七星樓裡還有這樣的好手存在。剛才的那一劍，不僅角度精妙，更在於氣勢之流暢，平添了不少力道，李戰獄的虎口至今猶有發麻之感。

「呀……」不過，沒有任何理由不讓李戰獄出手，他必須出手，所以長槍再次振出，劃出一道亮麗的弧線振入虛空，織就了一道密如蛛網的氣旋。無論是誰，只要進入氣旋，必將被利刃般的氣流分割肢解。

樂白當然感應到了對方那濃冽無比的殺氣與戰意，雖然他同樣對眼前的敵人十分陌生，卻從敵人的反應與氣勢中感覺到了一種可怕的戰意。

這一刻間，樂白沒有任何考慮的機會，唯有斜身避讓，然後出劍。

樂白的身體猶若一道旋風，與劍同舞，在半空中旋動成一團暗雲。當暗雲乍出時，李戰獄只感到自己的視線模糊，心生茫然。

劍在何處？人在何方？

李戰獄無法知道，只有瘋狂地舞動著槍鋒上的氣旋，不容對方的劍有半點擠入的機會。

劍就是劍，劍是有實質的組合體，然而劍在樂白手中，似已不再是劍，更像是呼嘯於空氣中的一道颶風，無處不在地顯示出異樣的淒厲。

李戰獄的眼睛變得好亮，對手如此強大，使他從對手的劍跡中看到了死亡的威脅，同時也激發了他體內的所有潛能。

勁氣在手中一點一點地提聚，長槍每每顫動一下，手中的力度便增強一分。當李戰獄感到自己手上的血管有一種幾欲爆裂的感覺時，他竭力攻出了震撼人心的一槍。

他要擊殺對手，以最快的時間將敵人置於死地！無論對手有多麼的強大，他都絕不容許這種可怕的敵人活在世上，對他的行動構成任何阻礙。

這是一種瘋狂的想法，對手愈強，這種想法聽起來便愈有神經質的味道。但李戰獄並不覺得這是不可能完成的事情，一種來自於心底的威脅改變了他正常的思維，使他狂妄自大到認爲自己已是無所不能的神。

有的時候，人的精神的確可以決定一切，特別是在生死之間，危險可以使人的潛能迅速提升至極限，而李戰獄的這一槍，無疑已經證明這一點。

「呀……」一聲慘叫聲來自樓下，使得瀰漫在七星樓間的氣氛爲之一緊，顯得更加驚心動魄。死去的不是樂白，也不是李戰獄，但李戰獄聽出了死者的聲音，竟然是伏擊在樓下的張樂文。

這令李戰獄感到驚駭莫名，張樂文死了！這實在讓人有些不可思議，因爲他們的行動無疑是保密的，沒有人事先會知道他們要攻擊的位置。然而事態的發展卻像是一個佈下的陷阱，早已等著自己三人掉入進去一般。

但李戰獄已沒有時間再去思考，在他的面前，還有一把隨時可以致人於死地的劍。樂白的人就像他手中的劍那般穩定，沒有半點波動的心情，平靜得可怕，足以讓任何人感到可怕。

他的步法進退有度，身影如夢如幻，攻防有張有弛，若流水般自如，每一個動作都展現出一個高手應有的氣勢與魄力，更有一種無法形容的動感與力度。

李戰獄在樂白的劍勢之下一點一點地喪失著自信，他生於高麗，長於北國，武功之強，只佩服過李秀樹，卻從不承認別人的武功會超過自己。此次夜郎之行，他先是遇上了紀空手，接著又遇到樂白，使得他受挫之下，不得不承認自己以往的認識是多麼的幼稚。無論是從招術的精妙還是功力的深淺來看，他都不可能是這兩人的對手。然而在他的內心深處，還有一股如兕悍勇猛之獸般的戰意，一旦將之激發，他相信自己還有機會。

若猛獸獵食般的戰意，到底強到什麼程度？沒有人知道，就算有人知道，也無法形容得出來，李戰獄當然亦說不清楚。但李戰獄卻確定自己的體內真有這股東西的存在，只要當它出現的時候，身體的各個感官都有一種如野獸般的感覺，使得全身的生理機能變得異常敏銳，似有一種超能量的物質在支配著他的思維。

「呼……」長槍破入虛空，暗影浮動，氣旋翻湧，就在樂白一步一步地逼近李戰獄三寸範圍之內時，李戰獄「嗷……」地一聲狂嚎，目赤如火，髮鬚俱張，在樂白沒有作出任何反應之前，長槍直奔樂白的咽喉。

這一槍來得突然，就像平空而出，若烈馬奔湧，更像是一道撕裂雲層的閃電，幾乎突破了速度的極限。

在一剎那間，李戰獄甚至堅信，這是一招絕對致命的殺招！無論對手曾經有多麼的強大，他最終的命運都只能是倒下！

但是，世事難料，這個世界上本就沒有太多的絕對，連六月飛霜都有可能出現，一個人的生死又怎能沒有變數？

凜凜的槍鋒快而且準，的確擠入了樂白密佈的劍氣中，只距樂白的咽喉僅七寸，但是陡然之間，這七寸的距離就像是一道不可逾越的鴻溝，竟成了槍鋒永遠無法企及的距離。

這只因爲，長槍突然凝固在了虛空之中，彷彿被冰封一般。

這一切來得如此突然，如此不可思議，難道說李戰獄突然良心發現，以至於及時收力？抑或因爲……

其實不爲什麼，只因爲在長槍的槍頭處，多出了一隻手，一隻非常穩定而有力的大手，就像是一座橫亙於虛空的山峰，阻住前路，不容槍尖有半寸的進入。

第四章　漢王劉邦

這一切都在李戰獄的意料之外，卻在樂白的意料之中，即使在槍鋒逼向自己咽喉七寸時，他也沒有驚慌過，因爲他堅信，這隻大手的主人總是會在最需要的時候出現。

一隻黑黑的手，青筋凸起，牢牢地鎖住槍身。當李戰獄的目光向上一抬時，忍不住打了一個寒噤，因爲他從來沒有見過有誰的眼睛是這般的陰沈，這般的深邃，這般地寒徹人心。

那雙眼睛之中有一種讓人神經崩潰的強大自信，更有一絲近乎憐憫的同情。他的眼睛裡何以會出現同情？同情的對象又是誰？

李戰獄禁不住吞了一口口水，卻難以咽下，發出一種「咕咕……」的可怕之聲。擁有這種目光的人，同情的對象當然不是他自己，那麼，難道對方同情的人竟是他李戰獄？

這似乎太不可思議了，令李戰獄機伶的獸性像碰到強大的獵人般隨之泯滅，一股莫大的恐懼若潮水般漫湧全身。

此時此刻，死亡似乎並不是一件十分遙遠的事情，那隻大手緊握槍身，懸凝空中，紋絲不動，但那手上的力度跳躍著一股濃烈的死亡氣息，如幽靈般瀰漫空中。

手，不是兵器，只不過是人體的一部分。可當它透出殺意時，卻是天下間最靈動、最機敏的殺人兇器，因爲它有生命，有思想，更有血與肉的靈動。

李戰獄唯有退，棄槍而退！

他本不想棄槍，在這種情況下，棄槍終究是一件十分兇險的事情，然而他卻不得不棄，他也曾經試著想將長槍抽回，但槍身卻如大山般沈重，沈重得讓人無法撼動。

腳步如履冰面，滑退若飛，李戰獄的這一退足有七丈，眼看就要退出七星樓，退到一片茶樹繁花之中。

他不由得暗自竊喜，有了林木的掩護，有了暗夜的遮隱，他完全可以發揮出北域龜宗特有的逃生術，這本就是他所學的拿手絕技。

就在他抬眼來看的一瞬間，那雙眼睛卻依然在前，相距不過一尺，讓人幾疑這是幻覺。

李戰獄無法不驚，他明明退了七丈，怎麼還會與這雙眼睛相對？這清澈深邃的眼眸，莫非是陰魂不散的幽靈？

「呼……」他在驚懼之下，猛然出拳。

這一拳沒有角度，沒有變化，卻充滿力道！當勁氣在拳心驀然爆發時，這大巧若拙的勁拳直奔那雙眼睛而去。

他只想一拳將這雙眼睛打爆，將這眼睛裡蘊含的自信與激情統統打至無形。

沒有人會懷疑這一拳的力量，也沒有人會懷疑這一拳的霸烈，如此充滿力度的一拳，李戰獄根本不相信有人可以不屑一顧。

然而，問題卻不在這裡。

問題是這一拳是否真的能夠擊出去。

就在李戰獄的臉上露出猙獰的笑容時，突然，他聽到了一種骨骼碎裂的聲音，「喀……喀……」之音猶如夜鷹的厲嘯，讓人心生悸寒。

他的臉上肌肉爲之一緊，笑容頓時僵住。然後他便感到了一種劇痛來自手心，那種徹骨之痛，猶如負荷了千斤之物的擠壓，骨與肉頓成血醬。

他怎麼也沒有料到，自己的這一拳不但沒有擊出，反而被人迎拳握住，捏得殘廢。

那雙眼睛裡依然閃現出同情之色，直到這時，李戰獄才驀然驚覺，自己的確是値得同情。

可惜的是，這一切都太遲了一些。

他已經感到了有一道寒氣直鑽入心，那種莫名的感覺，就像是掉入了一個無邊無際的暗黑空間。

「有容乃大……你……你……到底是誰？」這是李戰獄掙扎著說出的最後一句話，他的眼睛瞪得圓圓的，彷彿死得並不甘心。

「我就算說了，你也未必能聽得進去。」那雙眼睛的主人緩緩地抽劍回鞘，聞了聞夾在花香中的那股血腥，淡淡一笑道：「本王就是劉邦！」

◆

當煙花綻放半空的時候，李秀樹的臉上情不自禁地露出了一絲微笑。

他無法不笑，他相信自己的計畫，更相信自己屬下的辦事能力。當命令發出的時候，他已在靜候佳音了。

不過，這種好心情並沒有維持多久，甚至不過是曇花一現。突然間，他感到自己的背上一陣發緊，警兆頓生。

在他的身後，依然是一片茶樹，樹上繁花朵朵，在清風的徐送下，滿鼻花香。

然而花香之中卻隱藏著一股似有若無的肅殺，不是因爲這深冬的夜風，而是因爲在花樹邊，平空多出了一個人。

一個手中有刀的人，刀雖只有七寸，人卻達八尺有餘。當人與刀構成一幅畫面時，卻有一種和諧的統一，讓人憑生寒意。

肅殺、厲寒，沒有一絲生機，人與刀出現於天地間，猶如超脫了本身的事物，給人格格不入之感，更有一種孤傲挺拔之意。

這是一種感覺，一種很清晰很真實的感覺，當李秀樹產生這種感覺時，他的整個人就像岩石一般佇立不動，因爲他心裡十分清楚，雖然彼此相距九丈之遠，但只要動將起來，這根本算不得距離。

他沒有動，還有另一個原因。雖然他沒有回頭看一眼，卻心如明鏡，知道身後之人能夠在自己毫無察覺的情況下，進入到自己身邊的十丈範圍之內，除了那位名爲「左石」的年輕人外，還會有誰？

他一直感到有些奇怪的，就是左石的身分。以其人之武功，絕不會是無名之輩，可自己的確是人到夜郎之後才聽說過這個名字，如果他是化名喬裝，那麼其本身又會是誰？

李秀樹也懷疑過左石就是紀空手的化名，卻不敢確定。他知道，紀空手所用的是離別刀，兵刃對於一個武者來說，它就是另外一種形式的生命，不到萬不得已，誰也不會輕易捨棄。

他又怎知紀空手之所以要捨棄手中的離別刀，只是爲了得到更多更深的武道真諦！他又怎知此刻的紀空手，已達到了「心中無刀」之境，無論是離別刀，還是七寸飛刀，在他的眼中，都只是一種形式的攻防手段，隨意拿起一物，他都可以將之發揮出離別刀與飛刀可以達到的刀境。

但紀空手之所以仍不棄飛刀，是因飛刀本就是一種捨棄時才可以發揮真正威力的武器。

正因爲如此李秀樹才不敢確定，而感到了紀空手的可怕。像這樣冷靜而極富內涵的年輕高手，他也曾看到過一位，那就是他一力扶持的韓信，但平心而論，他覺得眼前此人若與韓信相比，當是有過之而無不及。

紀空手的目光悠遠而深邃，抬起頭來，緊緊地盯住李秀樹的背影。他心中的驚訝並不下於李秀樹看到他時的程度，因爲雖然兩人之間從未交手，但紀空手的心裡已經感覺到了自己面對的正是一位比之五閥亦不遑多讓的超級高手。

李秀樹深深地吸了一口氣，腳下微動，緩緩地轉過身來。

一刹那間，四目相對，兩道眼芒如電火般在虛空中碰撞交觸，兩人的心頭無不爲之一震。

一股莫名的戰意自紀空手的心頭生起，透入神經，自然而然流露出一種狂熱而亢奮的野性，不經意間，他跨出了一步。

隨意地一步，只有三尺不足，然而當這一步踏出之後，這段空間已無風，只有一種無奈和肅殺，隨著空氣而漸漸凝固。

殺氣漫出，如弓弦一般緊繃，使得人有一種喘不過氣來的感覺。

一步、兩步、三步……

當兩者相距只有三丈時，紀空手才終於停止了腳步，整個人步履一斜，不丁不八，有若淵亭嶽峙一般，透出一股懾人般的凝重。

他的眼芒有若刀鋒一般銳利，堅定而自信，緊緊地盯住李秀樹的眼眸，一刻都未放鬆。

李秀樹的耳際傳來了七星樓的喊殺聲，知道戰事已起，時間不多，猶豫了一下，才冷冷地道：「你究竟是誰？何以要與老夫作對？」

紀空手悠然一笑，嘴角間泛起一絲淡淡的冷漠，道：「我是誰並不重要，重要的是我不能不與你作對！」

「哦？」李秀樹眼中流露出一絲詫異，道：「莫非我們有仇，還是有恨？」

「我們無仇也無恨，只因道不同，所以不相爲謀，我們註定了天生就是對手。」紀空手的聲音有若淡淡的清風，在不經意間透出一股肅殺。

「這個世界上，沒有天生的敵人，也沒有天生的朋友，人生不過短短數十年，過得舒心就好，又何必多結冤家，多樹強敵呢？也許再進一步，我們是很好的朋友，這又何嘗不可能呢？」李秀樹淡淡而道，他實在沒有必勝的把握，所以不敢輕舉妄動。

「不可能！我們絕對不可能成爲朋友！」紀空手臉色肅然道：「你身爲高麗親王，卻遠到夜郎，可見你的野心之大，已入邪道，而且你的行事作風從來就是爲達目的，不分善惡，不擇手段，正是魔道中人的特性。雖然我不是除魔衛道之士，但是只要稍具正義感之人，都不可能與你同流合污，成爲朋友，所以我們註定會成爲冤家對頭。」

「你一心與我爲敵，莫非認爲憑你的武功已經足夠將老夫擊敗？」李秀樹冷冷地看了紀空手一眼，手已經按在了劍柄之上。

「我不知道，但是我想，在這個世界上本就沒有不可能的事情，就算我擊敗了你，也不是一件奇聞。」紀空手淡淡一笑，自有一股透入骨子裡的傲意。

「你不可能擊敗老夫，這是絕對的！」李秀樹也笑了笑，就在他拔劍的同時，突然在紀空手旁邊的幾叢茶樹中現出幾條人影。

紀空手顯然沒有料到李秀樹還留有這麼一手，自己之所以事先沒有察覺，是因爲這幾個人來自於地下，自閉呼吸，自絕生機，擅長於一種傳說中的「瑜迦術」。這種來自於異邦武道的功夫，紀空手雖然不曾親見，卻聽五音先生說過，是以一怔之下，已然明瞭。

「原來你還有埋伏。」紀空手的臉色變了一變，搖了搖頭道：「看來誰要與你作對，都不是一件很容易的事情。」

「你現在才知道，只怕遲了。」李秀樹猛一揮手，只見那三名殺手同時暴吼一聲，自三個不同的方位如電撲出，快得讓人目眩。

紀空手的眼角微張，眉鋒跳動，冷冷地道：「遲與未遲，只有動手後才能見分曉！」

他的飛刀早已在手，腳步前移，絲毫不懼，反而迎向來敵。

他完全無視對方從不同角度攻來的利刃，更不將這三名殺手放在眼中。他講究氣勢，是以一出手便先聲奪人。

這種無畏的打法顯然出乎敵人的意料之外，因爲這種打法近乎無理，有點像是街頭混戰時的把戲，簡直有失高手風範。

然而紀空手要的就是這種效果，只有這樣，他才可以及時擺脫這三人的糾纏，直面李秀樹，如果一味糾纏下去，勢必影響到自己的激情與戰意。

饒是如此，這三人也無法占到絲毫便宜，一怔之下，紛紛避讓紀空手劃來的刀勢。

李秀樹的眼睛一亮，似乎看到了紀空手的刀勢來路，細細品味之下，卻又搖頭，還是沒有琢磨出紀空手的武功路數來。

以他豐富的閱歷與驚人的眼力，江湖中所不知的門派實在不多，然而紀空手刀出的刹那，他始終有一種似是而非的感覺，根本不能與他記憶中任何一個門派的武功對號入座，這讓他感到驚詫莫名。

他卻不知，紀空手這一生所學，根本就不拘泥一招一式的模式，也不強求刀中應有的變化，他只追求武道中的至深境界，興之所至，一切隨意，每每由感而發，恰是刀招最該出現的地方，是以他的刀看似有招，實乃無招，李秀樹又怎能識破他的刀路在?

那三名殺手無疑也是一等一的高手，又豈甘心被紀空手一刀逼退?當下人隨劍走，氣流竄動間，如風般撲至。

「呼……」在雙劍掩護之下，一劍自匪夷所思的角度中殺出，刺入了紀空手飄動的衣袂之中，李秀樹剛要喝彩，卻見那持劍之人臉上並無驚喜，反而一臉凝重。

那是因爲在紀空手的另一隻手上，同樣還有一把飛刀，當來人近距離逼進時，他的飛刀出手，以最快的速度貫入了其眉心。

這一招叫出其不意，也是紀空手慣用的手段。當別人都認爲他只有這一隻手可以殺人的時候，真正致命的，反而是他另一隻手上的飛刀。

「砰……」刀既出，他的腳尖踹起，正好擊中另一名殺手的膝部，便聽得「喀喇……」一聲，腿骨折斷，那人翻滾在地。

無論是紀空手的刀，還是他的腳，出擊的時機都把握得十分精妙，分寸拿捏得恰到好處，是以才能趁敵不備，一擊得手。可是當他的飛刀刺向最後一名殺手的時候，此人顯然早有準備，反手一劍，竟然將紀空手逼退半步。

紀空手「咦……」地一聲，不覺有幾分詫異。表面上看，他好像悠然輕鬆地出手，在剎那間斃敵一名，傷敵一名，彷如信手拈花，好不從容，但實際上他動手之前，已經算好了自己每一步的後續之招，這一連串的攻擊，實是涵括了他對武學最深刻的認識，代表了他本身實力的最精華，所以居然還有一人未被受制，自然出乎了他的意料之外。

「叮……」但驚詫歸驚詫，紀空手的身手絲毫不慢，刀走偏鋒，貼上劍身一擦，一溜火花嗤嗤作響，直削敵人手腕。

刀式的角度之刁鑽，方位之怪異，完全有絕不空回之勢。然而就在紀空手以爲勢在必得時，刀卻陡然失重，竟然刺入空處。

紀空手心中不由駭然，便在這時，一道劍光一晃，直迫他的胸口而來。

他這才知道，這三人能夠成爲李秀樹的貼身近衛，端的都是不可小視的人物。剛才自己的那一刀之所以失手，就是因爲敵人在刀削手腕的一刹那，劍柄離手，換到了另一隻手上，然後毫無半點呆滯地反守爲攻。

這換手劍看上去簡單，但紀空手卻知道要想做到分寸俱佳，絲毫不差，沒有十年功夫絕對不行。眼見來劍洶洶，倉促之間，紀空手突然身體橫移半尺，竟然用腋窩夾住了劍身。

殺手臉上的表情頓時僵住，就像是大白天撞見了吊死鬼一般，簡直不敢相信自己的眼睛。他實在沒有料到，對手的招式竟會這般古怪，每每出人意料，卻能讓人體會到那種處處受制的難受。

他的信心爲之喪失，便要棄劍而逃，但就在這時，一道驚人的劍氣狂洩而來，迅如狂飆，平生於他的背後，他心中一喜，知道李秀樹終於出手了！

若山洪般狂洩的劍氣似一道閃電，又似一股毫無規律的颶風，驟然而生，充盈著一種毀滅一切的氣勢。李秀樹在這個時候出手，的確是把握住了時機，唯有如此，當他的這名殺手感到了這股劍氣時，紀空手卻渾然未覺。

因爲，就在紀空手夾住那殺手來劍的一瞬間，他與殺手、李秀樹這三點之間，聯成一線，如果李秀樹此刻出手，正好是紀空手視覺的盲點。

再則，當李秀樹刺出這一劍的時候，就已經準備要犧牲自己的這名手下。因爲他考慮到，真正要讓自己這一劍有所作爲，必須突然，而要做到真正的突然，最好的辦法就是讓劍從自己的手下身上透身而過，再攻向紀空手。如此精妙的殺招，如此無情的殺招，若非是李秀樹，又有誰能應景生情，瞬間想到？

這的確是勢在必得的殺招，因爲誰也不會料到，李秀樹竟然不惜以自己手下的生命作代價，以完成這致命的一擊。

紀空手呢？他能想到嗎？

◆

劉邦竟然也到了夜郎！

這無疑是一個讓人吃驚的消息。

此時天下已成三分之勢，表面上看，項羽號稱西楚霸王，建都彭城，下轄九郡，各路諸侯懾其威而歸順，擁兵百萬，聲勢最勁，君臨天下，指日可待。然而無論是劉邦，還是韓信，他們雖然名爲項羽手下的一路諸侯，但都擁有屬於自己的強大力量，韜光晦隱，奮發圖強，漸成均衡之勢，使得天下局勢撲朔迷離。逐鹿中原，誰爲霸主，尙拭目以待。

在這個緊要關頭，劉邦竟然遠離南鄭根本之地，卻到了千里之外的夜郎，其用心實在讓人無法揣度。雖說銅鐵貿易權對於漢軍來說十分重要，甚至決定了漢軍今後的戰力是否強大，但是絕不至於讓劉邦在這個時候來到夜郎。

既然如此，那麼劉邦夜郎之行究竟有何居心呢？這就像是一個謎，除了他自己外，再無一人知道。

七星樓中，激戰正酣，隨著張樂文、李戰獄之死，東木殘狼人在頂樓之上，正與寧戈拚殺不休，陷入孤局。

劉邦緩緩地回到樓中，既沒有關注樓外的戰局，也沒有觀望頭頂上的這一戰，而是一臉凝重，若有所思道：「一個小小的夜郎國，竟然多出了這麼多的高手，看來李秀樹此役是勢在必得。若非我們事先有所準備，只怕這一戰勝負難料。」

在他的身後是樂白與房衛，兩人同時恭聲道：「這全是漢王運籌帷幄，才使得我方勝券在握。」

「本王並非無所不能，如果不是陳平事先提醒，並且派人守護在周邊，今夜死的人只怕就是你們了。」劉邦皺了皺眉道。

「想不到韓信竟然如此背信忘義，先拿我們的人祭刀！當年若非是漢王刻意栽培，他又怎能有今日的這般勢力？」樂白憤憤不平地道。

「韓信一向不甘人下，胸懷大志，有今日的背叛是必然之事。當年本王在鴻門時就料到會有今天，若非本王留有一手，抓住了他的一個致命弱點，又怎會大膽地扶植他，讓他在這麼短的時間內崛起於諸侯呢？」劉邦微微一笑，似乎並不著惱韓信的背信之舉，倒像是早有意料一般。

樂白遲疑了片刻，硬著頭皮道：「漢王深知馭人之道，爲屬下所佩服，但韓信此人，無情無義，最是善變，不可以常理度之，要想真正讓他爲漢王所用，恐怕還需多做幾手準備。」

劉邦點了點頭道：「你所說的也是實情，本王自會多加考慮。本王此刻擔心的，是韓信既然與高麗國勾結一起，實力必然大增，他能利用高麗國來壯大聲勢固然是好，可萬一若反受高麗國所控制，那麼就會後患無窮，於我大大的不利！」說到這裡，他的眉頭緊皺，顯然意識到了問題的嚴重性。

「照屬下來看，這種可能性並不大。」樂白道：「畢竟韓信是一方統帥，手握重兵，高麗國若想控制他，似乎並不容易。他與高麗國的關係，更像是一個同盟，互助互利，各取所需。」

劉邦冷冷地道：「他們這個同盟，只是由利害關係結成的同盟，一旦到了無利可圖時，這個同盟自然也就崩潰了，消散無形。」

「嘩啦啦……」就在說話間，猛聽得頭頂上一聲暴喝，瓦片與碎木如飛雨瀉下，去勢之疾，煞是驚人。

「以寧戈的武功，怎麼還沒有將對手擺平？」劉邦皺了皺眉，帶著幾分詫異地道。

「這幾人肯定是李秀樹手下的頂尖人物，武功之高，令人咋舌。剛才一戰，若非是漢王及時出手，只怕屬下至今還是勝負難料！」樂白想到李戰獄那瘋狂的一槍，心中依然有幾分悸動。

劉邦側耳聽了一聽，沈吟片刻道：「寧戈未必是此人的對手！」

樂白奇道：「漢王何以這般肯定？此時樓頂上只聞禪杖聲，不聞刀聲，可見寧戈已經控制了整個局勢，何以漢王反而認爲寧戈實力不濟呢？」

劉邦臉色陰沈地道：「寧戈此刻已盡全力，滿耳所聽，儘是禪杖舞動的呼呼之聲，可見其內力消耗之大，已難支撐多久，倒是他的對手刀聲不現，勁力內斂，講究後發制人。走！你們隨本王上去看看！」

劉邦當先上樓，才上樓頂，卻見明月下，禪杖與刀寂然無聲，寧戈和東木殘狼相對而立，臉色凝重，似已到了生死立決的關頭。

劉邦第一眼看到的，並不是東木殘狼的人，而是他手中的刀。這種戰刀有異於中原武林之刀，更類似於劍的形狀，身兼刀劍的優點，有著非常流暢的線型。假如加以改良，最適合於馬上近搏，這給劉邦留下了深刻的印象。

唯一美中不足的，是這種戰刀的刀柄過長，必須雙手互握，才能大顯戰刀的威力。劉邦對這種刀柄的設計心存疑問，一時之間，又無法細細研究，便將它擱置心頭，留待日後再找鑄兵師交流。

當劉邦的注意力從刀轉向人的時候，不由再一次驚訝起來，因爲東木殘狼此刻臉上的表情他似曾相識，在剛才的一戰中，曾經在李戰獄的臉上也出現過。

這種表情的出現，讓劉邦感到心驚。在他的直覺中，東木殘狼已不像人，而更像是一頭兇殘的獵豹，帶著野獸的敏銳與霸道！這種異變的跡象，很像是傳說中的一門武功心法，當這種武功心法運用到人的身上時，可以使一個武者的功力在瞬息間提升至極限，發揮出意想不到的功效。

既然李戰獄會這種武功心法，那東木殘狼也必定會，看來這種絕技在李秀樹旗下的子弟中已是非常流行，這使得劉邦不得不重新估量起李秀樹與韓信的實力來。

以李秀樹、韓信的武功，放眼天下，能與之匹敵者已經不多，如果他們再因異變而使功力在瞬間提升，那麼其武功豈非已變得非常可怕？

他不敢再想下去，只是將目光盯注在佇立於瓦面上的兩人，全神貫注地凝視著異變之後的東木殘狼。

然而無論是寧戈，還是東木殘狼，他們都沒有覺察到劉邦的到來，而是雙目如鷹隼般瞪視著對方，一眨不眨，似乎在他們的眼中，只有彼此，再無其他。

眼芒如寒月的光輝，滲入虛空。

四周旋起激烈的氣流，忽上忽下，忽左忽右，不停地竄動不休。屋頂上的青瓦不時擠裂開來，迸成碎片，隨著氣流激飛半空。

寧戈卓立不動，雙腳微分，單手握緊禪杖，數十斤重的兵器拿在手中，渾如無物般輕鬆。他的另一隻手緊握，骨節暴響，青筋直凸，禪杖的鏟鋒泛出一片白光，遙指高樓另一端的東木殘狼。

東木殘狼雙手互握，刀成斜鋒，整個人冷靜異常。他的眼芒暴閃虛空，隱生毫光，猶如一頭蟄伏於山林的野狼，正瞪視著眼前的獵物。

「嗷……嗚……」東木殘狼發出了一聲近乎野狼般的淒嚎，終於結束了這短暫的僵持。兩人心裡都十分清楚，這暫時的平靜不過是一種過渡，隨之而來的，將是彼此決定生死之時！

東木殘狼的人如風般躍起高樓的半空，刀亦如風，以一種超長距離的俯衝直劈向寧戈的頭顱。其速之快，確已超出了人類的範疇；其動作之敏銳，猶如一頭奔行中的獵豹，給人以強悍的力度感與流暢之美。

寧戈冷笑一聲，手臂一旋，如風車四轉，舞動禪杖，灑出萬千寒光，將自己緊緊罩入其中。

東木殘狼並不因此改變自己行動的路線，反而加速向前，眼見刀芒就要與禪杖生出的寒芒交觸的一剎那，他的手腕一振，全身勁力驀然在掌心中爆發。

「叮……轟……」一連串的兵刃交擊炸出竄湧不休的氣流，使得整個空間的氣氛緊張至極，衣袂飄後，鬚髮倒豎，兩人的眼睛已然如火般赤紅，似已著魔。

兩條人影竄動於氣流之中，時分時合，眨眼間互攻十數招，漫天都是刀芒殺氣。

寧戈的手臂已然微痳，心中不由大駭。他天生神力，加之祖傳絕技，在力道增補方面素有心得，算得上是江湖上最具神力之人。誰知與東木殘狼這番力鬥之下，竟然落入下風，這的確讓他感到莫名驚詫。

然而他一生與人交手，最喜惡戰，敵人愈強，愈是能激發他心中的戰意，當下鬥得興起，倏地寒芒盡收，化作一道電芒似的強光，攔腰截向東木殘狼。

東木殘狼顯然沒有料到寧戈竟然強行反攻，在這種情況下，由守爲攻無疑十分艱難，強力爲之，必有破綻。

果然，寧戈的頸項之上全無防備，已成空門，機會稍縱即逝，又豈容東木殘狼有半刻時間多想？當下毫不猶豫，腰身一擰，整個人直如陀螺般旋飛空中，借這旋轉之勢，雙手執刀，平削而出。間不容髮之際，東木殘狼在距禪杖鋒芒不過寸許處讓過攻擊，手腕一翻，刀鋒一改方向，向寧戈的頸項斜劈而至。

他這一讓端的巧妙，腰力之好，超出了人的想像空間。而更讓人心驚的是他的戰刀無處不入，氣勢之盛，猶如高山滾石，勢不可擋，大有不奪敵首誓不收兵之勢。

他一出手，就知道自己已經勝券在握了，他想不到寧戈還有什麼辦法來躲過自己這勢在必得的一擊。

無論出現什麼變故，寧戈這一次看來都是死定了。

然而，就在東木殘狼手腕一翻的剎那，他看到了寧戈的臉，看到了在他的臉上有一絲堅決而淒然的笑意。

東木殘狼禁不住怔了一怔，他想不出寧戈在此刻還能笑得出來的理由。

「砰……」禪杖從中而斷。

在寧戈的手上，變成了兩截近似板斧的怪異兵器。

他沒有想到去格擋東木殘狼的戰刀，也無從格擋，他的人反而像一發穿膛的炮彈般躍出，迎向了東木殘狼揮出的那一片刀芒。

東木殘狼根本來不及作任何的閃避，戰刀舞動，照準寧戈的頭顱旋飛出去！很快便聽到了骨節碎裂的聲音，甚至看到了一個血肉模糊的頭顱飛上半空。

然而在同一時間內，他感到自己飛行空中的身體陡然一輕，一股錐心鑽肺般的劇痛讓他模糊的思維陡然變得異常清晰。寧戈撞上來的同時，根本無畏於生死，卻用自己手中的兩截怪異之刃深深插入東木殘狼的腰腹，攔腰截去。

東木殘狼終於明白了，寧戈的確是沒有辦法躲過自己這必殺的一刀，正因爲他知道自己必死，所以就不惜一切，來了一個同歸於盡。

這是東木殘狼今生中的最後一點意識。

然後高樓之上，除了依舊濃烈的血腥外，又歸寂然。

半晌之後，才從劉邦的嘴裡發出了一聲近似於無的歎息。

◆

這既是紀空手視線中的盲點，他又怎能看到呢？

他看不到，也無法聽到，雖然李秀樹的劍勢烈若颺風，卻悄然無聲。

但紀空手卻能感覺到！事實上當他出手的剎那，他就將自己的靈覺緊緊地鎖定在李秀樹的身上，一有異動，他便能在最短的時間內捕捉到。

李秀樹的劍芒終於從自己屬下的身體中透穿而過，向前直刺，然而刺中的，是一片虛無。

虛無的風，虛無的幻影。當李秀樹終於選擇了一個最佳的時機出手時，目標卻平空失去了，彷彿化作了一道清風。

「轟……」洶湧的劍氣若流水般飛瀉，擊向了這漫漫虛空。

茶樹爲之而斷，花葉爲之零落，李秀樹這勢不可擋的一劍中，已透發出霸者之風。

當紀空手的身形若一片冉冉飄落的暗雲出現在李秀樹的眼前時，已在三丈之外，他望了一眼橫在兩人之間的那具死屍，嘴角處泛出了一絲似是而非的笑意。

李秀樹的身形也佇立不動，緩緩地將劍上抬，隨著劍鋒所向，他的眼眸中射出一道寒芒，直逼紀空手的眼睛，渾身上下散發著一股霸烈無匹的氣勢。

他的耳邊依然傳來喊殺不斷的聲音，身後的半空已被火光映紅。颼風行動最大的特點就是突然，要在最短的時間內清除目標，然後全身而退，可是事態的發展似乎並非如李秀樹意料中的那麼順利，這讓李秀樹隱隱感到了一絲不安。

不過，他已無法再去考慮其他的人與事，在他的面前，已經擺下了一道他還從未遇到過的難題，這位名爲「左石」的年輕人的確讓他感到了頭痛。

在紀空手的臉上，面對那如驚濤駭浪般的氣勢，他似乎並不吃驚，只是冷然以對。他的臉綻露出一絲悠然之笑，十分的優雅，讓人在他的微笑中讀出了一種非常強大的自信。

「好！好！好！想不到在年輕一輩中，還有你這樣的一號人物，的確值得老夫放手一搏！」李秀樹知道時間對自己的寶貴，所以他別無選擇，必須出手。

然而在出手之前，他的整個身體都在微微地做著小範圍的調整，每一個動作都如行雲流水般流暢，那麼自然、優雅，不著痕跡，沒有一絲的猶豫與呆滯。當他的人最終與手中的劍構成了一個優美的夾角時，身體已如大山般紋絲不動，竟然形成了一個近乎完美的攻防態勢。無論是攻是守，都無懈可擊，不顯絲毫破綻。

李秀樹沒有動手，他本可以在第一時間選擇出手，卻沒有，因爲就在他即將出手的刹那，他完全找不到可以下手的機會，也無法揣度出紀空手的意識與動向。雖然他的氣勢如虹，無處不在，但卻完全感覺不到紀空手的氣機，就像是一個本不真實的幻影，既是幻影，又從何而來的生機氣息？

李秀樹心中一驚，相信紀空手對武道的理解已經超過了自己。若非如此，他絕對不會找不到紀空手的氣機痕跡。但他知道，紀空手或許真的將自己融入了自然之中，這也未嘗沒有可能，因爲武道的最終極點，就是玄奇的天人合一。

天就是天，人就是人；人既生於天地之間，其心之大，或可裝下天，或可裝下地，天地自然也在人心之中。當心有天地時，天就是人，人就是天，天人方可合一，這本就是武道的至理。

這的確是一個可怕的對手，雖然超出了李秀樹的想像，但李秀樹卻不相信紀空手已經達到了天人合一的境界。

因爲他沒有感到紀空手的氣機所在，卻感覺到了一把刀，一把七寸飛刀。他的心裡微有詫異，是他只感覺到了刀，卻感覺不到人，難道說眼前的年輕人已將自己的生命融入於刀中，不分彼此？

李秀樹沒有再遲疑，緩緩地踏前一步，一步只有二尺九寸，但只踏出這麼一步，天地竟然爲之而變，整個空間裡的空氣就像是遇到了一道凹陷下去的地縫，突然急劇下沈，彷彿被一股漩渦之力強行吸納，氣流通過兩人的腳面，氣勢也隨之瘋漲，殘花碎葉隨著氣流在半空中旋飛不停。

李秀樹的眉鋒微微一跳，刹那之間，他不僅感受到了那把七寸飛刀，同時也感到了紀空手的存在。

人在，刀在，既然人與刀已在，就必然有跡可尋。這至少說明，紀空手距天人合一的境界尙有一段距離，正因爲有這麼一段距離，所以當李秀樹的氣勢鋒端強行擠入這段空間時，使得紀空手的心境爲之一動，本來無懈可擊的氣機因此而扯裂出一道縫隙，從而出現了一絲破綻。

破綻既出，稍縱即逝，李秀樹當然不會放過這種絕佳的機會。然而，紀空手比他動得更快。

刀。

李秀樹的眼中閃過一絲異樣的色彩，就在他決定出手的瞬間，看到了在虛空之中那把緩緩蠕動的刀，當然是紀空手的刀，慢如蝸牛爬行，一點一點地在虛空寸進。但這種慢的形態，似乎已超越了速度與時空的範疇，使得快慢這種相對的形態形成了一種和諧的統一。

李秀樹心中一驚，因爲他也無法判斷此時的刀是快是慢。他只知道，無論是快是慢，都必然潛藏殺機。

刀已如風般隱入了一道旋風之中，讓人分不清哪是刀，哪是風。

李秀樹冷哼一聲，手臂一振，劍漫虛空，劍鋒帶出的暗影自眼芒所向而升起，然後擴散成一張惡獸的大嘴，似乎欲吞噬這空中的一切。

當暗雲與旋風悍然相觸時，「轟……」然一聲暴響，殘花碎葉猶如陡然發力的暗器般向四方迸裂，與空氣急劇摩擦，使得這寒夜陡生一股熱力，甚是莫名。

眼看暗影罩空，紀空手突然發力加速，手中的刀若劈開雲層的一道電芒。

出乎紀空手意料的是，李秀樹居然不退反進，迎刀而上。

這的確讓人不可思議，在如此霸烈的刀勢之下，李秀樹竟表現得如此自信。

也許，他真的應該自信，因爲他以自己屬下的三條性命，換來了一點點的先機。

只是一點先機，對李秀樹這等高手來說，已足夠了。

紀空手頓感不妙，李秀樹踏前之時，身形隨之而動，將他用刀彌補的破綻重新撕裂，使得本身非常嚴密的氣機又裂出一條縫隙。

劍氣隨之滲入。

紀空手之所以能夠在短短數年崛起江湖，躋身於一流高手之列，是在於他無意中得到了千年一遇的補天石異力，以及其超乎尋常的智慧。論及臨戰經驗之豐，他絕對比不上李秀樹；論及時機的把握上，他與李秀樹仍然有細微的差距。更何況李秀樹在動手之前，已細細研究過他的出手，是以兩人甫一交鋒，紀空手頓時落了下風。

李秀樹當然知道自己的長處，也十分擅於把握機會，但讓紀空手感到可怕的是，李秀樹竟然能在沒有機會的情況下創造機會，只此一點，已足以讓他全力而爲。

於是他只有再次出招，用自己的刀來減緩心中的壓力。

「呼……」刀終於升起於虛空的極處，如流星劃過漫漫的空際。在這一刻間，刀已不再是刀，因爲紀空手的心中無刀，心中既然無刀，眼中又怎會有刀？

虛空之中，只有無邊的殺氣。

「好妙的一刀！」李秀樹忍不住在口中叫道，他的劍隨之漫入虛空，太極生兩儀，兩儀生四象，四象生八卦……在無窮無盡的變化之中，劍鋒化作一道異光，生出一股霸烈無匹的吸力，強行吸納著空中一切的異體。

劍在旋動，形成一個巨大的黑洞，在不斷地擴大、推進，「呼呼……」之聲刺人耳膜，顯得是那般地詭異，那般地玄奇。

李秀樹消失了，紀空手也不見了。

只有劍在，而刀不存！

其實刀在，人亦在，只是紀空手已將自己融入刀中，刀就是人，人就是刀，如一陣清風，悠然地橫過這漫漫的虛空。

心中無刀，只因他的本身就是刀。

這才是人刀合一的境界。

這也是兩大高手的真正對決。

他們的武功，已經突破了人體的極限；他們的速度，已經超越了時空的範疇。沙石飛揚，殘花激捲，在一片虛無的空間，構築成一道亮麗而玄奇的畫面。

「呔……」李秀樹在飛旋中突然一聲暴喝，劍芒陡長七尺，強光乍現，橫劈向兩人相隔的空間，氣流如潮水般飛湧，形成無數個可以撕裂空氣的漩渦。

紀空手心中生驚，沒有料到李秀樹的一劍之威竟然形同狂飆般霸烈！他唯一的應對方式，就是退！用一種疾洩的方式直退，然後再尋機反擊。

然而他一退之下，頓感周身的壓力全消，彷佛有一種失重的感覺。他怎麼也不會想到，李秀樹竟然也會在這個時候抽身疾遁，突然消失在暗黑的夜色中。

這一逃的確讓紀空手大吃一驚，同時也讓他領教了李秀樹的高明。

就連紀空手，也不得不爲李秀樹能在這種情況之下還能保持高度的冷靜而感到佩服不已。

也許再戰下去，李秀樹可以占到上風，甚至可以將紀空手置於死地，但李秀樹的頭腦始終非常清晰，明白這一戰只是他與紀空手之間的較量，就像是棋局中某一著的得失。而他今天來到這裡的目的，是擊殺房衛之後全身而退，此刻房衛生死未卜，自己手下的人馬還在酣戰，他又豈能爲一著之得失而誤了全局？

所以從一開始，李秀樹就不想與紀空手有過多的糾纏，只是他選擇退走的方式怪異了一些，但不可否認，這種方式不僅成功，而且有效。

等到紀空手明白了這一點後，數十步外的林木間又升起了一道炫目的煙花，照耀半空，煞是好看。

紀空手明白，這是李秀樹下令撤退的信號。

第五章　異變奇術

戰事來得突然，去得也快，七星亭似乎已恢復了往日的寧靜。

雖然場面經過了打掃處理，看上去卻依然留有不少打鬥的痕跡，濃濃的血腥瀰散於空中，使氣氛顯得還是緊張了些。

陳義代表陳平送來了酒菜，與房衛客套了幾句，以示慰藉，而劉邦依然藏於幕後，未現真身。

對劉邦來說，此時還不是他露面的時候。他當然不能現身，以他此刻的身分地位，假如被人知道他到了夜郎，必將成爲夜郎國人注目的焦點，這恰是他最不願意看到的事情。

距七星亭百步遠的銅寺中，紀空手、龍賡、陳平三人相對而坐。有了上次鐵塔的教訓，這次在銅寺之外，陳平派出精銳高手負責戒備。

「這一次七星亭一戰，李秀樹手下的高手幾乎折損了大半，只剩下二三十人跟隨李秀樹逃出了金銀寨，至今去向不明。」陳平的臉上並無喜悅之情，心頭反而更加沈重。因爲他派出守衛七星亭的人員傷亡人數是李秀樹一方的數倍之多，加上房衛方面的傷亡人數，此戰孰勝孰敗，實是很難鑒定。

唯一讓他感到輕鬆一點的是，房衛安然無恙，這樣一來，一切還可以按照原計畫進行。

「如此說來，李秀樹在夜郎的行動基本應該告一段落了。接下來，就是兩天後的棋賽，這也是我們計畫中的重中之重，出不得半點紕漏。」紀空手沈吟了片刻道。

龍賡和陳平臉上同時生起一絲疑惑道：「你何以敢肯定李秀樹就不會再殺一個回馬槍呢？」

紀空手道：「因爲李秀樹是一個聰明人。」他頓了一頓道：「七星亭一戰，他的實力受到折損，空前慘痛，這顯然出乎了他的意料之外。他是那種只爲自己而生，不爲別人而死的人，要他爲了韓信的利益而去賣命，這顯然不符合其性格。所以我想，他應該不會重蹈覆轍，再回夜郎。」

「那他這一趟夜郎之行豈不是一無所獲？」陳平搖了搖頭道。

「就算一無所獲，他也足以在韓信面前交差了。何況還有一卞白，如果卞白能在棋賽上有所作爲，豈非一樣也能達到目的？」紀空手笑了笑，臉色突然凝重起來：「我之所以可以肯定李秀樹不會再插手夜郎之事，是因爲我和他有過一次交手。當時他已占到先機，卻爲了顧全大局而激流勇退，說走就走，可見此人能忍常人所不能忍之事，更不會爲了一時之氣而使自己冒全軍覆滅之虞。」

龍賡眉頭一皺道：「他難道真有這麼厲害？竟然與你交手，猶能搶到先機！」

紀空手苦笑道：「此人的確了得，他的武功固然可怕，但心智之高，算計之精，才是最讓人感到頭痛的地方。」

紀空手向來以智計聞名，卻給了李秀樹這樣的評語，可見李秀樹的確是紀空手心目中的強敵。

「但無論他如何了得，最終卻還是栽到了你的手上，這就叫魔高一尺，道高一丈！」陳平不由哈哈一笑道。

紀空手微微笑道：「他只是運氣不佳而已，正好逢上我運數旺盛的時候，所以只是僥倖得手罷了。縱觀他這一系列的手段，細細品來，構思精巧，心思縝密，想來若不成功當真稀奇，誰知機關算盡，終究不成，看來真應了那句老話：謀事在人，成事在天。」

龍賡細細一想，也覺確是如此，不由興奮地道：「看來老天爺也向著我們，此計若成，先生在九泉之下亦可瞑目了。」

紀空手心頭一震，輕歎一聲道：「要讓先生在九泉之下瞑目，我們要走的路還長得很。他老人家雖然盛年之時歸隱江湖，其實一直心繫天下蒼生，唯有天下一統，盛世降臨，才算了結了他這一生未遂的夙願。」

龍賡與陳平同時沈聲道：「我們願隨公子一起，去完成先生這未遂的夙願。」

紀空手心中感動，道：「若得二位相助，何愁大事不成？只是此事不能操之過急，只有一步一步地來，我們才有希望去最終實現它。」

他的眼睛望向龍賡，突然想到了什麼，道：「你那邊有什麼發現？」

龍賡聞言肅然道：「果然不出公子所料，劉邦的確是藏在七星樓中。」

他此言一出，陳平已是霍然色變，站將起來道：「他竟然到了我通吃館內，那我們還等什麼？」

「我們必須等下去，因爲，這絕不是我們動手的最佳時機！」紀空手緩緩地搖著頭，與陳平四目相對。

陳平默默地看著紀空手的眼睛，希望能從這雙深邃的眼睛中看到一些什麼。

「時機，什麼才是時機？此時此刻，難道不是擊殺劉邦的最好時機？」這只是他的心裡話，並沒有將之說出來。

他沒有說出來的原因，是從這雙深邃的眼睛中看到了一種真誠。他沒有理由去質疑一切，更沒有理由不相信朋友，紀空手既然認爲這不是最佳時機，就必然有其充足的理由。

果不其然，紀空手的臉色變得十分凝重，緩緩而道：「如果我們現在動手，成功的機率的確很大，但弊大於利，我們只能是得不償失！」

他的目光再一次投向陳平，道：「第一，從七星亭一戰就可看出，劉邦即使人在夜郎，也依然擁有較強的實力。如果我們貿然行動，即使勝了，也未必就能殺得了劉邦；其二，就算我們殺得了劉邦，然而，我們此時人在夜郎，殺了劉邦之後，必然會給夜郎國帶來不小的禍患，甚至是一場戰爭，這豈不是有違我們的初衷？而最重要的一點是，擊殺劉邦絕不是我們的最終目的，在我的計畫中，劉邦早晚得死，但他的死只是一種手段，而不是目的，選擇讓他在什麼時候死，才是我計畫中最關鍵的一個著重點。」

「什麼計畫？」陳平脫口問道。

「一個超越了你們原定計畫範疇之外的計畫，它的龐大，大到了你們不可想像的地步，所以我又叫它——『夜的降臨』！因爲只有黑暗才能隱蓋一切！」紀空手一字一句地道。再說出這些話之前，他的靈覺早已飄遊於十丈範圍的空間內，確定在這段空間只有他們三人的時候，他才開始說話。

無論是龍賡，還是陳平，他們都不由自主地怔了一下。在他們兩人之間，的確是有一個復仇的計畫，而目標就是劉邦！身爲五音先生的弟子，他們當然不能坐視五音先生的死而不理，更不能容忍師門的仇敵依舊在這個世上逍遙，所以他們制訂了一個非常周密而嚴謹的計畫，就是爲了將劉邦置於死地！

然而紀空手心中的計畫竟然超越了這個計畫的範疇，那麼它又是一個怎樣的計畫？在這個計畫中，它的最終目標不是劉邦？難道會是……天下！

這一串串的懸疑湧上心頭，令龍賡與陳平都有莫名之感，兩人眼中都期待著紀空手能爲他們解開心中的謎團，但紀空手只是微微一笑，不再說話。

這既然是一個黑暗的計畫，當然就要冒天大的風險，不僅如此，要完成這個計畫，還需要有精密的算計與無畏的勇氣，這並不是一般人可以承受的心理負荷。

雖然龍賡與陳平都是非常優秀的人，也絕對是靠得住的朋友，但這個計畫帶給人的壓力實在太沈、太重，猶如大山擠壓，紀空手寧願自己一個人去背負它，也不想牽連到他們。

這究竟會是一個怎樣的計畫呢？

紀空手既然不說，龍賡與陳平也沒有再問下去，他們心裡十分清楚，紀空手之所以不說，當然有他不說的理由，他們之間既然是朋友，就沒有理由不相信紀空手。

於是他們繞開了這個話題，又回到了龍賡在七星樓發現劉邦的這件事情上。紀空手更想知道，將近一年未見的劉邦發生了怎樣的變化。

「我按照公子的吩咐，就埋伏在七星樓外的假山後，那裡的位置不錯，正好可以觀察七星樓中的動靜。當李秀樹派來的三大高手分別進入樓層之時，樓中的人先發制人，很快就佔據了主動，後隨著劉邦的出現，一舉奠定了勝局。」龍賡的眼中似有一份驚奇，顯然對自己所見到的事情有幾許疑問。

「當時劉邦有否出手？」紀空手最關心的正是這個問題，他相信以龍賡的眼力，只要劉邦出手，就必然能看出其武功的深淺。

「他出手了，而且一招就結束了李戰獄的性命。從他出劍的招式來看，其劍法博大精深，深不可測，絕對是個難纏的角色。」龍賡一臉肅然道。

「如果換作是你，要想勝他，會有多大把握？」紀空手希望通過對比，以更確切地了解劉邦擁有的真正實力。

龍賡沈吟了一下，眉頭緊鎖道：「這無法比較。」

他說的是實情，兩大實力接近的高手決戰，真正能夠決定勝負的因素並不在於武功，他們往往比的是對環境的熟悉，對地形的觀察，以及心理的承受能力……等等此類這些看似細微的東西，甚至可以說，感性決定一切，出手前那一刹那的感覺最爲重要。正因爲屬於感性的東西皆是虛無變幻之物，是以，龍賡無法作出自己的判斷。

「如果換作是我，我會有多大勝算？」紀空手雖然知道龍賡很難回答這個問題，可還是問了出來。

龍賡與他的目光相對，一字一句地道：「雖然你是我見過的少有的武道奇才，但我仍然要說，面對劉邦，你也沒有必勝的把握！除非你真的能夠做到心中無刀的境界！」

紀空手微微一笑道：「心中無刀，的確美妙，那種境界十分玄奇，讓人有觸摸到武道至高處的感覺。可惜的是，我只有偶爾爲之，等待靈覺的爆發，卻自始至終不能將這種美妙的感覺緊緊地抓於手中。」

他的臉上微現紅暈，彷如醉酒的感覺，似乎沈醉在那種暈暈然的境地，然而這種神情只在他的臉上一閃即過，淡淡笑道：「假如是你我聯手，會有幾成把握？」

這一次龍賡回答得很快，連想都沒想就道：「這只有一種結果，那就是他死定了！必死無疑！」

紀空手深深地凝視他一眼道：「我等的就是你這句話，如此一來，我就放心了。」

兩人對視而笑了起來，充滿了十足的自信。的確如此，當這兩大天賦異稟的武道奇才一旦聯手，試問天下，誰可匹敵？

但龍賡的笑容卻一笑即收，代之而來的是一臉凝重，沈吟半晌，才一字一句地道：「不過，今天的一戰，卻讓我看到了一件非常古怪的事情，那就是在李戰獄與東木殘狼的身上，又出現了江湖中傳說的『異變』，如果李秀樹與韓信也深諳此道，只怕我們真正的人敵就是這二人了。」

「異變？」紀空手顯然是第一次聽到這樣的名字，不由一怔道：「這難道是一種非常可怕的武功嗎？」

「異變一術，來自於天竺異邦，相傳在周武王建國一戰中，由其謀臣子牙引入中原，用之於兵，遂得天下無敵之師，滅商立周，功不可沒。後來這種異術傳入江湖，被人用之於武道，的確有一定的奇效，只是此術過於繁瑣，程式複雜，要想精通，十分艱難，而且此術最易走火入魔，一旦受害，輕則功力大減，致人殘廢；重則一命嗚呼，難保性命。是以才在數百年前遭到中原有識之士的禁絕，從此銷聲匿跡，不復存在。想不到它又在今日得以出現。」龍賡的眉頭緊鎖，憂心忡忡。

「真有這麼可怕？」紀空手將信將疑。

「異變一術，其實就是在某一個時段裡，當修練者運用它之時，便可在一瞬間激化人的原始本能，因此修練者不僅可以擁有野獸般的力量和敏銳，同時也有著人類的思維與意識，使其攻擊力迅速提升數倍，從而在瞬間決定戰局。然而奇怪的是，我明明看到李戰獄與東木殘狼都出現了異變的跡象，何以並沒有看到他們異變之後產生的效果？反而其功力有不增反減的感覺。」龍賡搖了搖頭，感到不可思議。

「你可以確定他們所使之術真是異變嗎？」紀空手道。

「我雖然從未見過異變，但對異變並不陌生，先生博學多才，藏書甚豐，其中有一本名爲《脫變》的手冊中記錄的正是有關異變的圖解說明。當時我甚爲好奇，便請教先生，先生言道：『異變不過是旁門異術，講究速成，妄想捷徑，這已是入魔之兆，真正的武者是不屑爲之的，因爲是魔三分害。當一個人入魔太深時，他最終的結局，只能是遭魔反噬，絕無例外。』」龍賡點了點頭，非常肯定地道。

「這就奇了，異變既是旁門異術，修練者等同於飲鴆止渴，何以李戰獄和東木殘狼還要修練呢？更讓人覺得古怪的是，李秀樹曾經與我有過交手，何以在他的身上並未出現異變？」紀空手提出了自己心中的疑團。

陳平一直只是靜靜地聽著，沒有說話，直到這時他才想了一想，插嘴道：「莫非李秀樹根本不知道異變一術，而李戰獄與東木殘狼一直偷瞞著他？」

紀空手搖了搖頭道：「這種可能性不大，李戰獄與東木殘狼都是李秀樹所倚重的高手，一向在他的身邊走動，如果是這兩人無意得到異變一術的修練之法，是很難瞞過李秀樹的耳目的。」

龍賡的眼神陡然一亮，道：「還有一種情況，就是李秀樹得到了異變之術後，不知其利弊何在，爲了慎重起見，他選擇了與自己武功差距不大的李戰獄與東木殘狼作爲實驗者。」

紀空手一拍掌道：「以李秀樹的性格爲人，這是最有可能出現的情況。我所感到不解的是，李秀樹是從何處得來的異變之術？何以得到之後不敢放心修練？此人既然將異變之術傳給李秀樹，說明他們之間的關係已然到了一種比較親密的狀態，可李秀樹似乎並不完全信任他，像這樣的人，會是誰？」

「韓信？」陳平與龍賡同時叫道。

「對，此人很可能就是韓信。可是，他爲什麼要這樣做呢？」紀空手的眉頭一皺，這才是他最終想知道的答案。

◆

紀空手的判斷十分準確，李秀樹自七星亭一戰之後，就像一陣風般消失於空氣中，去向不明，無影無蹤。

夜郎王也回到了金銀寨，一場涉及到夜郎、漏臥兩國安危的戰爭因爲靈竹公主的出現而消弭無形。漏臥王雖然野心極大，對夜郎國虎視眈眈，但他也深知師出無名，難以得到將士與國人的擁護，再加上李秀樹失敗的消息傳來，他唯有退兵。

夜郎王爲了顯示自己的大度，在漏臥王退兵之際，特意邀請漏臥王與靈竹公主再返金銀寨，以觀摩即將舉行的棋王大賽之盛況。漏臥王爲示心中無鬼，只得同意靈竹公主代自己走上一趟。

一切都在按部就班地進行。

臘月十五，大吉，相書云：諸事皆宜。

棋王大賽便在這諸事皆宜的日子裡拉開了開賽的帷幕。

裝飾一新的通吃館內，成了金銀寨最熱鬧的所在。園林廣闊，環境優美，其間佈置豪華氣派，古雅中顯著大氣，自是出自於名家設計，從點滴間已可看出夜郎陳家的雄渾財力物力，同時也體現了夜郎王對這次棋王大賽的重視程度。

他無法不重視，在這三方棋王的背後，有著中原三大勢力的支撐，無論這三大勢力最終是誰一統天下，都可以左右他夜郎小國的命運，所以他一個也得罪不起。唯一的辦法，就是盡自己一方地主之誼，至於銅鐵貿易權，那就各憑天命。

他之所以要舉辦棋王大賽的一個重要原因是，他相信陳平的棋技！如果沒有這個作爲保證，萬一出現通負的局面，那豈不更是火上澆油？

這的確是夜郎立國以來少有的一件大事，是以全城百姓與鄰國的王侯公主著實來了不少，在這些賓客之中，既有懂棋之人，爲欣賞高水準的棋賽而來，也有對棋一竅不通者，他們大多是抱著湊湊熱鬧的心情而來，更主要的是對棋賽的勝負下注搏戲。

有賭的地方，永遠不會寂寞、冷清，這是一句名言，也是至理。

所以通吃館內氣氛熱烈，人氣十足，也就不足爲奇了。

然而通吃館在熱鬧之餘，卻戒備森嚴，數千軍士與陳府家丁穿上一式整齊的武士服，三步一崗，五步一哨，把守著通吃館內的所有建築與通道，隨時保持著在最短時間內的應變能力。

一切事務均是井井有條，鬧而不亂，彷如過節一般。

棋賽的舉辦點被安排在鐵塔之上，一張棋几，兩張臥榻，置兩杯清茶，佈置得十分簡單，在棋几的中間放一張高腳凳，由四方棋王公選出來的德高望重者入座裁判，以定勝負。

然而距鐵塔不過數百步遠的萬金閣，卻不似這般清靜。整個閣樓全部開放，擺座設席，可容數百人同時就位，在正門所對的一方大牆上，擺下一個長約四丈，寬四丈的棋盤，棋子宛如圓盤，重疊一旁，在棋盤的兩邊，各放一條巨大木匾，左云：靜心；右云：黑白。正是道出了棋之精義。

在萬金閣入座之人，不是持有千金券者，就是有錢有勢的主兒。其他無錢無勢的客人只能待在通吃館前的大廳裡，觀棋亦可，賭錢也行，倒也其樂融融。

紀空手等人到達萬金閣內時，除了三方棋王未至之外，其餘賓客早已入席閒聊，吹牛談天，鬧得萬金閣猶如集市。

今天果真是諸事皆宜的大吉之日，天公作美，陽光暖照。茶樹隨清風搖曳，送來陣陣花香，使得這盛大的棋賽更如錦上添花。

紀空手似是不經意間地向大廳掃了一眼，微微一笑，這才挨著娜丹坐在陳平席後。

他心裡十分清楚，雖然李秀樹已經去向不明，但在這三方棋王中，鬥爭才剛剛開始。面對這喧囂熱鬧的場面，他似乎看到了潛藏其中的危機。不過，他充滿自信，相信無論風雲如何變幻，盡在他大手一握之中。

他的眼光落在了棋王大賽的主角身上，一看之下，不由一怔。

在這種場合之下，又在棋賽即將開始之時，陳平的整個人端坐席間，一動不動，閉目養神，顯得極是悠然。他似乎並沒有意識到自己參加的是一場關乎他個人榮譽和國家命運的棋賽，倒像是等著品嘗素齋的方外之士，給人以出奇的鎮定與自信。

「龍兄，依你所見，陳爺的棋技與另三大棋王相比，能否有必勝的把握？」這個問題一直藏在紀空手的心裡，如鯁在喉，現在趁著這份閒暇，終於吐了出來。

龍賡並沒有直接回答紀空手提出的這個問題，只是笑了笑道：「你猜我剛才進來之前做了一件什麼事？」

紀空手搖了搖頭，知道龍賡還有下文。

「我把我身上所有的錢財都押了出去，就是賭陳爺贏。」龍賡壓低聲音道。

娜丹奇道：「看來你還是個賭中豪客。」

龍賡笑道：「可惜的是，我口袋裡的銀子只有幾錢，一兩都不到，莊家拒絕我下注。」

紀空手啞然失笑道：「我雖然對棋道不感興趣，但若是要我選擇，我也一定會選陳爺贏。」他看了一眼陳平，接道：「其實世間的很多事情都是相通的，所以才會有『一事通，萬事通』的說法。真正優秀的棋手通常也與武道高手一樣，每到大戰在即，心態決定了一切，只有心中無棋，才不會受到勝負的禁錮，從而發揮出最佳的水平。」

龍賡深感其理，表示贊同。

鼓樂聲喧天而起，隨著門官的唱喏，在夜郎王的陪同下，三大棋王依次步入廳堂，坐在了事先安排好的席位上。

隨著主賓的到來，萬金閣的氣氛變得肅穆起來，嘈雜的人聲由高漸低，直至全無。

紀空手的目光緊盯住房衛身後的一幫隨從，除了樂白等人，劉邦扮作一個劍手赫然混雜其中。只不過一年的時間未見，劉邦變得更加可怕了，雖然他的打扮並不起眼，但穩定的步伐間距有度，起落有力，顯示出王者應有的強大自信，顧盼間雙目神光電射，懾人之極。若不是他刻意收斂，在他周圍的人必定會全被他比了下去。

當兩人的目光在無意中相觸虛空時，有若閃電交擊，一閃即分，劉邦的臉上有幾分驚訝，又似有幾分疑惑。

劉邦臉上的表情盡被紀空手收入眼底，這令紀空手心中竊喜，因爲劉邦臉上的這種表情，正是紀空手所希望看到的。

他這看似不經意地一眼，其實是刻意爲之。他必須知道，經過了整形術的自己是否還能被劉邦認出，而眼睛往往是最容易暴露整形者真實身分的部位，如果劉邦不能從自己的眼神裡面看出點什麼來，那就證明自己的整形術是成功的。

這很重要，對紀空手來說，這也許是他的計畫能否成功的最關鍵一步，所以他沒有迴避，而是直接面對。

從劉邦的表情上看，他顯然沒有認出這位與自己對視的人會是紀空手，他只是有一種似曾相識之感，所以才會流露出一絲驚訝。

隨著眾人紛紛入席之後，夜郎王終於站在了棋盤之前。偌大的廳堂，倏地靜了下來，數百道目光齊聚在他一人身上，期盼著棋賽由他的口中正式宣佈開始。

夜郎王目視送禮，與三大棋王對視一眼之後，這才乾咳一聲道：「三位棋王都是遠道而來的貴賓，能齊聚我夜郎小國，是我夜郎的榮幸，也是本王的榮幸。棋分黑白，規矩自訂，關於棋賽的各項規矩，三位棋王也已經制定完畢，而棋賽的彩頭，相信各位也做到了心中有數，在此本王也就不再多言了。本王想說的是，雖然是小小的一盤棋，卻千萬不可傷了和氣，落子之後，必分輸贏，贏者無須得意，輸者不必氣惱，勝負乃是天定。」

他的話中帶出一絲無奈，面對三強緊逼，他的確爲難得緊，只希望陳平能一舉擊敗三大棋王，他也好有所應對。

眾人雖不明就裡，但也從夜郎王的臉上看出了一些什麼，正感大惑不解時，卞白已微笑道：「既然棋分勝負，那麼裁判是誰？」

夜郎王不慌不忙地道：「至於裁判的人選，此事關係重大，恐怕得由三位棋王公選一位才成。」

卞白淡淡而道：「能夠裁決勝負者，無外乎要具備三個條件：一，德高望眾，可以服人；二，棋藝精湛，能辨是非；三，不偏不倚，保持公正。在下心目中倒有一個人選，不知房爺與習爺能否同意？」

房衛與習泗冷哼一聲，道：「倒想洗耳恭聽。」

「所謂求遠不如就近，依在下看來，大王正是這裁判的最佳人選，二位難道不這樣認爲嗎？」卞白看了他二人一眼道。

卞白的提議的確是最合適的人選，能讓三位棋王可以放心的，也只有夜郎王。

既然裁判已定，陳平緩緩地站將起來，將手一拱道：「誰先請？」

「慢！」卞白一擺手道：「在下心中還有一個問題，想請教陳爺。」

陳平道：「請教不敢，卞爺儘管說話。」

「陳爺乃棋道高人，敢以一敵三，可見棋技驚人。不過事無常勢，人有失手，萬一陳爺連輸三局，我們三人之間的勝負又當如何判定？」卞白話裡說得客氣，其實竟不將陳平放在眼裡。

陳平也不動氣，微微一笑道：「若是在下棋力不濟，連輸三局，三位再捉對廝殺，勝負也早晚會分，卞爺不必擔心。」

「好，既然如此，在下不才，便領教陳爺的高招。」卞白本是棋道宗府之主，平生對棋道最是自負，自然瞧不起夜郎國中的這位無名棋手。當下也不想觀棋取巧，想都不想，便要打這頭一陣。

此話一出，房衛與習泗自然高興。這第一戰純屬遭遇戰，不識棋風，不辨棋路，最是難下，照這二人的意思，誰也不肯去打這頭陣，想不到卞白倒自告奮勇地上了。

當下卞白、陳平與夜郎王一起上了鐵塔，三人各坐其位，薰香已點，淡淡的香味和著茶香，使得鐵塔之上多了一份清雅。

在這樣的環境下對弈，的確是一件讓人心情愉快的事情。當下卞白緩緩地從棋盒中拈起一顆黑子時，他突然感覺到，一個懂得在什麼樣的環境裡才能下出好棋的人，其棋技絕不會弱。

想到這裡，他的心不由一凜，重新打量起自己眼前的這名對手來。

其實在萬金閣時，他就刻意觀察了一下這位夜郎陳家的世家之主。當時給他的感覺就是一個挺普通的人，除了衣衫華美之外，走到大街上，都很難將他分辨出來。

可就是這樣的一個人，當他坐到棋幾前，面對著橫豎十九道棋格時，整個人的氣質便陡然一變，眼芒暴閃間，彷彿面對的不是一個方寸之大的棋盤，而是一個橫亙於天地之間的戰場，隱隱然透著一股懾人的王者風範。

「你執黑棋？」陳平望著卞白兩指間的那顆黑子，淡淡一笑道。

「難道不可以嗎？」卞白心裡似乎多出了一份空虛，語氣變得強硬起來，彷彿想掩飾一點什麼。

「當然可以。」陳平笑了起來：「無論你執什麼棋，都必輸無疑！」

卞白深深地吸了一口氣，壓下心中的怒火道：「你想激怒我，從而擾亂我對棋勢的判斷與計算？」

「你錯了，棋道變化無窮，更無法判斷它的未來走勢。當你拈起棋子開始計算與判斷的時候，你已經落入了下乘。」陳平淡淡而道。

「難道你下棋從不計算？」卞白還是第一次聽到這樣匪夷所思的論斷，雖然他排斥這種說法，但在他的內心裡，卻充滿了好奇，因為他很想知道別人對棋道的看法。

「我曾經計算，也對棋勢作出判斷，然而有一天當我把它當作是有生命的東西的時候，我賦予它思想，它回報我的是一種美，一種流動的美。」陳平說完這些話後，緩緩地從棋盒中拈起了一顆白子。他的動作很優雅，棋子在他的手上，就像是一朵淡雅而幽香的鮮花。

卞白的眼裡閃出一片迷茫，搖了搖頭，然後手指輕抬，「啪……」地一聲將棋子落在了棋盤上。

「我不知道什麼叫美，我只知道，精確的計算與對棋勢的正確判斷是贏棋的最有力的保障，我願意用你認為下乘的手段來證明給你看。棋既分勝負，決輸贏，就沒有美的存在。」卞白已是如臨大敵，再不敢有半點小視之心，手勢一擺道：「我已落子，請！」

陳平微微一笑，不再說話，只是將手中的棋子當作珍寶般鑒賞了一下，然後以一種說不出的優雅將它輕輕地放在了他認為最美的地方。

◆

萬金閣，一片寂然。

雖然相隔鐵塔尚有一段距離，沒有人可以看到陳平與卞白的這一戰，但是通過棋譜的傳遞，這一戰中雙方的招法已經真實顯現於閣裡大廳中的大棋盤上。

隨著棋勢的深入，這盤棋只用了短短的十數著，就完成了佈局，進入中盤階段。觀棋的人無不竊竊私語，面對陳平每一步怪異的招法無不驚歎。

房衛與習泗最初還神色自若，等到陳平的白子落下，兩人的臉色同時一變，顯得十分凝重。

他們敢以棋王自居，對於棋之一道自然有其非凡之處，而且對棋勢的判斷更達到了驚人的準確。可是當他們看到陳平所下出來的每一步棋時，看似平淡，卻如流水般和諧，讓人永遠也猜不透他下一步棋的落點會在哪裡，這令他們感到莫名之下，心生震撼。

「如果是我，當面對著這種唯美的下落時，我將如何應對？」習泗這麼想著，他突然發現，陳平的棋雖然平淡如水，卻無處不在地表現著一種流動的美，這種美在棋上，更滲入到人的心裡。

紀空手不懂棋，卻已經知道這盤棋的勝負已在陳平的控制之中。這一次，他不是憑直覺，而是憑著他對武道的深刻理解，去感受著陳平對棋道所作出的近乎完美的詮釋。

武道與棋道，絕對不屬於同類，但武至極處，棋到巔峰，它們都向人們昭示了一點共通的道理，那就是當你的心中沒有勝負的時候，你已經勝了，而且是完勝。

因爲心中沒有勝負，你已不敗。

「你在想什麼？」娜丹輕推了紀空手一下，柔聲問道。

紀空手笑了笑道：「我在想，當這盤棋結束的時候，這漢中棋王與西楚棋聖是否還有勇氣接受陳平的挑戰？」

娜丹咯咯笑了起來，眼兒幾成了一條線縫，道：「你是否能猜到我此刻在想什麼？」

紀空手壓低嗓音道：「這還用得著猜嗎？」在他的臉上顯現出一絲曖味，似笑非笑，讓人回味無窮。

娜丹的俏臉一紅，眼兒媚出一縷秋波，頭一低，道：「雖然我們苗疆女子願意將自己獻給所愛的人，再找一個愛自己的人相守一生，但是我想，如果他是同一個人，那該是多麼美妙的事情。」

紀空手伸手過去，將她的小手緊緊握住，道：「這並非沒有可能，其實在這個世上有很多事情都是這樣的，當你付出的時候，遲早都會有所收穫，愛亦如此。」

娜丹的眼睛陡然一亮道：「你沒騙我吧？」

「我對愛從不撒謊，知道我為什麼會喜歡你嗎？」紀空手道。

娜丹抬起頭來，以深情的目光凝視著他。

「因為你不懂柔美似水，更是一個懂得美的女人。當我走進你的世界裡時，你帶給我的總是最美的色彩。」

這像是詩，有著悠遠的意境，飄渺而抽象，但娜丹覺得自己已經抓住了什麼。

◆

棋到八十七手，卞白陷入了深深地思索。

而對面的座上是空的。

陳平雙手背負，站在鐵塔的欄杆邊上，眺望遠方。他的目光深邃，似乎看到了蒼穹極處的黑洞，臉上流露出寧靜而悠然的微笑，似乎感受到了天地間許多至美的東西。

「好美！」他不經意間低語了一句，像是對自己說的，又像是對別人說的。

卞白卻聽到了，抬起頭來，眼神空洞而迷茫。

「我的眼中，並沒有你所說的流動之美，所見到的，只有無休止的鬥爭，力量的對比。」

「這並不奇怪，因為你是美的破壞者，而不是創造者。你的棋太看重於勝負，具有高速思維與嚴密的邏輯，所以你的棋只能陷入無休止的計算與戰鬥之中。」

「你說得如此玄乎，恐怕只是想擾亂我的思維吧?到目前爲止，棋上的盤面還是兩分之局，你的美並未遏制我的計算與力戰。」

「那麼，請繼續。」陳平輕歎了一口氣，有一種高處不勝寒的寂寞。

第六章　智者遊戲

「這第八十八手是卞白出現的一個疑問手，這一著法看似精妙無比，有著非常豐富的變化，但當陳平這八十九手應出的時候，再來品味整個棋面，卞白的棋已漸漸地被陳平所左右。」習泗的聲音不大，卻是對著房衛而說的。

這似乎不可思議，兩個對立的人為了一盤棋展開了彼此間的交流，這並不是說明他們已放棄了自己的立場，而是這一盤棋實在是他們平生看到的非常經典的一戰，人入棋中，已是忘乎所以。

劉邦沒有說話，只是皺了皺眉頭。

但全場之人的注意力全部聚在了他們二人身上，這兩人身為棋王，無疑對這一盤棋的走勢有著權威性的評斷。

「其實，卞白的棋在佈局的時候就已經出現了問題。」房衛提出了自己的異議，雖然他們都是天下頂尖的棋手，但由於性格不同，對棋道的理解不同，使得他們各自形成了與對方迥然不同的風格。

從地域劃分來看，這次棋王大賽彙集了東、西、南、北四大流派的頂尖高手加盟參戰，房衛與習泗便是東部與西部的代表，他們能夠在各自的地方稱王，就已經證明他們本身的實力。以他們的身分地位，也絕對不會輕易地服誰，所以在他們之間一旦出現分歧，必然會固執己見，堅持自己的觀點。

「房兄的認識似乎有失偏頗，在卞白下這第八十八手棋時，盤面上的局勢最多兩分，誰也不能在棋形棋勢上占到上風，如果卞白在這第八十八手棋上改下到這個位置，形勢依然不壞。」習泗所指的是在黑棋左下角選擇大飛，這手棋的確是當時盤面上的最佳選擇，但房衛卻憑著自己敏銳的直覺，感到了仍有不妥的地方。

兩人站將起來，來到了擺棋的那塊大棋盤前，指指點點，各抒己見，爭論愈發激烈，就好像他們不是觀棋者，而是下棋者，置身其中不能自拔。

紀空手的目光看似始終沒有離開過這兩人的舌戰之爭，其實他的注意力更多的是放在劉邦身上。爲了不引起劉邦的警覺，他與龍賡在低語交談，以此來掩飾他真正的意圖。

「什麼是圍棋？」紀空手對棋道一竅不通，所以看到房衛與習泗對棋所表現出來的癡迷感到不解。

「圍棋的起源甚古，始於何年，無法考證，但在春秋列國時已有普及，以黑白雙方圍地多少來決定勝負，規則簡單，卻擁有無窮變化，是以能深受世人喜愛。下棋按照過程分爲佈局、中盤、收官三個階段，他們所說的飛、封、挖、拆、跳、間均是圍棋招式的術語，是用來攻防的基本手段。」龍賡身爲五音門下，雖然不是專門學棋之士，但對棋藝顯得並不陌生，娓娓道來，儼然一副行家模樣。

紀空手聽得雲裡霧裡，一臉迷茫，不過他從雙方的棋藝中似乎看到了一股氣勢，同時也感到了這黑白兩分的世界裡湧出的流暢之美，讓人彷彿馳騁於天地，徜徉於思想的張放之間。

「這豈不像是打仗？」紀空手似乎從這棋中聞到了硝煙的氣息。

「這本來就是一場戰爭，圍棋源於軍事，兵者，詭道也，下棋者便如是統兵十萬的將帥，可以一圓男兒雄霸天下的夢想。其中的無窮變化，暗合著兵家詭道之法，虛虛實實，生生死死，讓人癡迷，讓人癲狂，是以才能流行於天下。」龍賡道。

紀空手心中一動，道：「我是否可以將之理解爲能在棋中稱霸者，必可在世上一統天下？」在一剎那間，他甚至懷疑，陳平除了是五音先生門下的棋者之外，是否會與那位神祕的兵家之士是同一人？

這固然有些匪夷所思，卻未嘗就沒有可能。

龍賡只是輕輕搖頭道：「不能，在行棋與行軍之間，有一個最大的區別，就是這棋道無論具有多少變化，無論多麼像一場戰爭，但它僅僅只是像而已，而絕不是一場戰爭，充其量也只是智者之間的遊戲。」

說到這裡，龍賡的身體微微一震，道：「憑我的感覺，陳平與卞白的這場棋道爭戰應該是接近尾聲了，最多五手棋，卞白將中盤認輸！」

果然，在鐵塔之上，當卞白行至第一百四十七手棋時，他手中所拈的黑子遲遲沒有落下。

「卞爺，請落子。」陳平的臉上依然透著一股淡淡的微笑，優雅而從容，顯得十分大氣。

卞白的臉色變了一變，額頭上的根根青筋冒起，極是恐怖，眼神中帶著一份無奈與失落，喃喃而道：「這麼大的棋盤上，這顆子將落在哪個點上？」

「你在和我說話嗎？」陳平淡淡而道。

卞白緩緩地抬起頭來，整個人彷彿蒼老了許多，茫然而道：「如果是，你能告訴我嗎？」

「不能。」陳平平靜地道：「因爲我也不知道棋落何處。」

卞白深深地看了他一眼，緩緩地站將起來道：「我輸了。」

他說完這句話時，臉上的緊張反而蕩然無存，就像是心頭上落下一塊重石般輕鬆起來，微微一笑道：「可是我並不感到難受，因為無論誰面對你這樣的高手，他都難以避免失敗一途。」

「你錯了，你沒有敗給我，只是敗給了美。」陳平說了一句非常玄奧的話，不過，他相信卞白能夠聽懂這句話的意思：「美是無敵的，是以永遠不敗。」

◆

卞白敗了，敗得心服口服。

他只有離開通吃館，離開夜郎國。

隨著他的離去，韓信的計畫終於以失敗而告終。

銅鐵貿易權之爭，就只剩下劉、項兩家了。

然而無論是房衛，還是習泗，他們都是一臉凝重。雖然他們對自己的棋藝十分自信，可是當他們看到陳平與卞白下出的那一盤經典之戰時，他們誰也沒有了必勝的把握，更多的倒是為自己擔起心來。

的確，陳平的棋藝太過高深莫測，行棋之間完全脫離了攻防之道，算計變化，每一著棋看似無心，全憑感覺，卻在自然而然中流動著美的韻律，感染著對手，在不知不覺中已經左右了整個棋局。

不過，這並非表示房衛與習泗就毫無機會，隨著夜色的降臨，至少，他們還有一夜的時間準備對應之策。

一夜的時間，足以存在著無數種變數，且不說房衛與習泗，就是那些押注買陳平輸的豪賭之人，也未必就甘心看著自己手中的銀子化成水。

所以，人在銅寺的陳平，很快就成了眾矢之的。夜郎王顯然也意識到了這一點，派出大批高手對銅寺實施森嚴的戒備，以防不測。

就在紀空手與龍賡爲陳平的安全苦費心思的時候，陳義帶來了一個令人意想不到的消息——習泗不戰而退，放棄了這場他期盼已久的棋賽。

◆

在銅寺的密室裡，紀空手三人的臉上盡是驚詫莫名之狀，因爲他們誰也沒有想到，習泗會做出如此驚人之舉。

「虎頭蛇尾。」紀空手的腦海中最先想到的就是這樣一句成語：「你們發現沒有，無論是卞白，還是習泗，他們在棋賽開始之前都是信誓旦旦，勢在必得，何以到了真正具有決定性的時刻時，卻又抽身而退？難道說在韓信與項羽方面都不約而同地發生了重大的變故？」

陳平搖了搖頭道：「這不太可能，卞白輸棋而退，李秀樹又遭重創，韓信因此而死心，這尚且說得過去。而習泗既是項羽所派的棋王，論實力是這三方來頭最大的，應該不會輕言放棄。」

「也許是習泗看到了你與卞白的那一戰之後而心生怯意，知道自己贏棋無望，不如替自己尋個台階而去，這種可能性並非沒有。」龍賡想了想道。

紀空手的眼睛盯著供桌上的一尊麒麟，搖頭道：「習泗只是項羽派來的一個棋手而已，他的職責就是贏棋，而沒有任何的決定權。所以我想，習泗退走絕對不是他本人的主意。不過，這其中最主要的原因，恐怕還是習泗棋藝上技不如人，迫使項羽以退爲進，另闢蹊徑。」

他緩緩地看著陳平與龍賡道：「對於項羽，我和他其實只有一面之緣，但我卻知道此人剛愎自用，兇殘狠辣，絕對不是一個容易對付的角色。像這樣的一個人，若非他沒有絕對的把握，恐怕不會輕易言退。」

「你的意思是說，習泗的退走只是項羽所用的一個策略，他的目標其實仍然盯著銅鐵貿易權？」龍賡沈吟片刻道。

「是的，習泗的退走只是一個幌子，其目的就是想掩飾項羽的真正意圖，以轉移我們的視線。」紀空手緩緩而道：「在這種非常時期，對任何一方來說，銅鐵貿易權都是非常重要的，就算自己無法得到，他們也絕不會讓自己的對手輕易得到。」

「難道你認為項羽也如劉邦一樣暗中到了夜郎？」龍賡突然似想到了什麼，驚呼道。

紀空手看著龍賡，一臉凝重，一字一句地道：「既然劉邦能夠來到夜郎，項羽何以又不能在夜郎出現呢？如果沒有項羽的命令，你認為習泗敢在這個關鍵時刻不戰而退嗎？」

龍賡肅然道：「如果事情真的如你所言，項羽到了夜郎，那麼對我們來說，問題就變得十分棘手了。」

龍賡的擔憂並非毫無道理，項羽年紀輕輕便登上閥主之位，其武功心智自然超乎常人，有其獨到之處。雖然在龍賡的記憶裡，項羽只是一個人的名姓稱謂，但項羽此時號稱「西楚霸王」，凌駕於眾多諸侯之上，單憑這一點，便足以讓任何對手不敢對他有半點小視之心。

「項羽身為流雲齋之主，流雲道真氣霸烈無比，當年我在樊陰之時，就深受其害，迄今想來，仍是心有餘悸。」紀空手顯然意識到了問題的嚴重性，緩緩而道：「最可怕的還不是他的武功，而是他自起事以來從未敗過的戰績。兵者，詭道也，若沒有超乎常人的謀略與膽識，沒有滴水不漏的算計與精密的推斷，要在亂世之中做到這一點是幾乎不可能的事情。以他的行事作風，不動則已，一動必是必勝一擊。若是他到了夜郎，就表明他已對事態的發展有了十足的把握。」

陳平沈吟片刻道：「項羽雖然可怕，但是我想，他親自來到夜郎的可能性並不大。雖然他的眼裡，銅鐵貿易權的確十分重要，但是一場戰爭可以讓他改變任何決定。」

「戰爭？」紀空手與龍賡同時以驚詫的目光望向陳平。

陳平道：「對於項羽來說，他的敵人並非只有劉邦與韓信，但在眾多諸侯之中，劉邦和韓信可說是項羽的心腹之患，因此他封劉邦為漢王，讓其居於巴、蜀、漢中三郡，而把關中地區分為三個部分，封給章邯、司馬欣、董翳這三位秦朝降將，企圖鉗制劉邦。同時將韓信封為淮陰侯，讓他固守遠離巴蜀千里之外的江淮，以九江王英布來遏制韓信。然而項羽在戲下挾義帝之名封王之時，曾經將齊王田市遷徙，另封為膠東王，而立齊王手下的田都為新的齊王，這自然引起了齊王部將田榮等人的不滿，不僅不肯將齊王送到膠東，反而利用齊國現有的力量反叛項羽，抗擊田都，使得這場戰爭終於在五天前爆發了。」

「五天前？夜郎與齊國相距數千里之遙，你是從何得來的這個消息？」紀空手心生詫異道。他素知五音門下用鷂鷹傳書的手段，是以能夠通傳消息，一日之內，可以知曉千里之外所發生的事情。不過，這種手段乃知音亭所獨有，陳平不可能學得這門技藝，除非他另有法門。

「我也是從別人口中得到的這個消息，此人與公子十分相熟，專門以巴蜀所產的井鹽與我夜郎做銅鐵生意。」陳平微微一笑道。

「後生無?」紀空手的心中陡然一驚道。

「正是此人。」陳平道：「公子若要見他，只須多走幾步即可，他此刻正在我通吃館內。」

紀空手臉色一緊道：「我絕不能讓任何人知道我此刻就在夜郎，否則也不會易容喬裝來找你們了。對我的計畫來說，我真實的身分無疑是整個計畫的關鍵，除了你們兩人外，知道這個祕密的人就只有虞姬與紅顏、娜丹。」

頓了一頓，接道：「因爲，在今後的一段時間裡，當劉邦爭取到了銅鐵貿易權之後，我將以陳平的身分進入巴蜀，伺機接近劉邦。」

這是他第一次向別人吐露自己心中的計畫，無論是陳平，還是龍賡，都絲毫不覺得有任何的詫異。因爲他們兩人所預謀的行動就是在劉邦爭取到銅鐵貿易權之後，他們可以名正言順地藉此接近劉邦，然後伺機復仇。

而紀空手的計畫中，只不過將自己整容成陳平，使得這個刺殺的計畫更趨完美，更有把握。

不過，陳平和龍賡看著一臉堅毅的紀空手，心裡都覺得紀空手的計畫未必會有這麼簡單。如果刺殺劉邦真是紀空手此行夜郎的最終目的，那麼他完全可以在這個時候動手，根本不必等到劉邦回歸南鄭之後。

紀空手微微一笑，顯然看出了他們眼中的疑惑，道：「不錯！你們猜想的一點都沒錯，我之所以不在夜郎動手，有三個原因，一是我不想讓夜郎國捲入到我們與劉邦的紛爭之中；其二是我發現劉邦的武功之高，已達深不可測之境。在他心懷警覺的時候動手，我們未必有一擊必中的把握；第三個原因，也是最後一個原因，那就是刺殺劉邦只是實施我計畫的一個關鍵手段，而絕不是目的！」

他的眼眸中閃動著一種堅定的色彩，顯示著他的決心與自信，彷彿在他的眼裡，再大的困難也不是一座不可踰越的山峰，最終他將是成功的征服者！這似乎是不可動搖的事實。

「我現在所擔心的是，項羽與田榮之間既然爆發了戰爭，一旦這個消息傳到了劉邦的耳中，他絕對不可能繼續待在夜郎。」紀空手的眉間現出一絲隱憂道。

「何以見得？」陳平道：「眼看這銅鐵貿易權就要立見分曉了，他怎會在這個時候抽身而退？」

「因爲這是一個戰機，一個意想不到的戰機。劉邦只有利用這個戰機出兵伐楚，才是明智之舉，一旦錯失，他必將抱憾終生。」紀空手的臉上已是一片肅然，彷彿看到了一場驚天動地的大決戰就在眼前爆發。

「如果劉邦走了，即使房衛奪得了銅鐵貿易權，我們豈非也要大費周折？」陳平道。

「所以，我們就只有一個辦法，趁著今夜，我們先行拜會他！」紀空手胸有成竹地道。

說完從懷中取出了隨身攜藏的小包裹，當著陳平與龍賡的面，妙手巧施，只不過用了半盞茶的功夫，便將自己變成了另一個陳平，無論模樣神情，還是舉止談吐，都唯妙唯肖，形神逼真。

陳平與龍賡一看之下，無不大吃一驚，顯然沒有想到紀空手所使的整形術竟然達到了如此神奇的地步。雖然他們之前所見的人也並非是紀空手的真面目，然而當紀空手變作陳平時，兩相對校，這才顯出紀空手這妙至毫巔的整形手段來。

「你變成了我，那麼我呢？」陳平陡然之間對這個問題產生了興趣。

「你當然不再是你，你已變成了紀空手。當我們到了南鄭之後，你卻出現在塞外，或是江南，只有這樣，劉邦才想不到他所面對的人不是陳平，而是紀空手。」紀空手微微一笑，似乎早已想透了這個計畫中的每一個環節。

「你敢肯定劉邦看不出其中的破綻嗎？」龍賡眼睛一亮道。

「正因爲我不能肯定，所以今夜拜訪劉邦的，就是你與我，我也想看看劉邦是否能看出我只是一個冒牌的陳平。」紀空手笑得非常自信。

◆

七星樓中，劉邦、房衛、樂白三人同樣置身密室之中，正在議論著習泗不戰而退的事情，這個消息的傳來，顯然也大大出乎了他們的意料之外。

「項羽絕不是一個輕易言退的人，他做事的原則，就是爲達目的，不擇手段，這一點從他當年與紀空手結怨的事情中就可看出。」劉邦沈吟半晌，依然摸不著半點頭緒，但他卻堅信在這件事情的背後，一定有著非常重要的原因，要不然這就是項羽以退爲進所採取的策略。

昔日項羽列兵十萬，相迎紅顏，此事早已傳遍天下，房衛與樂白當然不會不知。不過說習泗此番退去是另有目的，房衛並不贊同。

「習泗不戰而退，或許與陳平表現出來的棋藝大有關係。」房衛似乎又看到了陳平那如行雲流水般的弈棋風格，有感而發道：「我從三歲學棋，迄今已有五十載的棋齡。在我的棋藝生涯中，不知遇上過多少棋道高手，更下過不少於一千的經典對局，卻從來沒有見過像陳平這樣下得如此之美的棋局。他的每一著棋看似平淡，但細細品味，卻又深奧無窮，似乎暗含至深棋理，要想贏他，的確不是一件容易的事情。」

「你認為習泗不戰而退的原因，是怯戰？」劉邦問道，同時臉上顯出一絲怪異的神情

房衛讀懂了他臉上的表情，苦笑道：「應該如此，因為我曾細細研究過陳平與卞白的這場對局，發現若是我在局中，恐怕也只能落得與卞白相同的命運。」

「這麼說來，明天你與陳平之間的棋賽豈非毫無勝機？」樂白不禁有幾分洩氣，想到此番來到夜郎花費了不少心力，到頭來卻落得個一場空，心中難免有些浮躁。

「如果不出意外，只怕這的確是一場有輸無贏的對局。」房衛看了看樂白，最終一臉苦笑地望向劉邦。

劉邦的臉上就像是一潭死水，毫無表情，讓人頓生高深莫測之感。他只是將目光深深地瞥了房衛一眼，這才緩緩而道：「出現這種局面，殊屬正常，事實上本王對這種結果早有預料，所以才會親自趕來夜郎督戰。」

房衛奇道：「莫非漢王對棋道也有專門的研究？」

劉邦搖頭道：「本王對棋道一向沒有興趣，卻深諳棋道之外的關節。當日夜郎王飛書傳來，約定三方以棋決定銅鐵貿易權時，本王就在尋思：這銅鐵貿易權既然對我們三方都十分關鍵，那麼夜郎王無論用什麼方式讓其中的一方得到，都勢必引起另外兩方的不滿。最保險的方法，就是讓我們三方都別想得到，這樣一來，反而可保無事。於是本王就料到代表夜郎出戰的棋手絕對是一個大高手，若是沒有必勝的把握，夜郎王也不會設下這個棋賽了。」

房衛聽得一頭霧水，道：「漢王既然知道會是這樣一個結果，何以還要煞費苦心，遠道而來呢？」

劉邦沈聲道：「本王一生所信奉的辦事原則，就是只要事情還沒有發生，你只要努力，事情的發展最終就是你所期望的結果。畢竟，你與陳平之間還未一戰，誰又能肯定是你輸他贏呢？」

「但是，棋中有古諺：棋高一招，縛手縛腳。以陳平的棋藝，我縱是百般努力，恐怕也不可能改變必敗的命運。」房衛已經完全沒有了自信，陳平對他來說，就像是一座高大雄偉的山峰，根本不是他所能踰越征服的。

劉邦深深地望著他道：「如果在明天的棋賽中陳平突然失常，你認爲你還會輸嗎？」

「棋道有言：神不寧，棋者亂！心神不寧，發揮無常，我的確這麼想過，但是除非有奇蹟出現，否則這只是一個假設。」房衛以狐疑的目光與劉邦相對。

「這不是假設，而是隨時都有可能發生的事情。」劉邦一字一句地道：「你聽說過攝魂術嗎？」

房衛點了點頭道：「這是一種很古老的邪術，可以控制住別人的心神與思維，難道說漢王手下，有人擅長此術？」他精神不由一振，整個人變得亢奮起來。

「這不是邪術，而是武道中一門十分高深的技藝。在當今江湖上，能夠擅長此術的人並不多見，恰恰在本王手下，還有幾位深諳此道。」劉邦微微一笑道：「不過，攝魂術一旦施用，受術者的表情木訥，舉止呆板，容易被別人識破，所以要想在陳平的身上使用，絕非上上之選。」

房衛一怔之下，並不說話，知道劉邦這麼一說，必有下文。

果不其然，劉邦頓了一頓道：「但是，在這個世上，還有一種辦法，既有攝魂術產生的功效，又能避免出現攝魂術施用時的弊端，這就是苗疆獨有的『種蠱大法』！」

房衛與樂白大吃一驚，顯然對種蠱大法皆有所聞，然而他們不明白劉邦何以會提到它？既然這是苗疆所獨有的大法，在他們之中自然無人擅長。

劉邦道：「『苗人』二字，在外人眼裡，無疑是這個世上最神祕的種族。他們世代以山爲居，居山建寨，分佈於巴、蜀、夜郎、滇臥等地的群山之中，一向不爲世人所知。但是到了這一代的族王，卻是一個極有抱負、極有遠見的有爲之士。爲了讓苗疆擁有自己的土地，建立起一個屬於他們自己的國度，他四處奔波，竭精殫慮，最終將這個希望寄託在了本王的身上，這也是本王爲何會出現在夜郎的原因。」

房衛與樂白頓感莫名，因爲自劉邦來到夜郎之後，他們就緊隨劉邦，寸步不離，並沒有看到他與外界有任何的聯繫，想不到他卻在神不知、鬼不覺的情況下竟然與苗王達成協定，建立了同盟關係。難怪房、樂二人的臉上會是一片驚奇。

劉邦的眼芒緩緩地從他們臉上一一掃過，這才雙手在空中輕拍了一下，便聽得「吱……」一聲，從密室之外進來一人，赫然竟是娜丹公主。

房衛與樂白心中一驚，他們明明看到娜丹公主在萬金閣時坐在陳平身後，卻想不到她竟會是自己人，這令他們不得不對劉邦的手段感到由衷佩服。

然而娜丹公主的臉上並無笑意，冷若冰霜，只是上前向劉邦盈盈行了一禮之後，便坐到一邊。

這的確是一個讓人意外的場面，假如紀空手親眼看到了這種場面，他的心裡一定會感到後悔。因爲娜丹恰恰是知道他真實身分的少數幾人之一！

「娜丹公主既然來了，想必事情已經辦妥了吧？」劉邦並不介意娜丹表現出來的冷傲，微笑而道。

娜丹冷冷地道：「我們苗人說過的話，永遠算數，倒是漢王事成之後，還須謹記你對我們苗疆的承諾。」

劉邦笑了笑，深深地凝視著娜丹的俏臉道：「人無信不立，何況本王志在天下，又怎會失信於一個民族？只要本王一統天下，就是你們苗疆立國之時，娜丹公主大可不必擔心。」

「如此最好。」娜丹公主從懷中取出一根細若針管的音笛，交到劉邦手中道：「娜丹已在陳平的身上種下了一種名爲『天蠶蠱』的蟲蠱，時辰一到，以這音笛驅動，『天蠶蠱』很快會脫變成長，這便能讓陳平在數個時辰內喪失心神，爲你所用。事成之後，蟲蠱自滅，可以不留一絲痕跡。」

劉邦細細把玩著手中的音笛，眼現疑惑道：「這種蠱大法如此神奇，竟然是靠著這麼一管音笛來驅策的嗎？」

娜丹公主柳眉一皺道：「莫非漢王認爲娜丹有矇騙欺瞞之嫌？」

劉邦連忙致歉道：「不敢，本王絕無此意，只是不太明白何以娜丹公主會與陳平的人混在一起？今日在萬金閣中，本王見得公主與那名男子好生親熱，只怕關係不同尋常吧？」

娜丹公主的俏臉一紅，在燈下映襯下，更生幾分嬌媚，微一蹙眉道：「這屬於本公主的個人隱私，恐怕沒有必要向漢王解釋吧？」

劉邦微笑道：「窈窕淑女，君子好逑，男女間有這種情事發生，那是再正常不過的事情，本王不過是出於好心相問而已，還望娜丹公主不必將之放在心上。」

他頓了頓道：「但是據本王所知，與你相伴而來的那位男子身分神祕，形跡可疑，這不得不讓本王有所擔心。因為本王覺得，雖然這是公主的個人隱私，卻牽繫到本王此次夜郎之行的成敗關鍵，若是為了一個局外人而致使銅鐵貿易權旁落他人，豈不讓人抱憾一生？」

娜丹知道劉邦已生疑心，猶豫了片刻道：「難道漢王懷疑此人會對我們苗漢結盟不利？」

「這並非是本王憑空揣測，而是此人出現在夜郎的時機不對。本王自涉足江湖，對江湖中的一流高手大致都能了解一些，可是此人好像是平空而生一般陡然現身夜郎。在此之前，本王從未聽說過江湖上還有一『左石』的人物，這豈能不讓本王心中生疑呢？」劉邦的眼芒透過虛空，猶如一道利刃般冷然掃在娜丹的俏臉上。他從不輕易相信任何人，是以對任何事情都抱著懷疑的態度，尤其是當他第一眼看到那名為「左石」的年輕人時所產生的似曾相識之感，讓他心中頓生警覺。

不過，他做夢也不會想到，此人竟然是紀空手所扮！在他的心中，最大的敵人並不是項羽，也不是正在崛起的韓信，而是始終將紀空手放在了第一位！所謂「殺父之仇，奪妻之恨」，雖說紀空手不是這兩起事件的受益者，卻是這仇恨的真正締造者，劉邦對他焉能不恨？簡直是恨之入骨！

像這樣一個大敵，劉邦又怎能相忘？然而世上的事情就是這般離奇，當紀空手真正站到他的面前時，他卻認不出來了。

這是否證明丁衡的整形術的確是一門妙絕天下的奇技？但不可否認的是，紀空手敢如此做，已經證明他的確擁有別人所沒有的膽識與勇氣。

娜丹當然聽說過紀空手與劉邦之間的恩怨，深知在這兩個男人的心中，都已將對方視作生死之敵。

她現在所要做的，就是在自己個人與民族的利益之間作出抉擇。

以劉邦此時的聲勢，的確有一統天下的可能。而苗疆世代飽受流離之苦，因爲沒有一塊屬於自己的土地而被迫寄人籬下，分居於國之間，所以對他們來說，擁有一塊屬於自己民族的土地是最大的渴求。

然而，要實現這個願望並不是十分容易的事情。在苗疆人中，不乏驍勇善戰的勇士，不乏血氣方剛的漢子，但是他們花了整整數百年的時間，依然沒有建立起自己的國度。而這一代的苗王，從認識劉邦的那一瞬間起，突然明白到憑藉劉邦的勢力，或許可以完成他們多年以來的夢想。

這絕不是天方夜譚，而是一個對雙方都有利益的計畫。以苗疆人現有的力量幫助劉邦奪得天下，然後再從劉邦的手中得到他們應該得到的那塊土地，這筆交易對於苗疆與劉邦來說，未必不能接受。

正是基於這一點，苗疆人才與劉邦結成了同盟關係，而他們聯手要做的第一件事，就是幫助劉邦奪得這銅鐵貿易權。

於是，娜丹公主來到了夜郎，利用苗疆人在夜郎國中的各種關係和消息渠道，巧妙地偶遇了與陳平關係親密的紀空手，不惜以自己爲代價，從而得到了與陳平近距離接觸的機會。

在這個計畫中唯一發生意外的事情，就是娜丹公主在爲紀空手療傷的過程中，發現紀空手身中春藥之害，限於當時時間緊急，無奈之下，她只能以自己的初貞來解這燃眉之急，付出了自己最寶貴的代價。

對於一個少女來說，這是何等巨大的犧牲，從而也可看出苗疆人面對土地所表現出來的勢在必得的決心。不過，對娜丹來說，她的身邊不乏隨從侍婢，完全可以李代桃僵，達到同樣的目的，何以她非要親力親爲，以身相試呢？莫非在她跟蹤紀空手之時，就已經爲他身上透發出來的那種與眾不同的氣質所吸引？

這是一個謎，只有她自己才能解答的一個謎。不過，當這一切事情發生之後，她的心裡無怨無悔，畢竟，她已經由著自己的性子愛過了一回。

面對劉邦咄咄逼人的目光，娜丹公主很難作出一個正確的決斷：如果她把紀空手的真實身分告之，勢必會給紀空手帶來不必要的麻煩，甚至是殺身之禍。作爲愛人，她當然不想看到這樣的結局，可是假如劉邦發現她在這件事情上有所欺瞞，必將使得他們之間所形成的同盟關係出現裂痕，影響到苗疆得到土地的計畫。作爲苗疆的公主，這種結果當然也不是她所希望看到的。

何去何從？這的確是一個兩難的抉擇。

娜丹只覺得自己頭大欲裂，思維一片混亂。

恰在此時，門上傳來幾聲輕響，接著便聽有人言道：「回稟漢王，夜郎陳平已在樓外求見。」

◆

月圓之夜，七星樓外，花樹繁花，暗香襲人。

化作陳平的紀空手雙手背負，抬頭望月，與龍賡並肩而立，在身後的地面上留下兩道拉長的影子。對紀空手來說，今夜之行，看似平淡，其實兇險無比，更是他所施行計畫的關鍵，只要在劉邦面前稍微露出一絲破綻，恐怕就是血濺五步之局。

此時此刻，無疑是他今生中最緊張的一刻。

他已經感到了自己身上的每一根神經都緊繃到了極限。

「你怕了嗎？」龍賡在月色下的臉有些蒼白，低聲問道。

「我並不感到害怕。」紀空手勉強一笑道：「只是有些緊張而已。」

「這只是因爲你太在乎此事的成敗，所以才會緊張，而你若抱著緊張的心態去見劉邦，就難免不會露出破綻。」龍賡冷冷地道，就像一陣寒風掠過，頓令紀空手清醒了幾分。

紀空手道：「我也不想這樣，只是此事太過重大，讓我感到了很大的壓力。」

「那你就不妨學學我。」龍賡深深地吸了一口氣，雙眼微瞇，似乎已醉倒在花香之中：「深呼吸可以調節一個人的心情，多作幾次，也許就能做到心神自定。」

紀空手直視著他的眼睛，微微一笑道：「其實說話也是調節心態的最好辦法，難道你不這樣認爲嗎？」

「這麼說來，你已經不緊張了？」龍賡也投以微微一笑，問道。

紀空手點了點頭，將目光移向七星樓內明亮的燈火，道：「我想通了，既然不想前功盡棄，就要勇於面對，何況我對自己的整形術還有那麼一點自信。」

龍賡道：「你能這麼想，那是再好不過了，就算劉邦練就一雙火眼金睛，也絕對不可能發現你不是真正的陳平！畢竟對大多數人來說，『陳平』只是一個名字，真正見過他本人的實在不多。」

紀空手不再說話，因爲就在這時，他聽到了身後傳來的腳步聲。

這腳步聲緩急有度，沈穩中而不失韻律。步伐有力，間距如一，一聽便知來者是內家高手。

腳步聲進入了紀空手身後三丈時便戛然而止，如行雲流水般的琴音突然斷弦，使得這片花樹間的空地中一片寂靜，只有三道細長而悠然的呼吸。

紀空手聽音辨人，覺察到來人的呼吸十分熟悉，正是劉邦特有的氣息。他的心裡不由「咯噔」了一下，尋思道：「劉邦一向謹慎小心，洞察細微，我可不能太過大意。」

他的心裡雖然還有一絲緊張，但臉上卻已完全放鬆下來，與龍賡相視一眼之後，這才緩緩說道：「未見其人，先聞其聲，如果我所料不差，你莫非就是漢王劉邦？」

劉邦從樓中踱步出來的剎那，也感到了一股似曾相識的氣息，幾疑自己出現了幻覺，心中驀然一驚道：「那人身上的氣息何以會像紀空手？如果此地不是夜郎，我還真要誤以成他了。」

他之所以會這麼想，顯然在他的意識之中，紀空手絕不可能會在這個時候出現於夜郎。因為在他手下傳來的線報中，紀空手這段時間應該出現在淮陰一帶才對。

有了這種先入為主的思想，劉邦並沒有深思下去，等到紀空手拱手相問時，更愈發堅定了劉邦自己的判斷。

因為眼前此人的嗓音、眼神、氣質與紀空手相較，完全是截然不同的兩種類型，而更讓劉邦打消疑慮的是此人臉上悠然輕鬆的笑意中，透著一股鎮定自若的神情——如果此人是紀空手，絕不可能在看到自己的時候會如此鎮靜！這就是劉邦推斷的邏輯。

「陳爺的消息果然靈通，本王此行夜郎刻意隱瞞行蹤，想不到還是沒有逃過陳爺的耳目。」劉邦微微一笑，絲毫不覺得有什麼詫異。

「漢王過譽了，王者終究是王者，無論你如何掩飾，只要在人群中一站，依然會透出一種鶴立雞群的超凡風範。」紀空手拍起馬屁來也確是高手，說話間已使自己的心態恢復到輕鬆自如的狀態。

劉邦一擺手道：「本王能成爲王者，不過是眾人幫襯，又兼運道使然，僥倖登上此位罷了，又怎能比得上陳爺這等世家之主？今日萬金閣上欣見陳爺一試身手，棋風華美，那才是名士風範。」

兩人相視一眼，哈哈笑了起來。

「請樓裡一坐。」劉邦客氣地道。

「不必了！」紀空手看了看天上的明月道：「如此良宵美景，豈容錯過？你我就在這茶樓下閒談幾句，也算是一件雅事。」

劉邦微微一笑道：「陳爺果然是雅趣之人，既然如此，本王就恭敬不如從命。」

他打量了一下紀空手身邊的龍賡，心中暗道：「這陳平的武功深不可測，無法捉摸，但他出身於暗器世家，家傳武學有如此高的修爲，不足爲奇。可這位年輕人不過三十年紀，卻是氣度沈凝，一派大師風範，不知此人是誰，何以從來沒有聽人說起過？」

紀空手見他將注意力放在龍賡身上，心中一喜，忙替龍賡引見道：「這位是我的好朋友，姓龍名賡，學過幾天劍法，被我請爲上賓，專門保護我的安全，爲人最是可靠。你我談話，無須避諱。」

劉邦哈哈一笑，意圖掩飾自己的疑人之意，道：「哦，原來如此，怪不得看上去一表人才，猶如人中龍鳳。」

當下他將目光重新轉移到紀空手的臉上，沈聲道：「我與陳爺雖然相聞已久，卻從未謀面，是以交情不深。可今夜陳爺登門約見，似乎像是有要事要商，這倒讓本王心中生奇了。」

「在下的確是有要事與漢王商量，事關機密，所以爲了掩人耳目，才決定在這個時候冒昧登門，漢王不會怪責於我吧？」紀空手忙道。

「陳爺言重了，能認識陳爺這種世家之主，正是本王的榮幸。只是你此行若被夜郎王得知，難道不怕夜郎王對你生疑嗎？」劉邦素知夜郎陳家對夜郎國的忠義之名，是以對陳平此舉仍有疑慮，開口相問道。

「漢王所言極是，不過陳平此行，正是奉了我國大王之命而來，漢王大可不必有此顧慮。」紀空手道。

劉邦微微一笑道：「原來如此，既然你是奉夜郎王之命而來，何不讓夜郎王親自與本王見面相談？這樣豈不更顯得彼此間的誠意嗎？」

紀空手早有準備，不慌不忙地道：「我王之所以讓在下前來，自是有不得已的苦衷。比之天下，我夜郎國不過一彈丸之地，實力疲弱，因爲盛產銅鐵，才得西楚霸王、淮陰侯與漢王三方的青睞，屈尊駕臨。在我王的眼中，三位都是當世風頭最勁的英雄，勢力之大，都有可能一統天下，任是得罪了三位中的哪一人，我夜郎國都隨時會有滅國之虞。所以在別人眼中，三大棋王共赴棋賽是一場盛會，但在我王的眼裡，卻已看到了滅國之兆，稍有不慎，勢必引火燒身，釀成災難。」

「既是如此，你又何必要來求見本王呢？」劉邦微微一怔道：「若是這事傳了出去，豈非更是得罪了西楚霸王與淮陰侯嗎？」

紀空手微微笑道：「漢王可曾聽過『置之死地而後生』這句古訓？」

劉邦道：「莫非陳爺認爲夜郎國已置身死地？這未免有些危言聳聽了吧？」

「事實上夜郎國的確面臨著立國以來最嚴重的一次危機，隨著中原局勢的愈發緊張，作爲大秦原來的附屬國，夜郎國內的形勢與中原局勢息息相關，此時天下成三足鼎立之勢，每一方對兵器的供求都達到了緊缺的程度，所以你們才會對銅鐵貿易權如此感興趣。但是，我想說的是，隨著西楚霸王起兵伐齊，這銅鐵貿易權已經沒有像當初那麼重要了，因爲遠水解不了近渴，這是誰都一聽就明的道理。」紀空手的說話聽起來極是平淡，但最後的一句話卻讓劉邦心頭一震，臉色大變。

「你……你……你說什麼？項羽真的派兵攻齊了？」劉邦的臉上陡然亢奮起來，激動得幾乎語無倫次。

「是的，項羽兵入三秦之後，封立諸侯時，怨恨齊國田榮曾經沒有出兵援助項梁，所以就立齊國的一位將軍田都爲齊王，招致田榮的怒怨，並且殺了田都，自立爲齊王，從此與西楚決裂。以項羽的脾氣，當然不能容忍有人反叛自己，是以這場戰爭也就在所難免。」紀空手將自己所知道的事情一一告知劉邦，卻見劉邦默不作聲，臉上的神情陰晴不定。

「你是從何得到的消息？何以本王會沒有一點關於這場戰爭的音訊？」劉邦心生狐疑道。

「這場戰事發生不過五天，千里迢迢之外，漢王又怎能這麼快便收到這個消息呢？而我夜郎陳家世代以經商爲本，深知資訊的重要性，是以不僅在天下各地廣佈耳目，而且相互之間各有一套聯絡方式，雖在萬里之外，卻可在一日之間知曉萬里之外的事情。」紀空手當然不會說出消息的來源是知音亭，編造了一段謊言，倒也活靈活現，由不得劉邦不信。

劉邦冷然道：「你何以要告訴本王這個消息？是否有所企圖？」

第七章　種蠱大法

「漢王不愧是一代王者，聰明絕頂，一猜即中。我之所以要告訴你這個消息，是因爲我深知，這對你來說是一個絕好的機會，一旦錯失，你必將終生後悔。」紀空手淡淡一笑道。

劉邦心神一凜，拱手道：「倒要請教。」

紀空手雙手背負，踱步於花樹之間，緩緩而道：「以項羽現今的實力，轄九郡而稱王，手中擁有強兵百萬，假如蓄勢待發，可謂天下無人能敵。雖然你與韓信發展極速，已隱然形成了抗衡項羽的能力，但若真正交鋒起來，最終的敗者只能是你們，而不會是項羽。對於這一點，相信漢王不會否認吧？」

劉邦的眼芒標射而出，與紀空手的目光在虛空相對，沈吟半晌，終於點了點頭道：「你說得不錯，若雙方正面交擊，本王的確沒有任何取勝的機會。」

紀空手續道：「不能正面交擊，就唯有用奇。兵之一道，有正有奇，善謀者用之，可以奇中有正，正中有奇，絕不拘泥於是正是奇，既然只能用奇兵出師，那麼西楚伐齊，就是你不容錯失的最佳良機。」

「你說得很有道理。」劉邦的眼中流露出一絲詫異道：「但是本王更想聽聽你對天下大勢的剖析，爲何此時出兵，就是本王的最佳時機呢？」

紀空手追隨五音先生多時，耳濡目染，對文韜武略也已精通一二，加上有夜郎王與陳平的臨時指點，使得他對劉邦提出的這個問題並不陌生，胸有成竹地道：「項羽雖然兵雄天下，但是卻沒有兩線作戰的能力，也許就一場戰爭而言，他的確是天下無敵，但若在不同的地點發動兩起戰爭，項羽顯然還沒有這樣的準備，更何況這其中還有你漢王的數十萬大軍；其二，就軍事儲備與供給來看，項羽挾九郡之人力財力，富甲天下，但是他的軍隊人數已過百萬，雖然在短期作戰中，這個弊端還不能凸現出來，然而一旦戰爭形成相持，那他的軍需供給將是最大的問題；其三，也是最重要的一點，就是項羽假奉懷王為義帝在前，然後又將其殺之於江南，已經背負不義之名，而漢王你若出兵，卻師出有名，既可放檄天下，借為義帝復仇之名討伐項羽，又因這關中本是你應得之地，出師收復，亦無可厚非。」

這精闢的分析出自於紀空手、夜郎王、陳平、龍賡四人的智慧，自然是非同小可，使得劉邦一聽之下，神情肅然，顯然非常欣賞紀空手的觀點，連連點頭道：「陳爺人在夜郎，卻心懷天下，若非如此，又怎能對天下大勢剖析得如此清晰分明？不過，就算本王有心出兵，但我大軍之中兵器奇缺，庫銀空虛，恐怕也是有心無力，徒呼奈何。」

紀空手道：「銅鐵貿易權即使到了漢王手中，只怕也需一年時間才可造出足夠的兵器，遠水救不了近火，不提也罷。但是就算兵器充足，糧餉依然還是個大問題，以漢王的才識，應該心中早有籌劃才對。」

劉邦心中一驚，抬頭看了紀空手一眼，道：「你所料不差，本王此次夜郎之行，雖然有奪得銅鐵貿易權之意，但更主要的目的，是要找一個人。」

紀空手驚道：「不知誰有這般大的面子，竟勞煩漢王大駕，千里相尋？」

劉邦搖了搖頭，苦笑道：「本王也不知道他姓甚名誰，正想向陳爺求教。」

紀空手的腦中靈光一現，似乎明白了些什麼，忙道：「夜郎雖小，終究有人口數十萬，要想在這茫茫人海之中尋找一個不知名姓的人，無疑等同於大海撈針，只怕在下也是有心無力。」

劉邦沈聲道：「不，此人若是陳爺不識，那麼這世上就根本沒有此人的存在了，因爲本王要找的人，應該就在陳爺的門下。」

紀空手怔了一怔道：「你何以如此肯定？」

「本王雖然來到夜郎不過三五日，卻對貴國的一些情況已經熟記於心。夜郎國雖然立有儲君，但真正操控國事大計者，非三大家族莫屬，而你們陳家正是其中之一，是也不是？」劉邦很有把握地道。

紀空手道：「的確如此，夜郎陳家主管的事務就是對國內銅鐵的勘探、開採、貿易等一系列繁瑣之事，難道漢王需要這樣的人才？」

「正是。」劉邦遲疑了片刻道：「如果陳爺能爲本王尋得一位這種勘探開採方面的人才，那本王實在感激不盡。」

紀空手心裡已經明白劉邦此行夜郎的真正目的了。對於劉邦來說，他對銅鐵的貿易權並非如紀空手想像中的那麼熱衷，更希望的是開掘出登龍圖中的寶藏。唯有如此，他才會在與項羽抗衡的力量上重重地添上一筆，從而使得他在爭霸天下的道路上走得更加沈穩，更有把握。

但紀空手的臉上卻佯裝迷糊，眼中滿是狐疑道：「難道找到此人，漢王就可以解決兵器與糧餉奇缺的問題嗎？」

劉邦猶豫了片刻，點頭而道：「我雖然不能百分之百的肯定，但至少相信可以改變我們目前困難的處境。」

這是他在與紀空手之間第一次用到「我」這個字眼，而沒有以「本王」自居，這說明在這一刻間，劉邦的心思全放在了尋找此人的事情之上，而且第一次沒有將紀空手當作外人看待。

這似乎說明，他已開始相信紀空手裝扮的陳平！但紀空手並不因此而竊喜，他心裡清楚，這僅僅只是一個開始。

在劉邦的眼裡，眼前的這個「陳平」實在讓人感到驚奇，聽了他剛才那一番思路清晰的見解，劉邦已經將之歸類於天才之列。

他喜歡天才，更喜歡利用天才，只有將每一個人才的作用發揮到極致，他才能體會到駕馭人才的那種快感。

當他的眼睛再一次與紀空手相對時，紀空手突然笑了起來，是那種淡淡的笑意。

「其實你要找的人已經來了，只要你用心去找，他就存在。」紀空手笑得有些古怪。

劉邦微微一怔，看了一眼龍賡，然後重新望向紀空手道：「你不會說的就是你自己吧？」

「我說的正是我自己，論及勘探開採之術，天下間除了我夜郎陳家，還有誰敢稱第一？」紀空手非常自信地道。

劉邦的身體一震，眼芒在紀空手的臉上緩緩掃過，沈聲道：「你真的願意相助本王？」

紀空手道：「這是毋庸置疑的。」

「原因何在？」劉邦信奉「天下沒有白吃的宴席」這句老話，他始終相信，在人與人之間，存在的只有相互利用的關係。除此之外，都是狗屁。

「因爲我助你，不僅是幫助我自己，更是爲了我夜郎國不遭滅國之災，百姓免受戰亂之苦。」紀空手一臉肅然，神情沈凝，顯得鄭重其事。

「說下去，本王很想聽一聽你心裡的真實想法。」劉邦如此說道，他需要時間來揣度紀空手的心理，更想從紀空手的談話中作出判斷，因爲他從來不會輕易地相信一個人。

紀空手深深地呼吸了一口氣，緩緩接道：「在項羽、韓信與你之間，能夠一統天下者，世人大多看好項羽，而我卻不然。在我的眼中，能夠成爲這亂世之主的人，唯有你漢王！有一句話叫做『得民心者得天下』，縱觀你進入關中的所作所爲，能夠體恤百姓，收買民心，深諳水能載舟，亦能覆舟之理；不與項羽力拚，懂得忍讓之道，果斷從關中撤兵，退守巴蜀，顯示出你深謀遠慮。不僅如此，爲了向項羽表示你絕無東進的意圖，不惜在進入巴蜀之後燒毀棧道，去其疑心，爲自己日後出師贏得足夠的準備時間。凡此種種都證明你不是甘居人下的池中物，而是遨翔於九天之外的真龍。我只有盡心盡力地幫助你奪得天下，才可以在你一統天下的時候爲我夜郎換來永久的太平。」

「如果你看錯了呢？萬一得天下者不是本王，而是項、韓二人中的一位，那你這樣相助於我，豈非給夜郎帶來了無窮後患？」劉邦似是在提醒他道。

「我相信自己的眼力，更相信漢王的能力。我夜郎陳家除了經營銅鐵之外，也涉足另一偏門生意——『賭』！所以我情願拿自己與國家的命運作一次空前未有的豪賭，縱是輸了，我也無怨無悔！」紀空手堅定地道。

劉邦的眼中閃過一道異樣的色彩，久久沒有說話。沈吟半晌之後，這才抬起手來，伸向紀空手道：「假如你真的願意陪我賭上一賭，你我就擊掌為誓！」

紀空手與之互擊三掌，「啪啪啪……」三聲掌音，在靜寂的月夜中顯得是那麼清脆，那麼響亮，彷佛是紀空手此刻心情的一個寫照。

紀空手心裡明白，從這一刻起，自己心中的那個計畫終於邁出了堅實的一步。這一步踏出，就再無回頭，只能義無反顧，永遠地走下去。

「明天的這盤棋，看來我是必輸無疑了。」紀空手笑了笑道。

劉邦卻沒有笑，只是冷然道：「其實就算你今夜不來，明日的棋你也贏不了！」

紀空手的臉色變了一變，道：「漢王可以認為剛才陳某是在胡言亂語，但陳某卻對自己的棋藝一向自信！」

劉邦道：「論及棋藝，你的確已是天下無敵，但當棋局成為一盤賭局時，它的內涵就遠遠超出了棋藝的範疇，真正可以決定勝負的，不是棋藝的高低，而是棋藝之外的其他東西。你是聰明人，相信不難理解我話裡要表達的意思。」

紀空手心中一凜，這才知道劉邦之所以沒有讓房衛離開夜郎，是對明日的棋局抱有信心。不過，紀空手此刻雖然對棋局的勝負已不看重，卻很想知道劉邦會採用怎樣的手段在大庭廣眾之下贏棋。

劉邦顯然看出了紀空手心中的疑慮，淡然一笑道：「這其實很簡單，本王在你的身邊安插了一個人，然後用上了苗疆的『種蠱大法』。在你明日弈棋的那數個時辰之內，只要本王驅法施為，你的心智就會完全被我控制。」

紀空手只覺自己的頭腦「轟……」地一聲大了數倍，在那一剎那，他只感到全身一片冰涼。

娜丹公主竟然是劉邦的人！這是紀空手萬萬沒有料到的——

娜丹公主十分清楚自己的真實身分，如果劉邦得知自己人在夜郎，又與陳平、龍賡相處一起，以他的聰明，不難看出自己等人要打的主意！如此一來，自己精心布下的計畫竟然因一個女人而前功盡棄——

這的確是一件很殘酷的事情，對紀空手來說，不僅殘酷，而且讓人心痛，因為他已發現自己有些喜歡上娜丹了。

然而，紀空手就是紀空手！

無論他的心裡是如何的震驚，如何的痛苦，但臉上依然帶出一抹淡淡的笑意，悠然而鎮定，讓人無法捉摸其內心。

「你在想什麼？」劉邦為紀空手的沈默而感到奇怪。

「我感到有些震驚。」紀空手深深地吸了一口氣道：「如果你安排在我身邊的人是娜丹公主，我將會為我的朋友感到難過。」

劉邦的眼睛為之一亮，道：「想必你指的這個朋友就是左石吧？」

「不錯。」紀空手的心裡雖然十分緊張，但在事情沒有確定之前，他依然按著自己的計畫行事：「他是我陳家的世交，原也是夜郎的一門望族，後來遇上了一些變故，這才隱居山林，不為世人所知，但他的武功超群，為人仗義，是值得一交的朋友。」

劉邦陡然問道：「聽說他最擅長的武功是一種飛刀，在與李秀樹的手下決戰時，曾經力克強敵，威風八面。」

紀空手的心裡「咯噔」了一下，這才知道劉邦人在七星樓中，消息卻並不閉塞。不過，他早已料到劉邦會有此問，所以不慌不忙地答道：「他家傳的武功絕技就是飛刀，刀一出手，例無虛發，堪稱武道中的一絕，我實在想不出江湖上還有何人的飛刀能比他使得更好。」

「也許有一個。」劉邦的眼芒緊緊地盯住紀空手的眼眸道。

「這似乎不太可能。」紀空手搖了搖頭，將信將疑道：「陳某自認已將家傳絕學『刃影浮光』修至化境，但仍無法與左家刀法相提並論。」

劉邦的眼神中流露出一種十分怪異的神情，緩緩而道：「本王沒有親眼看到過左石的刀技，但卻領教過那個人的飛刀。那人的刀在手，不動已能震懾人心，一動必是驚天動地！你說的這個左石，只怕難以望其項背。」

紀空手的心陡然一跳，似乎沒有料到劉邦竟會如此高看自己，臉上佯裝神往道：「天底下竟然還有這樣的人，倒真讓人不敢相信。」

劉邦肅然道：「他的名字就叫紀空手，相信你對這個名字不會感到陌生吧？」

紀空手驚道：「人莫非就是在登高廳中將胡亥與趙高戲弄於股掌之間的紀空手？」他的表情逼真，一臉驚羨之色，誇起自己來著實賣力，令劉邦真假難辨。

劉邦輕歎一聲道：「他豈止可以將胡亥與趙高玩弄於股掌之間？就連當今天下風頭正勁的三位英雄豪傑也一一栽倒過他的手裡，可是奇怪的是，此次夜郎舉行的棋王大賽這般熱鬧，倒不見了他的蹤影。」

「他若是真的到了夜郎，那我可得親自去見他一見了。」紀空手道：「畢竟在這個世上，能讓漢王、西楚霸王、淮陰侯三人都有所忌憚之人，必定是一個頂天立地的漢子，其心智之高，只怕難有人及。」

「的確如此。」劉邦悠然一歎道：「本王這一生中犯下的最大錯誤，就是看走了眼，將他當作了敵人而不是朋友，致使他成了我心頭最痛的一塊心病。他一日不死，只怕我今生永難安寧。」

提起紀空手，劉邦思緒如潮，回到了過去的回憶之中。在他的臉上，神色數變，陰晴不定，流露出一股莫名驚詫的神態。

而紀空手的心裡，此刻卻放鬆了不少。從剛才劉邦的話中，他聽出娜丹似乎還沒有將自己真實的身分說出，這讓他心生幾分驚奇。

「如果說娜丹真的是劉邦方面的人，那麼她就沒有必要爲自己隱瞞身分。」紀空手心裡這樣想著。

但從紀空手與娜丹認識的過程來看，的確存在著一些人爲的安排，否則絕不至於有這麼多的巧合。更讓紀空手心生疑慮的是，娜丹貴爲苗疆公主，卻爲了萍水相逢的自己而獻出了寶貴的初貞，這本身就透出了一種詭異，讓人不得不懷疑起娜丹的居心來。

想到這裡，紀空手只覺得自己的心中不由一陣一陣地抽搐，產生著一種如針刺般的劇痛。經過這幾天的相處，他已經漸漸愛上了娜丹，卻沒有料到自己所愛的人，卻是睡在身邊的一條毒蛇，這讓他忍不住打了個寒噤。

「你很冷嗎？」紀空手抬起頭來，正好與劉邦的厲芒相對，他不由心中一凜，答道：「我不冷，只是覺得這紀空手既然如此可怕，豈不是很難對付？」

「誰有這樣的一個敵人，都會寢食難安的，對於這一點，本王有著非常深刻的體會。」劉邦眉頭一皺，突然笑道：「不過，有了你的幫助，無論是誰，都已經不能阻擋我統一天下的腳步！我相信成爲這亂世之主的日子已是指日可待了！繼大秦王朝之後，我將重新在這片戰火的廢墟上建立起屬於我自己的王朝！」

說到這裡，他的臉上已滿泛紅光，意氣風發，似乎在他的「掌」中，已經把握了天下的命運。

「你恐怕高興得太早了。」紀空手在心中冷然笑道，抬頭望向夜空，只見一輪明月之下，烏雲湧動，那廣闊的天空盡頭，是一片無邊無盡的暗黑。

◆

紀空手回復了自己的本來面目，獨自一人靜靜地立於一株茶樹邊。

他的臉上似笑非笑，流露出一種難言的落寞。

他似乎在等待，等待著一個人的到來。

腳步聲由遠而近傳來。

紀空手沒有回頭，便已經知道了來人是誰，他的心裡又隱隱感到了一陣絞痛。

「你來了。」紀空手問道，聲音輕柔，就像一個丈夫正在問候晚歸的妻子。

「來了。」娜丹靜靜地站在紀空手的身後，淡淡而道。

「我要走了，就在明天，當棋賽決出勝負之時，便是我離開夜郎之際。」紀空手的話中透出一股離別的傷感，滲入這淒寒的月夜中。

「我知道，要走的終歸要走，留也留不住，不過，我已經很知足了。」娜丹的臉上泛出一絲紅光，陶醉於幸福之中。

紀空手緩緩地回過頭來，目光注視在娜丹的俏臉之上，良久方道：「我約你來，本來是想問你一句話的，可是我忽然發覺，當我見到你的一剎那間，這句話已是多餘。」

娜丹的眼中流露出一絲激動，幽然而道：「你能不問，我已十分感激，因爲我根本無法回答你。不過，我想說的是，我對你的這份感情是真的，無論在什麼情況下，我都不會做出對不起你的事情。」

「我相信。」紀空手輕輕地將她摟在懷中，道：「也許我們之間的確有過誤會，但是我想，世間的很多事情都不是憑著人的意願來掌握的，是人，就會有太多的無奈，在無奈之中做出的事情，並非就不可饒恕。」

他輕輕地歎息了一聲，接道：「就像我要離開你一樣，對我來說，這是一種遺憾。」

娜丹將頭輕輕地靠在紀空手的肩上，柔聲道：「只要你的心中有我，其實離別未必就是苦痛，它至少可以給你帶來期望，對重逢的期望，所以我一定要問一問，你的心裡真的有我嗎？」

紀空手微微一笑道：「你不應該問這個問題，而是要有這樣的自信。對於任何一個男人來說，能遇上你這樣的女人，都是他莫大的榮幸，我也不例外。」

娜丹俏臉一紅，幸福地笑了，深深地在紀空手的臉上吻了一下，柔聲道：「那你一定要記住，無論發生了什麼情況，在遙遠的苗疆都有一個女人在默默地為你祈禱，靜靜地等候你的歸來。我已決定了，我是屬於你的，就只屬於你一個人，即使等到白頭，我也不改初衷！」

紀空手心中好生感動，緊緊地將她擁抱著，一字一句地道：「就為了你這一句話，我一定會回來與你相聚！」

◆

城陽，乃齊之重鎮，一向是兵家必爭之地。

項羽親率數十萬大軍北上伐齊，而這一天，正是紀空手喬裝進入夜郎的時候。

齊楚之間之所以爆發戰爭，根源還在於戲下封侯不公，引起紛爭。論資排輩，齊國的田榮是繼陳勝之後就撐起抗秦旗幟的義軍首領，理應封王，但項羽卻惱他出兵救趙時救援不力，又不肯率軍隨從楚軍進攻大秦，所以只是將原來的齊王田市封為膠東王，而另立齊將田都為齊王。田榮一怒之下，不僅不肯將齊王田市送到膠東，反而以齊國的力量反叛項羽，公然迎擊田都。

田都根本不是田榮的對手，一戰下來，敗逃楚國。

項羽聞聽田榮反叛的消息，便要派兵討伐，謀臣范攔住道：「田榮雖然可惡，卻不是心頭之患，大王要提防的人，應該是韓信與劉邦，他們才是大王霸業的真正威脅。」

項羽當然知道其中的利害關係，也對劉邦與韓信這兩股迅速崛起的勢力心有忌憚，於是一方面派人監視田榮的動向，一方面加速蓄備軍需，操練兵馬，隨時準備應付可能爆發的戰亂。

然而事態的發展並非如項羽想像中的趨勢在變化，田榮擊敗田都之後，又在即墨城將項羽所封的膠東王田市擊殺，然後自立為齊王，並且向西進攻並殺死了濟北王田安，兼併了三齊的國土。

面對田榮的得寸進尺，項羽再也無法忍讓下去，不顧范的再三勸誡，終於下達了伐齊的命令。

於是，繼大秦覆亡之後的又一場大規模戰役已然爆發，而決戰的地點，就在重鎮城陽。

此時的城陽，有大批齊軍進駐，無論水陸交通，都派有重兵把守，新立的齊王田榮親自率領數十萬大軍駐守城中，藉著城勢險峻，軍需豐富，正準備與北上而來的西楚軍打一場持久仗。

身為齊王的田榮，絕非是沒有能耐的庸才，恰恰相反，他是與陳勝、吳廣同期起義中極有才幹的首領之一，正因為他恃才傲物，不滿項羽後來者居上，這才為項羽所忌，不被封王。

他當然深知項羽用兵的厲害，更明白項羽身經百戰，未逢一敗的紀錄是何等的可怕。不過，他不為項羽這項驕人的紀錄所嚇倒，而是堅信自己只要運籌帷幄，冷靜以對，就未必不能將項羽的紀錄從此改寫。

大敵當前，城陽城中已是空前緊張。

青石板鋪就的長街之上，一隊緊接一隊的齊國兵馬列隊走過。

一陣馬蹄響起，猶如萬鼓齊鳴，又似急雨驟起，響徹於長街的盡頭，一隊上千騎兵擁著幾輛華美的馬車飛速馳過，簾幕低垂，不透一絲風兒，顯得十分神祕。

馬上騎者精幹強悍，都是百裡挑一的精銳，一舉一動，都顯得訓練有素，迅速地穿過長街，駛入了城西一所高牆圍著的宅院之中。

熟知城中地形的人都知道，這所宅院原是大秦時期的郡守府。而在今日，已成了齊王田榮在城陽的指揮中心，一道道軍令正是自這裡傳往城陽各處的軍營，儼然是齊國軍隊的神經中樞。

宅前早已站了一群人，當先一人神采飛揚，氣宇軒昂，眉間有一股極度的傲意，顯得是那般地桀驁不馴，正是在諸侯之中第一個敢於公然與項羽抗衡的田榮。

在他的身後，站著一干親信將領與武道高手，另有幾位儒衫打扮，似是謀臣一類的角色，無不恭敬肅立。

馬車停至田榮面前，車門開處，一人大步踏出，雙目神光如電，顯得異常精神，眉宇間肅殺無限，正是趙王歇手下的大將陳餘。

其他馬車內的人相繼而出，都是一些諸侯中不滿項羽的將領，其中以將軍彭越最為著名。據說此人作戰驍勇，有膽識，有謀略，常以奇兵出擊，總能以少勝多，是一個不可多得的帥才。田榮邀請他們前來城陽，正是要共商對付項羽的大計。

田榮特意用馬車接迎，意在保密，他深知用兵之道，在於知己知彼，所以刻意隱瞞己方的實力，從而讓項羽產生決策上的錯誤。

當下田榮將陳餘、彭越等人迎入大廳，一陣寒暄之後，眾人依次分左右坐下，正中之位，由田榮坐定。

侍婢僕從獻上香茗之後，自動退出，一隊精兵開到大廳前，負責戒備。

田榮的臉上露出一絲笑意，透出一股說不出的自信與威儀，向廳中眾人環視一眼道：「各位辛苦了，連夜趕來，令田某不勝感激。」

「大王客氣了，項羽爲人飛揚跋扈，欺人太甚，我們一向對他不滿，難得有大王牽頭，我們正可利用這次機會，與之城陽決戰，殺殺他的威風！」彭越站將出來道。

眾人紛紛附和，更有人早已大罵起來，顯是對項羽不滿已久，趁機發洩一番。

田榮微微一笑，一擺手道：「項羽氣量之小，難以兼懷天下，單就戲下封侯一事來看，他就難成亂世之主，也怪不得會有這麼多人對他抱有微詞了。最可惡的是，他既奉義帝爲主，卻弒主稱王，犯下這種大逆不道的惡行，引起人神共憤，田某實在忍受不了他這種行徑，是以一怒之下，起兵討伐。」

陳餘拍掌叫好道：「大王此舉，端的是英雄所爲，大快人心，單就這份膽識，已讓人唯你馬首是瞻。」

「這可不敢當。」田榮嘿嘿一笑道：「田某今日請各位前來，就是商量如何對付項羽這數十萬大軍。據可靠消息稱，西楚軍此次北上，兵力已達五十萬，全是精兵強將，看來項羽此番大有不滅齊國絕不收兵之勢，最遲在三天之後，他將引軍前來，兵臨我城陽城下。」

「三天？」眾人無不色變。

「是的，只有三天的時間，就是我齊軍與楚軍的決戰之期，時間如此緊迫，的確讓人感到有些緊張。」田榮話雖如此說，臉上卻十分鎮定，不愧是一代梟雄，臨危而不亂。

彭越皺了皺眉道：「我的軍隊尚在梁地，距此足有五日行程，就算讓他們現在開進，只怕他們也難以在三天之內趕到城陽。」

田榮搖了搖頭道：「我今日相召各位前來，絕對沒有要各位正面與項羽爲敵的意思。項羽雖有五十萬大軍殺到，但我駐守城陽的軍隊也不少於三十萬之數，兩軍對壘，或許略顯不足，但要堅守不出，足可與項羽長期抗衡下去，只須堅持個一年半載，項羽久攻不下，自然會下令退兵。到了那時，我軍再趁勢追擊，必可大獲全勝。」

陳餘、彭越等人一聽此話，頓感詫異，似乎都猜不透田榮的葫蘆裡到底賣的是什麼藥。

田榮笑道：「各位不必詫異，田某既然請得各位前來，當然是有求各位。那就是城陽戰事一起，還望各位回去之後，在各地起兵呼應，項羽兵力雖然遍佈天下，只怕也要顧此失彼，亂了分寸。」

眾人這才明白田榮的心思，細思之下，無不稱妙。

田榮續道：「這一戰關係到我齊國的命運，是以項羽出兵的消息傳來，我也是心急如焚，徹夜尋思應對之策。思前慮後，才想出了這麼一個拒敵之法，此計雖然可行，但若是沒有各位的協助幫忙，只怕是一場空想，是以我只有厚著臉皮來求各位，務必要伸出這援助之手，成全我一下。」

眾人連忙應道：「大王此言差矣，能助大王抗拒項羽，乃是我們的榮幸，只有滅了項賊，天下方能太平。」

等到眾人紛紛表完決心後，陳餘突然開口道：「在座的諸君中，實力有限，縱然起兵呼應，終歸是小打小鬧，大王可曾找過另外的兩人？若是這二人中有一人出兵，項羽恐怕就唯有回師退兵了！」

眾人一怔之下，頓時明白了陳餘所指之人是誰，心神一凜間，同時將目光落在了田榮身上。

田榮苦笑一聲道：「我又何曾忘了這二人呢？說到當今天下能與項羽抗衡者，唯有這二人。但漢王劉邦偏安巴、蜀，封王之時，曾經火燒棧道，以示自己沒有東進之心。更何況項羽將關中分封給章邯、司馬欣、董翳三員舊秦降將，就是爲了防止劉邦日後出兵伐楚。以劉邦的行事作風，如果他沒有十足的把握平定三秦，再圖東進，只怕絕對不會輕舉妄動。」

陳餘點了點頭，默然無語。

「而韓信雖然人在江淮，但他受劉邦提攜，才得以擁兵自重。雖然在短短的時間內形成了自己的勢力，但不到關鍵時刻，他必然還要與劉邦維持同盟的關係，以防止項羽出兵吞併。」田榮的分析不無道理，並無一人提出異議。

「所以，這二人雖然有強大的實力，但只要他們沒有十足的把握，斷然不會出兵，因爲他們的心裡十分清楚，一旦出兵，項羽必然會捨齊而迎擊，將之視爲頭號大敵。此舉無異於引火自焚，他們當然不會看不清楚這點。」田榮的眉頭緊鎖，連連搖頭。

彭越突然開口道：「大王所言雖有道理，但若是劉邦真有一統天下的野心，他不會看不到這是他東進伐楚的最佳時機。」

田榮的眼睛陡然一亮，沈聲道：「說下去。」

彭越道：「當初各路諸侯在義帝面前約定，誰先入關中，誰便可在關中稱王，誰知項羽出爾反爾，竟然將先入關中的劉邦封爲漢王，進駐巴、蜀、漢中這等偏荒之地。換作常人，有誰心服？誰知劉邦卻毫無怨言，不僅進駐巴蜀，而且火燒棧道以明心志，如此反常行徑，豈不是證明劉邦另有野心嗎？」

田榮若有所思道：「是啊，關中土地肥沃，物產豐富，比及巴蜀蠻荒，可謂是天上地下，劉邦斷然不會心服。他此舉莫非是以退爲進，就是爲了等待一個時機出兵？」

「一個有實力爭霸天下的將才，是絕對不會甘居人下的，以劉邦的性格，也絕非善類，只怕早已對這天下有所覬覦。如果他真的是志在天下，那麼這一次無疑是他最好的機會。」彭越十分冷靜地分析道。

田榮精神爲之一振，道：「若是換作是我，恐怕也不會錯過這個機會，畢竟這樣的機會少之又少，一旦讓項羽兩線作戰，隨著戰線的拉長，只怕項羽失敗的可能性就會大大增加。」

「那麼大王還猶豫什麼呢？」彭越笑道：「你只要修書一封，就等於借到了數十萬強援，項羽固然神勇，只怕這一次也唯有接受失敗的命運了！」

田榮沈吟了片刻，道：「身爲將帥，不得不多考慮一些事情，爲了以防萬一，我們還得做兩手準備。諸位今日回去之後，就請出兵回應，我再修書漢王，誠邀他出兵伐楚，如此一來，雙管齊下，必然奏效。」

送走客人後，田榮當即提筆，剛剛寫到一半，門外驟然傳來了一陣腳步聲。

田榮微微一笑，放下筆來，起身迎到門前，便見其弟田橫正引領著一位富家子弟來到廳外，一番寒暄之後，三人入內而坐。

「海公子果然是信人一個，十萬兩黃金悉已收到，大戰將臨之前能夠得到你如此鼎力支持，真乃我田榮之幸，也是我齊國百姓之幸啊！」田榮的目光中流露出一絲感激，儼然將對方視作救世主一般。

「大王不必謝我，要謝就謝自己吧！放眼天下，敢於與項羽抗衡者，唯大王有此膽量！有此氣魄！像這等英雄，我豈能錯失？些許金銀，不過是略表敬意而已。」那海公子笑得十分矜持，氣派十足，一副大家風範，竟然是來自洞殿的扶滄海。

他何以要化名「海公子」來到齊國？他何以出手如此大方，一擲便是十萬金？他的錢從何而來？他又何以認識田榮？

這一連串的疑問就像是充滿懸念的謎團，使得扶滄海的城陽之行透著無數的神祕。

「其實我一直在想，在這個世界上，從來就沒有白吃的宴席，海公子以十萬兩黃金助我，應該是有所求吧？」這是田榮這些日子一直在揣摩的問題，它就像一塊懸於心頭的大石，讓田榮始終感覺到很不舒服。

「大王心存懸疑，這是人之常情，不過，大王大可放心，我之所以向大王贈金，只是純粹源於我對大王高義的敬仰之情，更因為幫助大王就是幫助我自己。」扶滄海唯有先打消田榮的顧慮，才能再說下文。

「哦，此話怎講？倒要請教。」田榮奇道。

「項羽與我有生死大仇，所以不讓項羽成其霸業，是我一生的宏願。可惜我手中沒有兵權，更無強勢，不足以與項羽抗衡，唯有借大王之手，完成這難以完成的夙願。」扶滄海心中早有說辭，一一道來，由不得田榮不信。

田榮頓時釋然道：「原來如此，若是海公子不嫌冒昧，我還想問上一句：海公子與項羽是因何成仇？何以我從未聽說江湖上還有你這麼一號富豪？」

扶滄海淡淡一笑道：「往事不提也罷，至於我的身分身世，也從不在人前提及。只要大王相信海某所作的一切的確是為了大王，絕無半點私心，也就足矣，敷衍人的謊言假話，我也不屑為之，更不敢在大王面前摻假。」

他既不願說，田榮也只好作罷，不過他已從話裡行間聽出這位海公子的確是出自一片至誠來襄助自己，所以心中再無疑慮，站起身來深深地向扶滄海作了個揖道：「公子話已至此，我若再有疑心，便是對公子不敬，如此田某在此感謝公子的援手之情，但有一日，我大齊軍隊有破楚之日，公子當居首功。」

扶滄海擺擺手道：「我此番前來城陽，可不是專門為了聽大王的答謝之言。上次我約見田大將軍於濟陽城時，曾經聽他說起軍中兵器奇缺，請問大王，不知此事是否當真？」

田榮的眉間一緊，隱生憂慮道：「這的確是我心中的一塊心病，自起事以來，我軍發展極速，總兵力從僅有的上萬人馬迅速擴增至如今的數十萬人，軍需裝備難以跟上，雖說我想盡辦法，不惜從民間重金收購銅鐵，無奈仍有十萬人空有士兵之名，手無寸鐵，與百姓無異。」

「難道說大王連克田市、田都，沒有繳得大量的軍需兵器？」扶滄海奇道。

田榮苦笑道：「我豈止是收繳，簡直是一網打盡，無奈這兩人雖受封為王，但手中的兵器也奇缺，根本不足以補充我軍新增兵力的裝備。」

扶滄海微微一笑道：「既是如此，大王從此無須為此而煩心了，此次隨海某前來城陽的，正好有一批兵器，相信可以為大王解這燃眉之急。」

「此話當真？」田榮頓時亢奮起來。

「軍中無戲言，大王可問田大將軍，便能一辨真僞。」扶滄海一臉肅然道。

田榮望向田橫，卻見田橫眼中充滿喜悅之情道：「稟王兄，海公子此次前來，的確送到了八萬件兵器，皆是以上好精鐵打造出來的鋒刃之器，此刻正堆放在城東的閱兵場上。」

田榮聞言大喜，連連稱謝。

扶滄海道：「此時軍情緊急，西楚軍隨時都有可能大軍壓境，我必須馬上離城，通過我在西楚的關係耳目，爲大王收集有用的消息。海某今日來見大王，無非是想表明一下態度，只要大王抗擊項羽的決心不變，我縱是傾家蕩產，亦在所不惜！」

扶滄海隨著田橫遠去之後，這鏗鏘有力的話語依然在田榮的耳邊回盪。雖然他依然不知扶滄海的背景歷史，但他已沒有理由不相信扶滄海。

天下之大，本就無奇不有，更何況在這亂世？恩怨情仇，多已演變扭曲成了一種畸型的情感。這位海公子究竟與項羽有何不共戴天之仇呢？

田榮不知道，也不想知道，他只知道自己抗擊項羽的決心在這一刻又堅定了不少。

想到前路艱辛，想到未來迷茫，田榮緩緩地坐回座前，輕輕地一聲長歎。

當他再次提起筆來時，突然間眉鋒一跳，心中頓生警兆。

這是一種可怕的感應！

因爲他似乎聞到了一股殺氣。

似有若無的殺氣，滲入這段虛空之中，近似於無，但卻逃不過田榮的靈覺捕捉。

田榮無疑是一個高手，能在亂世之中成為王者的人，這本身就說明他的實力。

然而他卻不敢有絲毫的大意，因為他非常清楚，在自己所處的這座宅院中佈下了多少高手，形成了多麼嚴密的戒備，來人竟然能從這一道道防線中悄然潛入，這實在是一件可怕的事情。

更讓田榮感到心驚的是，這還是在光天化日之下！

筆在手中，懸於半空一動不動。

田榮之所以不動，不是不想，而是不能。

他必須讓自己身體的氣機維持在一種相對靜止的狀態下，以感應這流動的殺氣，做到真正的以靜制動。

他此刻就坐在書桌前，書桌臨窗，窗外有一叢青竹，在肅冷的寒風中抖索，攪亂著一縷殘陽的光影，灑落在書桌上的布上。

殺氣一點一點地瀰散於空中，使得這空間中的氣息變得愈發沈重起來。

愈是等待下去，田榮的心裡就愈是驚懼，這只因為，對方的冷靜遠遠超出了他的想像。

刺客的宗旨是一個「快」字，只有快，才能突然，殺人於瞬息之間，這才是刺客中的高手所要追求的一種境界。

然而這個刺客似乎並不著重於快，而看重臨戰時的氣氛。他想製造出一種緊張的氛圍與強大的壓力，以摧毀對方的自信。

這無疑是更高層次的境界，面對這樣的刺客，就連田榮這種殺人不眨眼的魔王，也感到了背上滲出的絲絲冷汗。

風動，竹搖，影亂……

就在這一瞬間，突然一道強光從暗影中暴閃而出，竹枝兩分，一股強大至極的殺氣從窗口貫入，直撲田榮的面門。

如此強悍的殺氣，唯有高手才能擁有。

田榮不敢有半點的猶豫，手中的筆輕輕一振，幾點墨汁若鐵石般疾迎向強光的中心。

他的動作之快，配合著流暢的身形，就像是脫兔般迅捷，從靜到動，無須轉換，就在瞬間爆發。

「叮……」墨汁撞到劍鋒之上，發出金屬交擊的聲響，如此怪異的現象，只證明田榮的功力之高，端的到了駭人聽聞的地步。

空氣中頓現一團黑霧，就像是墨汁氣化了一般，但這不足以抵擋刺客發出的毫無花巧，卻又玄乎其玄的驚人一刀。

碎空而過，劃弧而行，這一刀隱於強光之後，似生一種勢在必得的決心。

刀，彷彿成了這陽光下浮游的幽靈，衍生在光線照不到的死角。它的乍現，凝結了這死寂的空間，更像是一塊千年寒冰，使得空氣爲之肅寒。

田榮只有退，在刀鋒未到之前飛退。對方的刀勢之烈遠遠超出了他的想像，也就在這時，他才醒悟，對方的出手雖然是暴現於瞬息之間，但在此之前肯定作過大量的前期準備，不僅深諳自己的武功套路，而且對自己的臨戰心理也琢磨得十分透徹，驟然發難，已經完全占到了上風。

對方為了這一次的刺殺煞費苦心，早有預謀，這不得不讓田榮為之震驚。

然而，田榮驚而不亂，畢竟在他這的一生當中，經歷了太多的兇險與災難，對任何殺戮似乎都變得麻木了。

他只在退的同時，手腕一振，手中的筆管電射而出，企圖再一次阻擋刀勢的前進。

光影再耀強光，如閃電般擾亂視線，一團光雲突然爆裂開來，竟然將筆管吸納其中。

而對方的氣勢只緩了一緩，不減反漲，隨著這把刀在虛空中每進一寸，他的氣勢便如燃燒的火焰般增強一分，迅速擴散至數丈範圍。

一緩的時間，猶如一瞬，而一瞬的時間，已經足夠讓田榮拔出自己腰間的劍。

劍是好劍，劍從鞘中出，一現虛空，便生出數尺青芒，封鎖在田榮眼前的空間。

刀與劍就像是兩塊異極相吸的磁鐵，在相互吸納中產生出一股劇烈的碰撞。

「轟……」刀劍一觸即分，爆裂出一團猛烈的氣旋，向四方席捲，凜冽的刀氣掃在田榮的衣襟上，割裂成條狀散飛於空中。

氣旋狂舞間，田榮終於看到了對方的面目，他第一眼看去，心中就生出一種說不出的詭異。

他無法不感到詭異，因為他絕對沒有料到對手會這樣的年輕，在這張年輕的臉上，更留下了數之不盡的傷痕，使得臉上的五官完全錯位、變形。

若非田榮感覺到了對方驚人的殺氣，也許會被他視作是從地獄中竄逃出來的幽靈，因為這張臉無論從哪個角度看去，都已不成人形，而臉上所表現出來的極度冷漠，更不見一絲人味。

第八章　齊王抗楚

夜郎的棋賽已經結束，最終的結果竟然是陳平輸了，按照事先的協定，劉邦便得到了夜郎國整個銅鐵的貿易權，而作爲執行貿易的使者，陳平將名正言順地隨同劉邦回到南鄭。

這是一個令雙方都十分滿意的結果，但劉邦萬萬沒有料到的是，真正的陳平並沒有在他的身邊，在他身邊的卻是被他視作頭號大敵的紀空手。

這的確是一件出乎人意料的事情，無論劉邦心智多麼高深，他都無法識破這個玄機，因爲要完成這件事情，不僅需要良好的心理素質，更要有超乎尋常的勇氣與智慧。

紀空手具備這些，所以他做到了，不僅如此，他此刻就坐在劉邦的身邊，還能與他聊起這一路的見聞，神情之鎮定，就連龍賡也佩服不已。

「這裡已是七石鎮，還有一天的行程，就進入巴、蜀的地界了。」劉邦望著長街上不時穿過的馬幫車販，有感而發道。

「如果我沒料錯的話，漢王此刻只怕是歸心似箭了。」紀空手看到劉邦眉間隱現的一絲焦慮，知道他此刻的心已不在這裡，而是傾注在了千里之外的齊楚之戰。

「你猜得一點不錯。」劉邦以一種欣賞的目光看了紀空手一眼道：「正如你所言，對本王來說，齊楚之戰是本王出師東進的最佳時機，我現在所擔心的是，這個時機會不會是曇花一現，還是可以持續一段時間？」

「你是擔心齊王田榮不是項羽的對手？」紀空手聽出了他的話外之音。

劉邦冷然而道：「當世之中，沒有人會是西楚軍的真正對手，就連本王所統的漢軍也不例外。一個從來不敗的軍隊，當然會有其過人之處，區區一個田榮，又怎能是項羽的對手？」

紀空手不由一怔道：「漢王何以這般小看田榮？」

「不是本王小看他，而是不能低估項羽，雖然田榮大敗田都，擊殺田市，膽氣十足，非常人可及，但說到用兵打仗，他哪裡及得上項羽的萬分之一？」劉邦肅然道。

「這麼說來，項羽豈非不敗？」紀空手不以爲然地道。

劉邦的目光遙望遠方的青山，淡淡一笑道：「若真是不敗，本王這些年也用不著勞神勞力，四處奔波了，只須安穩地坐上漢王寶座，優哉游哉亦可度過此生。項羽當然有他自己的致命之處，別人雖然看不見，卻難逃我的目力捕捉，本王之所以按兵不動，就是在等待這機會的到來。」

紀空手心中一驚，很想知道項羽的致命之處究竟是什麼，因爲他有一種預感，那就是早晚有一天，他會與項羽進行一場驚天動地的決戰。

然而他卻不能問，以劉邦多疑的性格，他不願意讓劉邦注意到自己，只是淡淡笑道：「這機會豈非已經來了？」

劉邦搖了搖頭道：「本王所說的這個機會，不是齊楚之戰，打個形象一點的比喻，這齊楚之戰只是一個引線，而項羽的致命之處就如爆竹中的藥石，引線點燃之後，能否引起藥石的爆炸，這才是真正的關鍵！」

紀空手沒有說話，臉上只是露出一絲疑惑。

劉邦看在眼裡道：「說得簡單點，項羽的確是從來不敗，能夠打倒他的，就唯有他自己！所以他的性格與行事作風決定了他是否能最終一統天下，成就霸業！一旦他在這上面犯下錯誤，那麼，我們的機會也就來了。」

「那麼依漢王所見，項羽是否已經犯下大錯？」紀空手不動聲色地道。

劉邦微微一笑道：「他不僅犯了，而且一連犯下了四樁大錯，這四樁大錯，足以讓他退出爭霸天下的行列。」

「這倒奇了。」紀空手饒有興趣地問道：「在下倒想聽聽漢王的高見！」

劉邦道：「高見不敢，只是事實而已。」

他頓了一頓道：「他這四樁大錯，其一是在新安，他先是受降了秦將章邯，然後在一夜之間將二十餘萬秦軍士卒處死，掩埋於新安城南。只此一項，已足見他性情殘暴；其二是在關中鴻門，他本該依約讓本王得到關中，卻疑心本王將來佔有天下，只讓本王稱王於巴、蜀、漢中三地，失信於天下；其三是在戲下封王之事，他身爲天下的主宰，處事不公，將貧瘠的土地全都分給各路諸侯，而將富饒肥沃的土地封給自己的群臣諸將。田榮之所以起事反叛，其根源就在於此；而他犯下的最大錯誤，是先立懷王爲義帝，隨即又派衡山王和慎江王將義帝及其群臣擊殺於大江之中，這等弒主犯上之罪，使得每一個諸侯一旦起兵，都可師出有名，放檄天下，一呼百應，勢必孤立項羽，使其處境艱難。這四樁大錯，常人若犯其一，已是時勢不再，民心盡失，項羽固然神勇，卻一連犯四，已經決定了他難成霸業的主因。」

紀空手聽得霍然心驚，深深地吸了一口氣，這才平緩了自己的心情，道：「既然如此，漢王還猶豫什麼呢？此時出兵，正是時候，天下霸業，已是指日可待！」

劉邦卻又搖頭道：「本王之所以還要再等下去，實是因項羽集九郡之財力，豈是本王可比？除非今次陳爺能助我一臂之力，那麼我軍東進，就在即時！」

紀空手心知他的癥結還在登龍圖上，卻佯裝糊塗，一臉慷慨激昂地道：「只要漢王一統天下之後，能夠謹記當日承諾，就是讓陳平上刀山下火海，陳平也在所不辭。」

「好，很好！」劉邦滿意地點了點頭，與紀空手乾了一杯，突然間他的眼芒一閃，射向西南角的一張酒桌上，冷哼一聲道：「唯一美中不足的是，隔桌有耳，這實在有些掃興。」

紀空手隨著他的目光望去，只見那個有些暗黑的角落裡，一個頭戴竹笠的人低頭品酒，一動不動，似乎根本不知道這邊的事情，顯得十分鎮定。

樂白聞聲，已在劉邦的身後霍然站起。他的手已按在劍柄之上，然後一步一步地向那人逼去。

◆

最可怕的不是刺客的臉，而是他手中的刀。

田榮看到這刺客的臉時，他同時也看到了刀。

一把殺人的刀！

那刀中帶出的殺氣，比寒霜更冷，比秋風更肅殺。

「呼……」刀在虛空中幻生出一朵美麗的罌粟花，看上去是如此的淒美，卻能致人於死地。

田榮感知這漸近的刀風，突然變向而動，向一堵木牆退去。

他退得非常從容，劍風刷刷而出，在退路上佈下了重重殺氣。當刀鋒強行擠入這氣機之中時，發出了一陣金屬與氣流強力摩擦的怪音，讓人心中生悸。

田榮沒有呼救，他相信，只要自己一喊，最多在十息時間內，其手下高手就可以完全控制住整個局面。他之所以不喊，是因爲他對自己手中的劍還有自信。

這個刺客是誰？是誰派來的？他何以能在光天化日之下進入到戒備森嚴的宅院中行刺？

田榮已經來不及細想這些問題，他的劍輕靈地跳動著，再一次與對方的刀鋒相撞一處。

「轟……」這一次產生的氣流更烈、更猛，衝擊得出榮身後的木牆都爲之裂動。

但田榮卻沒有露出一絲的驚慌，反從嘴角處流出了一股淡淡的笑意。

這笑來得如此突然，讓刺客心驚之下，陡生恐怖。

「嘩啦……」木牆突然爆裂開來，在田榮的身後，竟然多出了兩隻大手，膚色一黑一白，顯示著這兩隻大手的主人並不是同一個人。

兩隻手上各握一把劍，互爲犄角，以極度嚴密的劍勢向那名刺客狂捲而去。

劍，似乎不受空間的限制，也沒有了時間的設定，那名刺客還來不及眨一下眼睛，劍鋒迫出的殺氣已逼至眉心。

「叮……」刺客揚手揮刀間，身體倒翻出去，就在田榮以爲他要落地之時，他卻如箭矢般退出窗口，再無聲息。

那兩名劍手正要追擊，卻被田榮一手攔住道：「讓他去吧，我已經知道他是誰了。」

那兩名劍手肅然而立，劍已回鞘，殺氣頓滅。

「你們與他有過交手，應該知道他的刀法如何吧？」田榮看了看一地的狼藉道。

「此人刀法兇悍，下手又快又狠，的確是適合於行刺所用的刀法。」一名劍手恭聲答道。

「正因爲他的刀法是普天之下最利於行刺的刀法，他的臉才會變成這副模樣。」田榮輕歎一聲道：「你們知道他是誰嗎？我又何以會讓他輕易地離開此地？」

這也正是兩名劍手感到困惑的問題，所以他們都將目光投射在田榮的身上。

「他就是當年以『美人刀』聞名江湖的宜昂。以美人來稱謂一個男子，可見他的相貌有多麼迷人，但是當年始皇巡遊會稽，他受命於項梁，決定刺殺始皇時，爲了不牽連家人朋友，誅連九族，他自毀容貌。雖然整個刺秦的計畫最終失敗，但他卻得到了江湖中人至高的敬仰，公認他是一條真正的漢子，像這樣的一位英雄，我田榮尊敬還來不及，又怎會去殺他呢？唉……」田榮長歎一聲，似乎頗爲宜昂惋惜。

兩名劍手面面相覷，道：「可是大王若不殺他，終究是放虎歸山，如他再來行刺，我們又該如何辦呢？」

田榮沈默半晌，搖搖頭道：「我田榮這一生也許算不了英雄，卻敬重英雄。傳令下去，若是他再來城陽，凡我人齊軍士，不許傷他！」

就在這時，從門外匆匆走來一人，神色緊張，進門便道：「哎呀，王兄，這項羽行事果真卑鄙，大軍未至，竟然先派了一幫殺手前來刺殺我軍將領，先鋒營的周將軍與張將軍已然身亡，另有幾人身負重傷……」說到這裡，他突然「咦」了一聲，神色陡變，駭然道：「王兄，你沒事吧？」

田榮橫了他一眼道：「你這般大驚小怪，哪裡有一點大將風範？身為將帥，當有泰山崩於前而色不變的心態，若是一有變故，為將者就先慌手腳，又怎能統兵殺敵？」

此人正是田榮之弟田橫，遭到訓斥之後，臉上一紅道：「我也是心繫王兄安危，才這般失態。」

田榮愛憐地看了他一眼，就這一眼，已顯出他們兄弟情深，緩緩而道：「此次項羽北上，與我大齊決戰於城陽，勝負如何，無法預知，為了預防萬一，我已寫下詔書，假如為兄遇上不測，這人齊的軍隊就只能靠你一力支撐了。」

「王兄何出此言？」田橫心中一驚道。

田榮揮揮手道：「你不想聽，我不說也罷，只是對今日發生之事，按你的思路，你將如何防範？」

他有考校田橫之意，所以目光中滿是希冀。

田橫沈吟半晌道：「項羽此舉，意在打亂我軍陣腳，造成群龍無首之局，一營缺將，則一營混亂；一軍缺帥，則一軍混亂。項羽此舉端的毒辣，我們不僅要防範他的刺殺，還應在各軍之中再設一名將軍，一旦發生變故，可以保證軍營穩定，保持戰力。」

田榮眼中帶著讚許道：「看來我的眼力實在不差，你的確是一個大將之才。」

但是，田榮絕對沒有料到，日後的田橫竟真成爲項羽的心腹大患，也正是因爲田橫的英勇，才使得劉邦贏得了至關重要的戰機。

這似乎應了一句俗話：人不可貌相。

◆

樂白踏前而動，每一步踏出，都逼發出一股淡淡的殺氣，瀰散於空氣之中。

那中年漢子頭依然垂得很低，那頂竹笠完全遮住了他的臉龐，根本看不到他的本來面目。在他的桌前，除了一盤水煮花生和幾塊滷牛肉之外，就是他端在手中的半碗酒。

酒已端在半空，卻沒有喝。

樂白的步伐踏在樓板上，「咚咚……」作響，而那人端碗的手，卻出奇的穩定。

「這是一雙握劍的手，靜若蟄伏，動則……」樂白沒有想下去，也不敢想下去，走到那人桌前三尺處，他雙腳微分，如山般站立。

「你是誰？」樂白問道，這是他問的第一句話。

那人依然一動不動，就像沒有聽到一般。

「你從夜郎就一直跟蹤著我們，究竟有何企圖？」這是樂白問的第二句話，卻依然沒有得到對方的任何反應。

樂白的神色一緊，握劍的手已現青筋。

他已準備用手中的劍來問這第三句話。

可是，他的劍沒有出鞘，就在這時，那頂竹笠微微動了一下，從竹笠下傳出一個聲音：「你是在和我說話？」

樂白的臉色陡然一沈，似乎並不喜歡別人對自己的調侃。

「你怎麼就能肯定我是在跟蹤你們呢？我們也許只是順路罷了，湊巧我又一直跟在你們後面而已，這似乎用不著大驚小怪吧？」那個聲音不慌不忙地道，隨著他說話的節奏，他的臉終於出現在眾人面前。

這是一張瘦長的臉，雙目電光隱現，冷酷中透著一種沈穩，給人以精明厲害卻又城府極深的感覺。當他的目光掃向劉邦與紀空手時，眼中竟然沒有一絲怯懼。

「這的確不用大驚小怪。」劉邦接上他的話道：「可是你不該偷聽我們的談話，你自以為以耳代目的手法十分高明，雙肩寂然不動，只是有節奏地輕輕顫動著雙耳，但在我的眼中，卻看得十分分明。」

那人神色為之一變，然而瞬間即逝，馬上又恢復了常態，「嘿嘿」一笑道：「漢王不愧是漢王，在下的這點小伎倆也逃不過你的耳目，佩服啊佩服！」

「其實本王更佩服你，在這種情況下你居然還能笑得出來，還能與我聊上兩句，這似乎需要很大的勇氣。」劉邦淡然一笑道。

「我只是一個道道地地的江湖人，自從踏入江湖，生與死對我來說，就無關緊要了。」那人笑了笑，毫無懼意。

劉邦的目光從他的臉上移開，緩緩地望向樓下的長街，「得得……」的馬蹄聲伴隨著時高時低、極富音律的叫罵聲構成了長街獨有的熱鬧景致，頗有地方特色的幾處小吃攤上飄來一股令人垂涎的香氣，使得長街上的一切都是那麼正常，並無什麼異樣。

「你很鎮定。」劉邦的眼芒由近及遠，望向了樓閣之外那呈青黛色的群山，連綿不絕的山巒氣勢磅礴，彷如一條蟄伏已久的巨龍，透著無窮生機與神祕：「出現這樣的情況，通常有兩種解釋，第一種是你根本不知道自己現在的處境，只能像個傻子無憂無慮；另一種就是你有所依憑。」

那人冷然道：「我倒想問問，我現在是個怎樣的處境？」

「你不知道？」劉邦道：「看來你真是個傻子，只要是明眼人都可以看出，你若不能老老實實地回答我的幾個問題，立刻就是血濺五步之局！」

說到這裡，劉邦眉間已隱現殺氣。

那人心中一驚，眼芒閃出，正好與劉邦的目光在虛空中相接。

紀空手只是靜靜地坐在酒桌邊，靜靜地品著酒，似乎並不在意眼前的一切，然而他的頭腦卻在高速地運轉著，正在尋思此人的真實身分與來歷。

這人是誰？他爲什麼要跟蹤劉邦？在他的背後是否還暗藏著眾多的高手？而他的背景後台又是誰？

他很想知道這些問題的答案，可是劉邦卻比他顯得更急。

「你在威脅我？」那人望向劉邦深邃而空洞的眼睛，突然笑了。

「你可以這樣認爲，當我數到三的時候，你若不回答我剛才這位朋友的問題，我就當你放棄了生的權利。」劉邦漠然地看了他一眼，然後自嘴角迸出了一個字來：「一……」

「這麼說來，你已經左右了我的生死？」那人的眼中分明閃過一絲不屑之色，淡淡而道：「做人，既不要低估了別人，也千萬不要高看了自己。」

劉邦不動聲色，只是深深地看了他一眼道：「二……」

他的聲音低沈而有力，更帶著一種毋庸置疑的決心，似乎在向在座的每一個人證明，他的話就是真理，不容人有任何異議！

凜冽的殺氣隨著他的眼芒早已貫入虛空。

那人端握酒碗的大手依然不動，但只有他自己清楚，絲絲冷汗正從他的掌心中滲出。

他所坐的位置是樓的一角，三面倚牆，無論他從哪一面逃跑，都會因木牆的阻隔而在時間上有所不及。

而若從正面走，更非明智之舉，且不說深不可測的劉邦，就是持劍在手的樂白，已足以讓他頭痛。

「慢……」那人突然抬起臉道，他似乎改變了主意。

就在劉邦與樂白認爲對方已屈服在他們的威脅之下時，那人的身形陡然動了。

「呼……」那人最先行動的是手，手腕一振，酒碗和著酒水如飛旋的急雨般驟然向樂白蓋頭襲來。

「砰……」同一時間，他的腳陡然發力，樓板爲之而裂，生生震開一個大洞。他的整個人一矮之下，已消失在洞口中。

這一驚變出乎了所有人的意料，顯然都沒有料到他會選擇這樣的方式逃遁，但是無論是樂白還是劉邦，他們的反應都超出了別人的想像，就在那人消失的一剎那，他們的人也已不在樓面上。

等到紀空手與龍賡趕到樓下時，只見劉邦與樂白正一前一後地對那人形成了夾擊之勢，三人都未動，而在那人的手上，已赫然多出了一杆長矛。

長矛斜於半空，似是隨手而爲，但紀空手一眼就看出，這矛鋒所向的角度，非常絕妙，正佔據了最佳的攻防。

這也是劉邦與樂白沒有馬上動手的原因。

「我道是誰這般囂張，原來是流雲齋的華長老，久仰久仰！」劉邦看了看那人的長矛，突然眉鋒一跳，冷然而道。

「你識得我？」那人怔了一怔，問道。

「誰若不識得矛神華艾，那他也不用在江湖上混了，身爲流雲齋的第二號人物，你可是威風得緊呀！」劉邦淡淡一笑道：「可是讓我覺得奇怪的是，此時齊楚開戰，你不守在項羽身邊，卻來到這偏僻的夜郎西道，不知所爲何事？」

這人的確是矛神華艾，身爲長老，他在流雲齋的地位一向尊崇，隨著項羽在政治、軍事上的得勢，他實際上已成爲了流雲齋的掌權人物。

「那麼你堂堂漢王何以也會出現在這裡呢？其實我所做的一切，都是爲你而來。」華艾終於說出了自己的來意。

「爲我而來？你我素昧平生，無怨無仇，你爲我什麼？」劉邦淡淡笑道：「哦，我明白了，你是來殺我的。」

華艾的眼睛一亮，卻沒有說話，似乎默認了這一事實。

「其實我一直知道項羽想將我除之而後快，在他的眼裡，我是他的一塊心病。自鴻門一別後，他就一直提防著我，甚至不惜籠絡韓信，瓦解我們之間的關係。他當然不想讓我得到這銅鐵貿易權，更不想在他北上伐齊的時候後牆起火，所以他就派你來安排了這麼一個殺局，意欲將我置於死地。唯有這樣，他才能安心對付田榮。」劉邦一一剖析著項羽的心埋，聽得華艾心中暗驚。

因爲劉邦的猜測大致不差，縱有出入，亦是枝節細末的問題，顯見他對項羽的了解達到了何等深刻的地步。

「可是我還是不明白，他既然視我爲大敵，何以只派了你一人前來？莫非他對你的武功就真的這麼有信心嗎？抑或根本就小看了我?!」劉邦微微一笑，他的心神早就注意到了周圍的動靜，並沒有發現什麼異樣，是以心中尚存幾分詫異。

此時的長街上行走的人流看到了酒樓中這驚人的一幕，早已站得遠遠地駐足觀望，竟然將這「醉死人」酒樓圍了個水洩不通，就連紀空手心中也嘖嘖稱奇，弄不明白何以如此一個小鎮上會有這麼多的閒人。

「我家閥主沒有小視漢王的意思，不僅沒有小視，而且相當重視。他在我臨行之前再三囑咐，要我不惜一切代價，務必提著你的人頭去見他。」華艾笑了笑，手中的長矛握得更緊，就像他的手與長矛本就生在一起一般。

「就憑你？」劉邦冷然一笑道。

「不，當然不是，華某縱然自負，卻也還沒有狂妄到這般地步。你此行一共帶了三十七人，這三十七人中個個都是驍勇善戰的勇士，其中不乏一流江湖高手，既然我家閥主要我主持這個殺局，我當然要把你們的實力估計得高一點，所以今次我帶來的人剛好有三百七十人，是以十對一的群毆局面。」華艾得意地一笑，似乎已穩操勝券。

可是他這三百七十人又在哪裡？爲何至今還沒露面？

劉邦的眼芒緩緩地從圍觀的人群中劃過，很慢，很慢，就像是想在別人的頭髮上找到蝨子般那麼用心，去尋找著危機的氣息。

「你不用找，他們總是會在需要他們的時候出現，爲了等待這一刻，他們可是花費了不少心血的，當然希望能夠得到一個好的收穫。」華艾注意到了劉邦的目光，淡淡笑道。

劉邦當機立斷，決定不再拖延下去，遵照擒賊先擒王的戰術，既然華艾是這個殺局的主謀，那就只有速戰速決，先解決華艾再說。

這無疑是目前唯一的選擇。

但問題是，以樂白的劍術，是否是華艾的對手？

因爲劉邦以漢王的顯赫身分，絕對不能與人聯手來對付敵人，這不僅是江湖固有的規矩，也涉及到劉邦的尊嚴。

雖然大批的敵人還未出現，但爲了防患於未然，劉邦將自己所帶的隨從全部集中到了自己的身後，而且派出專人保護紀空手與龍賡的安全。

當這一切都佈置妥當之後，他轉頭看了樂白一眼，這才輕輕地點了一下頭。

樂白深深地吸了口氣，腳步踏出，他已經從劉邦的表情看出，這一戰不容有失。

從華艾冷靜至極的神情裡，樂白知道華艾所言非虛，雖然樂白對自己的劍術相當自信，但這一戰關係到己方的存亡大計，令他的手心緊張得有冷汗滲出。

樂白深知，華艾的矛法已是江湖一絕，要想從他的手下贏得一招半式，實在很難。

但他別無選擇，唯有出劍！

「嗚……」樂白沒有猶豫，一聲長嘯，衝天而起，手中的劍化作一股旋動的氣流，拖起一道耀眼的白光，向華艾不動的身形飛刺。

他身爲問天樓的四大家臣之一，劍術之精，已臻化境，縷縷劍氣在竄過空中的刹那，竟發出了近似海潮的聲音。

這一劍已是樂白畢生所學的精華，在瞬息之間爆發，無不盡顯劍術名家的風範。

就連劉邦也禁不住在心裡叫了聲：「好！」他倒想看看，華艾將如何化解這驚天一擊。

華艾的眼中閃過一絲訝然，不過，他絲毫不懼，在最不可能的情況下，他出手了。

長矛一動，沒有任何花俏，只有一個「快」字，快到人所能達到的極限。

他的整個人彷彿與手中的長矛連成一體，化作一道碧芒，擠入了樂白幻生出的那片劍花之中，氣流暴動間，一聲沈悶得讓人耳膜欲裂的暴響，驚破了長街上空的寧靜。

圍觀者無不色變，紛紛後退。

樂白的人如一塊岩石墜落於地，劍鋒斜指，一縷血絲從鼻間如線滲出，而華艾的人卻飛出數丈之遙，才飄然落到了長街上，衣袂飄飄間，他的臉上因氣血不斷向上翻湧，已成赤紅一片。

劉邦沒有任何的動作，只是冷冷地盯住華艾的眼睛。當他明白了華艾的來意時，已經用不著擔心華艾的逃走，考慮更多的，是自己這行人將如何突圍。

因爲就在兩人交手的瞬間，他終於感應到了一股殺氣。而這股殺氣之張狂，似乎帶著人爲的刻意，在瞬息之間密佈於整個長街。

「轟……砰……」在「醉死人」酒樓四周的每一堵牆，突然開始迸裂，泥石激飛，煙塵四散，圍觀的人流帶著尖叫驚喊四下逃竄，長街上鬧成一團。

當硝煙散盡時，長街上已沒有了看熱鬧的閒雜人等，但在每一堵垮坍的牆壁背後，整齊劃一地站著數百名表情肅然的勇士，箭矢生寒，刀槍凜凜，已經將劉邦一行人盡數包圍。

整個氣氛爲之一緊，空氣沈悶之極。

◆

定陶城，乃由楚入齊的必經重鎮，只距城陽不到百里。

這裡水陸交通發達，一向是繁華熱鬧的商埠所在，但是隨著西楚軍的北上，市面變得蕭條起來，一些有錢人家不是逃往鄉下避禍，就是舉家遷徙，偌大一個城中只留下那些窮苦百姓還在爲生存而苦苦掙扎。

不過也有例外，城東的鹽商張五爺就是一個例外。他不但沒走，而且他的府第中一連幾天都熱熱鬧鬧，似乎根本不擔心官兵的騷擾。

他之所以不擔心，是因爲在他府第的四周佈滿了一些比官兵更爲可怕的人物，這些人的武功之高，儼然像是江湖中的高手。

在這個強者爲王的亂世，誰的拳頭硬，誰就是大爺，管他是官是匪，張五爺當然不必擔心了。

一大早起來，街上還顯得十分寧靜，張五爺便匆匆從熱被窩中起來，吩咐下人將熱湯熱茶往上房送去，臨送前他還仔細檢查了一遍，生怕出一點差錯，這才揮揮手，喘了口大氣，坐在一張太師椅上養著精神。

他不得不謹慎小心，對上房中的這位貴客，他是萬萬得罪不起的，只求平安無事，自己也好落個清靜。

然而不如意之事常有八九，他愈是怕出事，就愈有事，就在他欲閉眼養神間，一串馬蹄聲「得得」傳來，由遠及近，非常清晰地傳入他的耳際。

他心裡一緊，剛站起身來，便聽得「希聿聿……」一陣馬嘶聲，竟然停在了自己的宅門之外。

他不敢怠慢，三步並作兩步，一溜小跑到了門口，便見幾個軍爺下馬整裝，向門裡走來。

「噓……大王正用早膳，任何人不得打擾，各位還是先喝杯茶再進去吧。」張五爺趕緊伸手攔住道。

「軍情緊急，不敢耽擱，還請你替我稟報一聲。」一個顯然是領頭的軍爺揚了揚手中用火漆密封的信囊，氣喘吁吁地道。

「就是天大的事也得等等，若惹惱了大王，誰擔待得起？」張五爺忙道。

「可是……」那領頭軍爺面帶難色，猶豫了一下。

就在這時，從上房中出來一人，陰著臉兒踱步過來道：「鬧什麼鬧，吵著了大王，你們可要吃不了兜著走！」

那位領頭軍爺趕忙行禮道：「范先生，並非是小人不懂規矩，實在是軍情緊急，陳餘的趙軍進佔常山，彭越在梁地也起兵謀反……」

他話未說完，只見那「范先生」已是一把將信囊抓了過來，臉色鐵青，匆匆向上房走去。

這位范先生正是項羽帳中的首席謀臣范增，他自項梁起事便追隨項家叔侄，雖然年過七旬，卻博學多才，最精謀略，一向爲項羽所倚重，在西楚軍中，是僅次於項羽的第二號人物。

他與項羽此次前來定陶，是爲西楚軍攻打城陽作最後的準備。他從來不打沒有準備的仗，在他看來，打仗如弈棋，不僅講究佈局、中盤、官子，而且還要知己知彼，才能百戰不殆，這也是他襄助項羽以來，未逢一敗的原因。

等到范增進入上房，項羽的早膳才剛用一半。看到范增臉色有異，項羽也顧不上再吃下去，推開碗筷道：「先生有事嗎？」

范增遞過信囊道：「果然不出微臣所料，田榮敢與我們在城陽決戰，原來是利用陳餘、彭越對我們的後方進行騷擾，一旦城陽戰事僵持不下，形勢將對我們大大不利。」

項羽從信囊中取出錦書細觀一遍，用力擲於地上，大怒道：「陳餘、彭越居心不良，竟敢趁火打劫，真是反了！待我先回師平定他們，再與田榮決戰城陽！」

他站起身來，來回走動幾步，卻聽范增搖了搖頭道：「這恐怕有所不妥，若是我們真的回師平亂，豈不正中了田榮的奸計？依微臣看來，陳餘擁兵不過五萬，彭越也只有三萬兵力，不管他們來勢多麼兇猛，都無法左右整個戰局的發展，最多只能添些小亂，不足爲慮。倒是這城陽一戰，我們應該好好策劃一下，爭取一戰勝之，不留後患。」

項羽深深地吸了一口氣，強行壓下心中的怒火，沈吟半晌道：「要想一戰勝之，談何容易？田榮投入在城陽的兵力與我軍兵力雖然有一定的距離，但他若堅守不出，按照兵家以『十倍圍之』的策略，我軍在攻城戰中的兵力尙遠遠不夠。」

「大王所說的是以正兵迎敵，當然會顯得我軍在使用兵力之時有捉襟見肘之感。」范增顯然已經有了主意，微微一笑道：「既然我們用正兵不足以奠定勝局，那麼，我們不妨用奇兵一戰，必能收到意想不到的效果。」

「奇兵？」項羽的眼睛一亮，旋即變得黯然道：「我們現在所用的難道不是奇兵嗎？在這短短的五六天時間裡，我流雲齋中的數十名高手深入敵營，一連刺殺了齊軍將領十七名，卻不僅不見敵軍陣腳大亂，反而折損了我二十餘名高手，此計雖妙，只怕未必是上上之策。」

范增聽出了項羽話中的埋怨之意，淡淡笑道：「大王統兵多年，又貴為流雲齋閥主，應該明白這種交換是賺是虧。一個善於領兵的將軍與一個武功超強的江湖高手，孰輕孰重，應該一辨就明，大王何必去為那二十餘名高手的性命而惋惜呢？」

項羽冷然道：「范先生所言雖然不無道理，但是對我流雲齋的勇士來說，未免太殘酷了一些。雖說我流雲齋崛起江湖已有百年，手下人才濟濟，但要成就一位可以在敵軍之中取人首級的勇士，沒有十數年的功力是萬萬不成的。」

范增一臉肅然道：「匹夫再勇，不過能敵十百，將帥有謀，則可敗敵千萬。以一個匹夫的性命換取敵將之命，在這種大戰將即的時刻，無疑是穩賺不賠的交易。如果大王將勇士的性命看得比名將還重，那麼大王應該面對的是江湖，而不是天下。」

項羽一怔之下，驚道：「先生何出此言？」

范增的眼芒深深地鎖定在項羽的臉上，緩緩而道：「能成霸業者，無不精於取捨之道，有取必有捨，有捨必有得，縱觀天下諸事，無不如此。大王既然有意逐鹿天下，就應對取捨之道有深刻的了解，這樣才能終成霸業！」

項羽的臉色變了一變，肅然道：「這倒要請教先生。」

「『一將功成萬骨枯』，這句話的意思是說，沒有成千上萬戰士的屍骨作爲代價，就難以造就出一代名將，真正的名將總是在血與火的洗禮中誕生出來的，既非靠天賦，也不會僥倖可得。既然如此，那麼有數十人的傷亡又何必耿耿於懷呢？想當日大王在新安一戰，不是在一夜之間殺盡了二十餘萬秦軍士卒嗎？若沒有當日這種冷血無情，大王又如何能夠擁有今日的輝煌呢？」范不慌不忙地道，平靜的語氣中透著一股深入人心的煽動。

「可那是面對敵人，而這一次折損的是我流雲齋中難得的精英高手，就算有十七名齊軍將領殉葬，本王又怎能淡然置之，心安理得呢？」項羽搖了搖頭道，想著自起事以來，流雲齋中的上百高手追隨自己，走南闖北，西征東戰，雖然許多人建立了赫赫功勳，但隨著激烈的戰事頻繁爆發，這些年來死的死，傷的傷，已經所剩無幾。

項羽深知，自己能夠號令諸侯，開創霸業，成就今日的輝煌，在很大程度上與自己身爲流雲齋閥主是大有關聯的，正因爲他在江湖中擁有至尊的地位與深厚的背景，才使得他能登高一呼，四方回應，凌駕於無數諸侯之上，呼風喚雨。

所以，流雲齋中的每一個高手都是他根基中的一部分，正因爲有了他們的存在，項羽才能迅速崛起。一旦根基不穩，他也許就會在這亂世之中不堪一擊。

但范增卻是從戰爭的角度上和他談論取捨之道，所說的話也不是全無道理：「所謂養兵千日，用在一時，即使這些死者都是流雲齋中的高手，大王也無須對他們惋惜不已。死對他們來說，其實是一種榮幸，否則大王又何必豢養他們呢？正所謂『士爲知己者死』，他們也算是死得其所。」

項羽默然無語，半晌才輕歎一聲道：「死者已矣，多說亦是無益，還請先生說出奇兵之計吧。」

范增猶豫了一下，這才緩緩而道：「我所說的奇兵之計，其實是要借重陳餘、彭越這兩股敵對勢力，只有在他們連戰連捷的情況下，此計方能奏效。所以我請大王速速下令，命令三軍以最快的速度完成對城陽的合圍，不出十日之內，我料算齊軍必敗，田榮必亡！」

項羽的眉然一跳，喜上眉梢道：「此話當真？」

「軍中無戲言。」范增手捋花白鬍鬚，淡淡而笑道：「我若沒有十足的把握，焉敢在大王面前說這般話？」

項羽湊耳過去，聽范增細說計謀，到最後，已是笑臉綻開，道：「先生不愧是本王最為賞識的謀臣，能得先生指點迷津，何愁霸業不成？」

「不敢。」范增頗為自得地連連擺手道：「這不是范之能，而是天助大王成就霸業！」頓了一頓，他又接道：「不過，微臣還是有幾分擔心，不得不向大王提醒一二。」

項羽「哦」了一聲，目光中多出一分詫異道：「先生有話儘管直說。」

范增眉間隱生憂慮，道：「城陽一戰，只要我們按計施行，似無大礙，所以田榮並不是我所擔心的人，微臣最擔心的是，倘若此刻漢王趁機東進，攻我西楚，只怕會令我軍陷入兩線作戰之境。」

項羽聞言之下，不由笑出聲來道：「先生多慮了，本王其實早就對劉邦此人有疑忌之心，是以才會將他逼往巴、蜀、漢中三郡，讓他在南鄭稱王。巴蜀地勢險峻，道路難行，昔日尚有棧道可以出入關中，偏偏這劉邦為了向本王表明沒有東進之意，又自毀棧道，使得這東進出師就更加難以實現，先生又何必顧慮？」

范增聞言眉頭一緊道：「棧道雖毀，卻可以重建，倘若劉邦真有東進之心，縱無棧道，他又何嘗不能進入關中？如果微臣所料不差，劉邦當日自毀棧道，其本身就有迷惑大王之意。」

項羽初時不以為然，聽到最後一句，心中也不由得重視起來，道：「先生所言確是有理，不過當年本王也料到劉邦必反，終有東進之日，所以才會封章邯為雍王，司馬欣為塞王，董翳為翟王，讓這三位大秦舊將為我鎮守關中，阻擋漢王，以防劉邦將來出兵。這三王所轄兵力共有數十萬之眾，就算劉邦攻入關中，只怕這勝負也難以預料。」

范增搖了搖頭道：「大王高看了章邯等人的能力，就不該低估劉邦的實力。想當年他與大王約定，誰先攻入關中，誰就在關中稱王，他只以區區十萬兵力就勢如破竹搶在大王之前進了關中，可見此人文韜武略，皆非常人可及。以章邯等人作為阻擋他東進的屏障，只怕並不牢固，還請大王早作籌劃。」

項羽將信將疑，雖說他的心裡並不以為劉邦的漢軍可以在沒有棧道的情況下進入關中，並且輕鬆擊敗章邯等三王的軍隊，不過他對范增一向敬重，也相信范增的擔心有一定的道理，沈吟半晌道：「就算劉邦要東進出兵，他也未必會選擇這個時機。他應該可以預見到，田榮的軍隊絕非是本王的對手，一旦待本王平息齊國之亂，再回師對付他，他只怕連漢中也回不去了。」

范增心中一急，聲調不免高了一些：「如果劉邦真有東進之心，他就絕對不會放過這個機會，因為他的心裡非常明白，若想與大王爭霸天下，單憑他一人之力是無法抗衡下去的，唯有讓大王兩面作戰，他或許還有一線勝機。」

說到這裡范增冷然一笑，續道：「以大王豐富的閱人之術，應該不難判斷劉邦是忠是奸吧？」

項羽冷笑道：「他若是忠，又怎會與本王去爭奪夜郎的銅鐵貿易權？有了銅鐵，兵器自然就有了保障！他倘若安於現狀，又要這麼多的兵器來幹什麼？」

「既然如此，大王還猶豫什麼？」范增拍掌道。

「本王不是猶豫，是在等一個消息，只要有了消息傳來，本王才能決定下一步的動作。」項羽淡淡一笑道。

這一下輪到范增心生詫異了，道：「消息？什麼消息？」

項羽的臉上露出一絲詫異的笑意，隨著臉上肌肉的抽動，倍顯恐怖，冷然而道：「他決定劉邦的生死！」

說到這裡，他的眼芒已透過窗戶，望向那西邊天際下的一朵烏雲，眼芒凜凜，似乎想看到那朵烏雲下正在發生的什麼事情。

第九章　矛神華艾

「華長老，你沒事吧？」在「醉死人」酒樓對面的一幢高樓上，站著三個人，他們正是亂石寨的三位首領：陶恩、宗懷與古廣。

紀空手乍聞此聲，心中陡然一驚，放眼望去，頓生詫異。

他之所以感到有些詫異，是因爲他知道眼前這位陶恩是誰。而宗懷與古廣是否是其真名，他卻不清楚，但紀空手仍十分確定陶恩只是他的化名。

這個人不是別人，竟然是趙高相府的總管趙岳山。

這實在是一個讓人感到意外的答案，因爲誰也不會想到，曾經橫行一時的入世閣門人，居然投靠了項羽的流雲齋。

紀空手一怔之下，似乎爲這個結果感到驚訝，不過細細一想，又覺得合乎情理。

對於趙岳山這幫入世閣門人來說，隨著趙高的倒台和死亡，他們也失去了往日的威風與靠山，多年養尊處優的生活以及在人前橫行霸道的作風使得他們很難再回歸到那動蕩的江湖，爲了繼續能保持著這種生活，更好地生存下去，投靠更強的勢力對他們來說無疑是明智之舉。

而項羽進入咸陽之後，已經開始確立了他的霸主地位，隨著事態的發展，他也急需一批人手擴張他的勢力與實力，所以在這種情況下，入世閣被流雲齋兼併也就成了順理成章的事情。

劉邦當然也想到了這一點，所以並不感到有太多的詫異。他感到吃驚的是，這三百七十人所表現出來的戰力似乎超出了他的想像，要想在今日成功突圍，只怕要遭遇一場前所未有的惡戰。

無論是紀空手，還是劉邦，他們都表現得十分冷靜，因為他們非常明白，只有保持冷靜的心態，才能審時度勢，選擇出最佳的時機突圍。

華艾並沒有回答趙岳山的話，甚至沒有看他一眼，只是緩緩地抬了一下手，表示自己絲毫無礙，而他那鋒銳如刀的眼芒，正緊緊地盯著樂白的臉。

樂白的心中有幾分駭然，在剛才的一擊中，他雖不落下風，但還是受了一點輕創。打量了一眼站在眼前一丈開外的華艾，他的語氣變得有些凝重地道：「矛神之矛，果然名不虛傳。」

「你也不差。」華艾淡淡一笑，刻意想裝出一種悠然，但胸口處的氣血不斷翻湧，令他的眉睫都在輕微地顫動著。

樂白眼見形勢對己有利，心中更生好戰之心，昂然挑戰道：「你我既然棋逢對手，何不再戰數百回合？」

華艾身為這次行動的指揮者，本應置身局外，坐鎮指揮，可偏偏他是一個非常自負的人，對自己的長矛抱有莫大的信心，當然不想在人前示弱，冷然應道：「既蒙相約，敢不從命？」

他此話一出，有兩人便在心中叫了聲：「好！」

這兩人正是劉邦與紀空手，雖然目前的形勢對他們不利，但只要樂白能夠拖住華艾，他們就可以贏得時間，贏得戰機。

此時天色漸暗，一旦到了天黑時分，就是他們突破重圍的最佳時機。

樂白當然也看到了這一點，所以毫不猶豫地踏前一步，道：「我一向對自己的劍術相當自負，浸淫其中多年，偶有所得，曾經自創出『鍾馗滅鬼鐧』，雖爲鐧名，實則劍法，共有十三式，願意與君共賞之，請接招吧！」

華艾微微一怔，這才明白樂白是將自己比作了陰曹地府中的小鬼，不由勃然大怒。

然而他心中雖怒，卻並不因此而自亂陣腳，反而收攝心神，冷然一笑道：「我倒想看看，你我之間最終是誰會變成死鬼一個！」

話已至此，長街頓歸靜寂。

這兩人無疑都是殺人的高手，所以他們比別人更會把握時機，而且他們深知，時機的到來總是非常突然，來去如風，稍縱即逝，唯早有準備的人才能緊緊將之抓住。

因此，他們在相持中凝神以對。

樂白心裡清楚，這種僵持的局面拖得愈久，形勢對己就愈發有利，所以他的長劍懸空，卻並不急於出手，只是將目光緊緊地鎖定在對方凜凜生寒的矛鋒之中。

在這靜寂之中，華艾才感覺到了自己的衝動。他應該退到己方的陣營之中，然後再對這些自己眼中的獵物展開最無情的殺戮，可眼前出現的這種局勢，顯然是放棄了自己所擁有的優勢。與樂白一爭高下，無論怎麼說，這都非明智之舉。

無論是後悔也好，還是自信亦罷，華艾已經無法再退。戰，已是無條件的，必須進行。

長街的上空再一次起風，徐徐而動的，是充滿了殺機的氣流。

樂白的衣袂無風自動，如翻飛的蝴蝶，煞是好看，但只有華艾才能感受到這美麗之中夾雜的無盡壓力。

兩人身形未動，卻在蓄勢待發，彼此之間都很難在一瞬之中尋找到可以攻擊的契機。通過剛才的交手，他們相互間已認識到了對方的可怕，所以沒有人敢在沒有把握的情況下妄動。

對峙在靜寂中延續，無論是樂白的目光，還是華艾的眼芒，都如鋒銳的刀鋒般在虛空中悍然相接，摩擦出火藥味很濃的火花。

雙方根本沒有迴避，而是迎目對視，都想在對方的眼眸中讀懂一些什麼。

紀空手與龍賡相視一眼，皆在心中暗吃一驚，他們的目力已可躋身天下一流，當然知道在這沈寂的背後，將隱藏著非常可怕的一擊。

這就像是暴風雨來臨前的天空，那種驚人的沈悶，可以讓人的神經緊張至崩潰。

就在這時，華艾終於動了，並非妄動，而是按照一定的節奏和一種奇怪的韻律在動，緩緩地向樂白逼去。

他若想打破目前這種對峙的僵局，當然首先要打破兩人之間的距離平衡。這種距離的變異雖不明顯，但只要有一點小小的異動，都能讓承受者感到最大限度的壓力。

樂白沒有動，只是握劍的大手緩緩收緊，青筋隱現，有節奏地躍動。

不可否認，華艾這出手前的過程給予了樂白在心理上的障礙，更壓制了樂白心中的自信。但對樂白來說，大戰前的緊張是避無可避的，不管你怎麼忽略它，它都真實存在。他需要做到的，就是控制自己，掌握先機，絕不能讓華艾輕易地得到出手的機會。

誰都可以看出，這絕不是三百回合的大戰。

它的整個過程也許就只有一招，時間之短，僅在一瞬，彷若流星劃過天際。

夜色很淡，如風般滲入這段空間，這段距離。

突然，一陣「劈哩叭啦……」的暴響傳入長街四周，一排排燃起的火把如一束束小小的光源，匯集一處，將這夜色驅走，亮如白晝。

華艾一直在等，就是在等著這燃燈的刹那，因爲他心裡明白，光線在刹那間的變化足以讓人的眼睛出現短暫的錯覺，甚至是幻影，而這，才是他出手的最佳時機。

所以，在燈火亮起的同一刹那，華艾的手臂一振，從他的長矛鋒尖處湧出一道炫人眼目的光環，光線之強，猶如閃電，直逼向樂白緊盯著自己的眼芒！

樂白心中駭然，放眼看去，只有一圈光環，由遠及近，由小變大，在推進的過程中，不斷地衍生出無數光環，重疊一起，如一管圓筒般套向自己。那光環綻射出萬道光芒，發出高壓電流般的殺氣，籠罩了整個空間。

如此霸烈的氣勢，簡直讓人無可匹禦。

樂白也不例外，卻沒有退。

在對方如此強悍的氣勢下選擇退避，只能是一敗塗地，唯一的機會，就是迎頭面對。

於是樂白厲嘯一聲，手中的長劍頓生一串串寒芒，繞著劍身疾走飛揚，在凌空處向光環的中心深處直刺而去。

面對如此奇玄之景，眾人無不驚詫莫名。

紀空手甚至在心中問著自己：「假如我是這局中之人，將如何應付？」

他不知道這個問題的答案，這只因為他僅是一個局外人，根本無法體會到這種殺局中的玄妙感覺。

就連樂白自己，也不知道自己的劍鋒會刺向何方，他只是憑著直覺，賭了這麼一把。

這是一場豪賭，一個不可避免的賭局，賭的是自己的生命，更有比生命更重要的榮譽，人生豈非就是一場賭局。

對於樂白來說，在這一刹那間，他已無畏於死亡，只是深深地感受到了其間無窮的刺激與快感，並且因此發揮出了他體能的極限。

正因為這是一場無法預料的賭局，所以才會讓人產生懸念，而懸念總是讓人期盼，讓人著迷。

「叮……轟……」劍芒劃過長空，與矛鋒在光影中悍然相接。

這至少證明，樂白的直覺並沒有欺騙他。

氣流如颶風般狂捲，長街猶如汪洋中的一葉小舟，飄搖不定，震顫不已。

兩條人影在狂瀉的勁風中翻飛。

在長街的中心，裂開了一道長達丈餘、深有半尺的圓洞，切劃整齊，弧度完美，就像是閃電驚雷的傑作。

這一擊的威力，超越人力，驚天動地。

狂擺的火焰扭曲出無數個大小不一的幻影，更讓這暗黑之夜變成了一種玄奇的魔幻空間。

華艾連連滑退，雙腳已深入地面的青石寸餘，在上面留下了兩行清晰的足跡。他這一生之中，便用「光影魔矛」不過數次，無不全勝，想不到樂白竟然硬接了一記，猶能不死。

這似乎是一個奇蹟。

不過，就算樂白不死，也好不到哪裡去。

他一劍擊出，正好與華艾隱藏於光環之後的矛鋒相對，那種如海潮般洶湧的氣柱透過劍身傳來，使得他全身一震，整個人如跌飛的風箏般倒拋出去，滑飛於半空之中。

「噗……」一道鮮紅的血雨隨著他跌飛的軌跡而下，染紅了半空，樂白只感到胸中有如刀割，汗水滲透了衣衫，整個人便似虛脫了一般。

在眾人的驚呼聲中，兩條人影驀然閃出，一條衝向樂白，伸手將之接住，而另一條身影猶如箭矢般直撲華艾的面門。

接住樂白的人是劉邦，他似乎沒有料到有人也在這個時候撲出，更沒有料到這人竟是陳平的貼身護衛龍賡！

他的心裡似有一種茫然，更有一種期盼。在他的內心深處，也很想知道這人的劍法到底如何，是否能對自己構成威脅？

他想得很遠，從來都是防患於未然，他不希望自己一點小小的疏忽而影響到自己的霸業。是以，當龍賡在飛衝之下拔出長劍時，他並沒有出言阻攔。

劍出半空，隱發龍吟。

衣袂飄飄，此刻的龍賡，猶如飛行於九天之外的蒼龍，人劍合一，在滑翔中漸成勢不可擋之勢。

如此飄逸的劍法，如此飄逸的人，當劍與人在這形同魔焰的光線下若夢般虛幻莫測、瀟灑如風時，誰又識得這幻影之後的殺機已如凶獸般蟄伏著？

華艾在火光中閃爍不定的臉容有一種說不出的蒼白，面對這驚天動地的一劍，他第一次感到了自己心中的無力。

◆

軍令如山倒。

當項羽的軍令發出之後，三個時辰之內，五六十萬的西楚大軍已然整裝待發。

旌旗獵獵，朝發定陶，夕至城陽，一日之內，西楚大軍已經將城陽如鐵桶般圍得水洩不通。

一營一營的西楚鐵騎，一輛一輛的鐵甲戰車，一個一個的剽悍戰士，猶如決堤的大潮般湧過寬闊的草原，踏平叢生的灌木，在城陽的背後，是一道連綿天際的大山山脈。

一望無邊的旗海，在肅殺的寒風中「獵獵……」飄飛，在移動之中列隊前行，顯得是那般壯觀。

田榮、田橫等齊軍將帥登上城樓，憑高遠眺，當他們看到眼前這氣象壯觀的情景時，無不在心中油然而生一股震撼，驚懼莫名。

灰濛濛的天空中，雨雪不斷。

悶雷般的蹄聲傳來，連大地也禁不住在微微顫慄，黑壓壓的敵群整齊劃一地在高速中漸漸緊逼，猶如一陣陣龐大的黑雲逼壓而來。那黑壓壓的陣形動而不亂，擁著密匝匝的刀槍，翻動著各色的旗幡，伴之而來的，還有那成千上萬的馬蹄揚起的一片塵土與雪霧，漫天飛舞，那種赫然的威勢，彷彿如排山倒海的巨浪。

田榮的臉色一片鐵青。

他從來不相信在這個亂世中有無敵的軍隊，即使有，也只是實力懸殊，沒有遇到旗鼓相當的對手而已。所以當他聞聽人們傳說西楚軍為無敵之師時，只是淡淡一笑，並不將它當一回事。

直到此時，當他面對這數十萬西楚軍的赫赫威勢，才真正明白了項羽能夠凌駕於諸侯之上的原因。

的確，這是一支精銳之師，它能無敵於天下，絕非僥倖。

思及此處，田榮不由倒吸了一口冷氣，當他的眼芒不經意間從自己身後眾人的臉上一掃而過時，分明看到了一種畏怯的情緒。

未戰而先怯，這是臨戰之大忌，田榮當然不想讓自己的將士抱著這種情緒去迎戰西楚大軍，所以他很快便穩定了自己的情緒，臉上露出一絲淡淡的笑意道：「項羽治軍的確很有一套，單看這排兵佈陣，已能看出是高人所為，我曾經聽說在項羽的身邊，有一個名為范增的謀臣，上知天文，下懂地理，彷彿無所不能，這陣法想必也是出自其人。可惜的是，他已年過七旬，人一旦老了，無論他曾經是如何的精明，都難免會有糊塗的時候！也許西楚軍無敵於天下的聲威，自城陽一戰後，從此便一蹶不振，再難重現當日的盛景。」

眾將聞言，將信將疑，無不將目光投射向田榮的臉上。

「王兄何出此言？難道你已看出了敵軍的破綻不成？」田橫顯然意識到了田榮的用心，好像唱雙簧戲般地答腔問道。

「當年吳王闔閭門下，有一位名叫孫武的兵家奇人，曾經著書一本，名曰《孫子兵法》，我在少年時有幸拜讀此書，書中曾云：有十倍於敵人的兵力就包圍敵人；有五倍於敵人的兵力就進攻敵人；有一倍於敵人的兵力就設法分散敵人；有等同於敵人的兵力就要戰勝敵人；比敵人兵力少時就要善於擺脫敵人；當兵力與敵人相差懸殊時就要避免和敵人交戰。這是將帥統兵必須遵循的用兵法則，只要合理應用這個法則，一旦與敵交戰，縱不能大勝，亦不至於慘敗，我對此深有同感。」田榮的微笑彷如一支鎮定劑，使得他身後的將士情緒漸趨平穩，他看在眼裡，不慌不忙地接道：「今日之城陽，西楚軍號稱百萬，其實際兵力不過五六十萬人，儘管與我軍相比，人數略略占優，但還不至於數倍於我軍。城陽城防堅固，地勢險峻，屬於易守難攻之地，依照孫武的用兵法則，就算項羽真有十倍於我的兵力，他也難以攻克城陽，更何況他的兵力根本就達不到圍城的要求。因此，只要我軍堅守不出，項羽就會無計可施，一旦形成僵持之局，事態的發展就會大大有利於我，不折一兵一卒，可退敵百萬之兵。」

他的剖析很有道理，讓人聽在耳中，深以爲然。而更讓眾人心安的是，田榮自始至終所表現出來的鎮定，起到了穩定軍心之效。

誰都以爲田榮對整個戰局已是成竹在胸了，更何況城陽的防禦的確是密不透風，無一疏漏，加之糧草廣積，頓時令齊軍士氣爲之一振。面對敵人強大的戰力，已經不再有先前的畏怯心理。

巡城之後，田榮針對敵人兵力的分佈，重新佈置了防範策略。當他與田橫回到郡守府時，在議事廳裡，已經有十八名百姓打扮的大漢恭身等候。

田榮靜靜地坐在大廳正中的太師椅上，品著手中的香茗，一種苦澀之後的沁人香味直透入心裡，令他的精神爲之一振。

站在他面前的這十八人不敢作聲，眼簾低垂，都在等待著田榮臨行前的命令。雖然他們不清楚田榮叫他們前來的目的，但從彼此的身分中就可以看出，田榮要交給他們的，必定是一項非常艱鉅的任務。

因爲這十八人，無一不是田榮手下的精英，這些人不僅擁有超強的武功，而且具有超乎常人的智慧。在他們當中，甚至有些已是獨當一面的將軍。

田榮祕密將他們召集到自己的府邸，可見這件事對他是多麼的重要。他心裡深知，面對項羽的精銳之師，城陽之圍絕非輕易能解，依靠陳餘、彭越的騷擾，未必就能讓項羽退兵，與其如此坐以待斃，倒不如放手一搏。

「我今日將各位召集過來，的確有一件要事要拜託各位去辦。對於各位，我是知根知底，十分信任，相信我平日待你們也不薄，所謂養兵千日，用在一時，今日要用到各位，不知意下如何？」田榮的眼芒如刀，在每一個人的臉上一一劃過，眉間緊鎖，一臉肅然。

「但有差遣，義不容辭！」這十八人同時抬頭道。

田榮十分滿意這些人的表現，輕咳一聲道：「不過，此事之艱鉅，遠遠超出了你們的想像，不僅要流血，甚至於還要付出你們的生命。所以我不得不提醒各位，如果你們中間有人害怕了，現在退出還來得及，我絕不勉強，也不爲難，日後還當是我的心腹親信。」

這十八人中，有一位中年漢子踏前一步道：「能爲大王效命，本就是我們這些做臣子的榮幸，不要說是獻出生命，就是上刀山下火海，九死無生，我雷戈也絕不皺眉！」

此人在這十八人中，武功最高，官至將位，隱然是這些人中的首領，所以他的話頗有號召力，一言方出，眾人紛紛回應。

「好漢子，好兄弟，我田榮有你們這幫朋友，才是我這一生的最大榮幸。」田榮的眼眶微微帶些濕潤，很是感動。

這十八人眼見田榮如此，無不血脈賁張，更是紛紛請命。

田榮深深地吸了一口氣，讓自己的心情平靜下來，這才緩緩而道：「你們此行的任務，就叫驚蟄。因爲只有在驚蟄那天，才會有驚雷出現。而我希望你們的行動就像一道驚雷，不僅要快，而且要猛，唯有這樣，你們才能最終完成這項艱難的任務！」

「這將會是一項怎樣的任務呢？」雷戈忍不住問道，他的話也正是眾人心中所思。

田榮微微一笑道：「爲了保證這項任務的機密性，你們中的每一個人都不能知道它的內容，只有到了地頭之後，才會由他來告訴你們應該怎樣做。換句話說，他就是你們這次驚蟄行動的全權指揮者！」

他拍了拍掌，田橫已大步踏入廳中。

「田大將軍！」眾人無不肅立恭迎。

田橫微微一笑道：「無須多禮，從現在起，我也不是什麼大將軍，而是你們當中的一員。」

「不敢！」眾人忙道。

「沒什麼敢不敢的。」田橫眉頭一皺道：「我們只有同舟共濟，才能最終完成驚蟄行動，所以你們謹記，在這裡，沒有大將軍，只有死士田橫！不成功，便成仁！」

眾人聞聽，頓時亢奮起來，大聲道：「是！不成功，便成仁！」

「好！」田橫哈哈一笑道：「我要的就是這種有血性的漢子！我們立刻出發，從城後繞道，目標——濟陽！」

他當先向田榮行了一禮，然後大步而行，在他的身後，十八名勇士緊緊相隨，神色肅穆。

田榮目送他們的背影消失於廳門外，眼中禁不住流露出一股關切之意。

他心裡十分清楚，這十九名活生生的漢子從此門出去，真正能活生生地回來的人卻實在不多，這個驚蟄行動的難度之大，連他自己也毫無把握。

正因如此，他才會讓田橫坐鎮指揮。

想到這裡，田榮輕輕地歎息一聲，心裡頓時湧出了一股悲情。

◆

華艾在跌飛之中，已無力格擋住龍賡這如山崩之勢的一劍。

但他臨場應變之快，無愧於「高手」身分。他既知此劍已不能擋，索性加快了跌飛的速度，藉此拉開他與龍賡之間的距離。

他實在聰明，知道此刻距離對他來說有多麼的重要，即使是一寸之差，也可要了他的性命。

「嗖……嗖……」周圍的人群中一聲暴喝，無數箭矢如閃電般漫舞空中，射向龍賡，封鎖住龍賡前行的去路。

龍賡的心裡發出一聲歎息，不由也暗自佩服起華艾的應變能力。的確，距離在此刻顯得非常重要，只要自己能夠搶入華艾的一尺範圍之內，這些弓箭手就會投鼠忌器。

勁風撲面而來，漫天的箭矢疾射空中，支支要命，不容龍賡有半點小視。

他暴喝一聲，衝進這漫天而下的箭雨裡，劍芒閃動，封閉著自己周身的空間。

箭雨如蝗，卻湧不進龍賡的三尺範圍，勁箭紛紛彈飛跌落……

當這一輪箭矢歇止之後，在龍賡的面前三丈外，依然立著一個人。

但這個人已不是華艾，而是手握長刀的趙岳山。

在趙岳山的掩護下，華艾已退回了己方的陣營中。

「好不要臉，竟然施出偷襲的手段！」趙岳山目睹了龍賡驚人的劍法，絲毫不敢大意，只有用話來激他，好讓他心生愧意，影響發揮。

「我也覺得自己不要臉之至。」龍賡站定之後，並不生氣，而是淡淡一笑道：「所謂以其人之道，還治於其人之身，這是我一生中所信奉的至理名言。對君子，我心裡坦坦蕩蕩；對付小人，又何妨用小人的手段？而對付那些不要臉的人，我通常採用的手段，就是比他們更不要臉！」

趙岳山一怔之下，才知眼前這人的厲害之處不僅只是劍法，而且口舌之利也未必輸於常人，再說下去，自己未必就能占到上風。

既然如此，那就閒話少說。

趙岳山將刀一橫，揚聲道：「在下趙岳山，領教公子高招，希望你的劍法也能如你的口舌這般鋒銳！」

龍賡淡淡笑道：「相信絕不會讓你失望。」

他說完這句話時，劍已緩緩上抬，以一道非常優雅、極度玄妙的軌跡調整著劍鋒的指向，當劍尖與眉心連成一線時，他的眼芒已緊緊地鎖定住了趙岳山的長刀鋒端。

只是一個簡簡單單的起手式，卻生出了一股狂野無比的氣勢，令趙岳山感到了無形的壓力，忍不住在心中驚道：「這年輕人是誰？怎麼會擁有如此霸道的劍意？」

他的確是有些駭然，這並不表示他害怕龍賡的劍法，而是以他的閱歷之豐，竟然不知道對方的底細，可見對方身分的神祕。

這是否證明，在劉邦的身邊的確是藏龍臥虎？

想到這裡，趙岳山不敢有半點大意，這是他率入世閣殘餘力量投靠流雲齋之後接下的第一項任務，關係到他們能否立足生存，是以只許成功，不能失敗。

落到今天這種寄人籬下的下場，是趙岳山做夢也不曾想到的。曾幾何時，入世閣雄踞於江湖五閥之中，又有趙高一人之下，萬人之上之聲勢，隱隱然已有凌駕天下武林的勢頭，那時的入世閣弟子，在人前是何等的風光！

孰料世事無常，大秦一亡，趙高一死，入世閣竟然如坍塌的大廈，一蹶不振，竟淪落到看人臉色行事的地步，這是每一個入世閣門人的悲哀。

然而瘦死的駱駝比馬大，入世閣雖然元氣大傷，但內中卻依然不乏高手，這也是項羽之所以收容他們的原因。

對項羽來說，敵我之分的界限，有時候沒有必要分得太清，關鍵在於有無利用的價值。既然有人肯為他賣命，他又何樂而不為呢？當然是盡數收歸於門下。

而趙岳山要做的，就是在新的主子面前證明自己，而這一次襲殺劉邦的行動，無疑就是他證明自己的最好機會。

他當然不想錯失，所以機會一來，便全力以赴。

想到這裡，他被一股濃濃的劍意所驚醒，刀鋒一顫，已經出手。

「滋……」趙岳山不想再等，也不能等，這段日子他已經等得太久了，讓他的神經飽受壓力的折磨。

他需要出人頭地！

是以長刀擊出，猶如撕裂雲層的一道閃電，破開數丈空間，瘋狂地向龍賡的面門逼至。

龍賡的眼中依然流露出一絲淡淡的笑意，很淡，很淡，淡得有如一陣清風，轉瞬即逝。當這笑意消失的那一刹那，他這才看似有意，實是隨心而動地將自己手中的長劍平平刺出。

他一出手，周圍皆靜。

每一個人都如癡如醉般地看著龍賡的出手動作，那種力度，那種美感，構成了一幅完美與和諧的畫面。

只有趙岳山人在局中，不僅無法欣賞到這種唯美的姿勢，反而從龍賡的每一個動作中感到了四溢狂湧的勁氣。一股股讓人無法擺脫的壓力使他簡直喘不過氣來，卻又情不自禁地陷入了那劍意的魔幻世界中。

龍賡的劍，只是普普通通的三尺青鋒，既非名器，也非名家所鑄，但此劍一到他的手中，便平添一股霸氣，比之寶刀名劍，有過之而無不及。

有人因劍成名，有劍因人成名，劍與人的關係，概莫如此。

因劍成名的人，通常都不是有能耐的人；劍因人而出名，唯有這樣的人，不是名士，便是擁有真正實力的劍客。

龍賡無疑便是這後一種人。

所以他的劍只要一出，不僅有唯美的劍意，更有凌厲無匹的殺氣。

「哧……」長劍在趙岳山的長刀上一點一劃，激起一溜非常絢麗的火花。

這種難以置信的精確便連劉邦也在心中暗自駭然。

長劍在虛空之中掠出一道似幻似滅的弧跡，便像是快速殞落的流星。吞吐不定的劍芒如火焰般竄射，在長劍劃過長刀之際，突然一跳，彈向趙岳山的咽喉。

生死只是一線，出手絕不容情。

那洶湧澎湃的殺氣，湧動於長街上空，使得這靜寂的長夜充滿了死亡的氣息。

龍賡的出手不可謂不快，也不可謂不狠，一出手就有勢在必得的決心；但趙岳山絕非庸人，其身法之快完全具有高手之風，竟趁長劍在自己的刀上一點之際，整個身影一閃一滑，有若游魚般閃至龍賡的身後。

劍鋒所向，只有虛無的幻影。

幸好這已在龍賡的意料之中，一劍落空，氣機隨之而動，反手用劍撩開了趙岳山從背後襲來的一刀。

兩人的身形都是飛快高速的轉動，移形換位極是熟稔，刀與劍在空中不斷轉換角度，彼此間卻沒有交觸一下，似乎正在醞釀著一決勝負的戰機。

「呀……」龍賡沒有料到趙岳山對刀的理解竟是這般深刻，更沒有料到他的長刀根本不在華艾的矛法之下，這讓他感到幾分詫異。不過，他沒有多想，突然暴喝一聲，整個人一旋一轉，直升上半空，如一隻撲食的獵鷹向趙岳山俯衝而去。

趙岳山霍然心驚，他想不到一個人的動作能夠像鷹一樣的靈敏，更像鷹一般的快捷，這幾乎讓人不可思議。

他來不及多想，在他的頭腦中，只是驀然閃過一幅他曾經在大漠黃沙中所見過的畫面。

那是十年前，他奉趙高之命，去追殺一名入世閣的叛徒。

這名叛徒深知入世閣在天下的勢力，更清楚入世閣對叛徒所採取的手段，爲了活命，他只有鋌而走險，深入黃沙大漠。

趙岳山追入大漠深處，終於在一個不是機會的情況下手刃叛徒。當他帶著一臉的疲憊離開大漠之時，驀然看到一處孤崖之上，傲然挺立著一隻半人高的兀鷹，正虎視眈眈地俯視著一隻正在跳躍飛奔的野兔。

這隻野兔顯然感受到了來自兀鷹的威脅，所以才會用自己所擅長的速度來擺脫目前的困境，然而它似乎並不明白，自己的速度再快，又怎能比得過兀鷹呢？牠所做的一切不過是徒勞的掙扎。

趙岳山頓時被這種畫面所吸引，更想知道，野兔不懈的努力是否能夠幫助牠擺脫兀鷹的魔爪？

「嗷……」眼看著獵物就要逃出自己的視線範圍時，兀鷹長嘯一聲，終於出擊了。

牠扇動著巨大的翅膀，在半空中俯衝而下，其速之快，猶如閃電，迅速拉近了牠與野兔之間的距離。

就在牠亮出自己的利爪，抓向獵物的剎那，那隻野兔突然停止了奔跑，而是仰臥在沙面上，頭與腿抱成一團，借著勁兒突然向兀鷹蹬踢而去。

兀鷹一驚之下，迅速將自己的身體拉高，在野兔的上空盤旋。

趙岳山爲野兔這種求生的本能所感動，更明白由於兩者之間的實力上存在差距，野兔最終還是不可能逃過兀鷹的追殺，所以就動了惻隱之心，用兩塊石頭驚走了兀鷹。

而在這種生死懸於一線間，趙岳山也不明白自己何以會想到這種畫面，他只覺得龍賡此刻就像是一隻翱翔於半空的兀鷹，所以他自然而然地就倒地而臥，頭腳弓成一團，就像那隻伺機攻擊的野兔。

這種情景是如此地詭異，沒有人會想到這是趙岳山在瞬息之間感悟到的求生一招。

「呀……」面對趙岳山擺出這般古怪的姿勢，龍賡的身形只是滯了一滯，再次發出一聲暴喝，聲震長街。

他的整個人已直升至趙岳山的頭頂上空，突然身體倒懸而下，劍芒直指趙岳山，拖起一陣風雷之勢，以強大的壓迫力緊逼向守候地面的趙岳山。

趙岳山感受著這股如颶風般的殺勢，雖驚而不亂，在冷靜中測算著兩人之間的距離。

三丈、兩丈、一丈……

當龍賡進入到他七尺範圍之時，他才以爆發之勢出手。他心裡清楚，只有七尺之距，才是他長刀出手的最佳距離。

刀出，微顫成不同的角度，是以變生出萬千弧跡，猶如噴發的七色泉，美麗中凸現殺機，迎向撲面而來的龍賡。

然而龍賡的劍勢已成，猶如高山滾石，幾成勢不可擋，雖然趙岳山這應變的構思精妙，手段新奇，但已無法遏制這瘋狂般的攻勢。

劍化萬千星雨，沿劍芒的中心，形成一個巨大的黑洞，黑洞產生出一股驚人的力量，將長刀所衍變的一切弧跡盡數吸納其中。

趙岳山幾乎不敢相信自己的眼睛，更不相信這是人力所爲，求生的本能激發了他體內巨大的潛能，突然抱刀旋轉，就像是一只有著生命力的陀螺。

在他身體的周圍三丈之內，立時生出了一團強烈的颶風，那風中所帶出的力量，充滿了毀滅一切的衝動。

兩股人力所創造出來的風暴在一瞬間相迎、碰撞、交融……

「轟……」一聲震驚四野的暴響驚徹長街，狂風呼嘯，強流飛湧，百步之外的火把頓時熄滅無數。

在場的每一個人都無不駭然，面對這呼嘯的勁風，晃動的光影，横掠的殺氣，只感到在這團氣雲當中飄忽著兩條淡淡的身影，似幻似滅，猶如鬼魅。

一陣清風吹過，這一切爲之幻滅。靜寂的長街，突然拖現了兩道拉長的影子。

影子不動，是因爲人不動，兩人相距三丈而立，如雕塑般挺立於長街之上。

直到這時，紀空手才放鬆了自己緊繃的神經，臉上綻放出一絲淡淡的笑意。

他似乎已經看到這場決戰的結局。

第十章　兵困城陽

濟陽是一座名城。

它之所以出名，就在於它有悠久的歷史，古老的建築，以及十分深厚的文化底蘊，正因如此，所以濟陽自古出名士，亦出佳人。

隨著城陽戰事的爆發，難民的湧入，濟陽城又多出了一種人，這種人並非在濟陽就沒有，只是今年顯得特別多了一些，使得他們也成了街頭巷尾的一道風景。

這種人當然就是窮人。

還有一種人，濟陽城裡不是沒有，只是相對於窮人來說，他們就要少了許多。不過，只要稍微留意一下，還是可以隨處見到他們的身影。

這種人的穿著也許並不華美，但並非表示他們的口袋裡就沒錢。他們之所以不注重自己的打扮，是有意為之，他們也要保持他們所特有的形象。

這種人不注重穿，卻喜歡吃，大碗喝酒，大塊吃肉，嘴上總是罵罵咧咧的，臉上更有一股剽悍與野性，但這還不足以說明他們的身分。

真正能夠證明他們身分的，是他們隨身攜帶的兵器，然而他們又不是官兵。這種人，人們通常都給他們取了一個非常形象的稱謂，就叫江湖中人。

什麼是江湖？沒有人可以給出一個確切的定義，在一百個人的眼中，其實就有一百個江湖。其實江湖只是一個虛幻飄渺的東西，它只存在於人們的心裡。

在濟陽最熱鬧的高升大街上，有一間名爲「高升」的酒館，在這個只能容得下十來張桌子的酒館裡，正好就坐著這麼一群江湖中人。

有人高談闊論，有人喝酒聊天，有人罵罵咧咧……整個酒館實在熱鬧至極，與高升大街上的冷清相比，鬧靜之間讓人恍惚以爲是兩個不同的世界。

高升大街原本並不冷清，只是昨夜下了一場大雪，至今未停，在這風雪交加的日子裡，難免就多了一份靜寂。

與這大街一樣安靜的是坐在靠門處的那一桌人，七八個人圍了一鍋燒得翻滾的辣湯，卻靜靜地坐著悶喝，在他們的腳下，也放著各自稱手的兵器，證明著他們江湖中人的身分。

不過，就算他們是江湖中人，也是最普通的那種。他們靜靜地聽著各張桌上閒聊的話題，而自己卻保持著應有的沈默。

在他們相鄰的桌上，坐了一老一少兩名豪客，衣衫光鮮，出手闊綽，叫了一大桌好酒好菜，一看就是擺闊的主兒。

兩人談話的嗓門都不小，在這熱鬧的酒館裡，依然能清晰地聽到他們所聊的事情。

「老世伯，您這一生走南闖北，也算得上是個見過大世面的人，依你所見，你認爲這次城陽之戰會打多久?」那年輕人的問話一起，頓時吸引了不少人的注意，因爲誰都不想這場戰爭曠日持久地進行下去，更不想看著戰火無休止地蔓延擴大。

濟陽只距城陽不過數百里地，雖然不是處在戰亂的前沿，但隨時都有可能受到戰爭的波及，這也是城中百姓人人關心城陽之戰的原因。

「世侄這個問題問得好。」那年老的長者輕輕地啜了一口酒，眼睛微瞇，帶著三分酒意道：「老夫也不是倚老賣老，這個問題你若是問別人，能夠回答上來的實在不多，因爲它所牽涉的方方面面繁瑣之極，沒有廣博豐富的學識是很難解答這個問題的。」

他的言下之意，的確有自賣自誇之嫌，既然他能夠回答這個問題，當然也就自然而然地擁有了廣博的學識，這是他人所無須置疑的。

那年輕人被他唬得一驚一咋的，眼中露出欽羡的目光道：「那晚生倒要洗耳恭聽，跟著老世伯長長見識了。」

那年老的長者眼中餘光微瞟，見到滿館的酒客都將注意力轉移到了自己身上，不由得意一笑道：「世侄何須客氣?就衝著你這一台面，老夫今日說不得要班門弄斧，在眾人面前賣弄一番了。」

他輕咳一聲，酒館內的氣氛爲之一緊，喧囂之聲頓時散滅，代之而來的，是一片安靜。

「這城陽之戰，交戰的雙方是西楚霸王項羽與齊王田榮，雙方的兵力並無太大的懸殊，而且田榮主守，項羽主攻，在常人的眼中，這場戰爭必將曠日持久，形成僵持之局。」那位年老的長者沈吟半晌，才緩緩接道：「然而老夫認爲，這場戰爭未必會持續太長的時間，也許最多不過三五月的時間就能分出勝負。」

在他鄰桌的那一群人當中，有一個中年漢子低頭飲酒，杯至嘴邊，淺嘗即止。當他聽到這位老者說到最後一句話時，濃眉一震，似有幾分激動。

沒有人注意到他這反常的舉動。

「那麼依老世伯的高見，這一戰會是誰勝誰負呢？」那年輕人更想知道這一點，儘管在他的心裡已經有了答案。

那年長的老者淡淡一笑道：「這毫無懸念，當今天下，有誰會是項霸王的對手呢？田榮能夠堅持三五月不敗，已是奇蹟，他又怎能與天下無敵的西楚軍一爭高下？」

「老世伯所言極是，晚生也是這麼想的，只是聽人家說，這城陽地勢險峻，城防堅固，糧草廣積，又有數十萬大軍分佈防守，項霸王若想攻佔城陽，只怕也並非易事哩。」那年輕人道。

那年長的老者「嗤」了一聲，顯得極是不屑道：「兵熊熊一個，將熊熊一窩，打仗行軍，看的是雙方主帥。有人可以率五千人馬破敵數萬，有人率五萬人馬卻不敵人家三千，這是什麼道理？無非是將帥者的能耐。想項霸王少年起便追隨其叔項梁行走江湖，起事之後，又成為西楚軍能夠獨當一面的大將，迄今為止，身經大小戰役不下百起，卻從來不敗，像這樣的英雄人物，又豈是田榮那斯所能夠比得了的……？」

他的話還沒說完，便聽得鄰桌上傳來一聲低低的冷哼，似乎對這年長的老者之話不以為然。

那年少者回頭來看，只見這冷哼聲原來發自那位低頭喝酒的中年漢子。

這年少者姓秦名易，是濟陽城中小有名氣的劍客，家道殷富，是個喜歡惹事的主兒。這會兒陪著遠道而來的老世伯出來逛街喝酒，聊得正是興頭上，哪裡耐煩外人來插這麼一杆子？

不過，當著老世伯的面，他也不好立刻發作，重重地哼了一聲，然後像隻好鬥的公雞般斜眼看著對方，大有挑釁之意。

誰想那中年漢子哼了一聲過後，便沒了下文，依然是低著頭靜靜地品酒，彷彿什麼事也沒有發生過一般。

秦易以不屑的目光從那一桌人的臉上一一掃過，見他們無人搭腔，不由冷笑一聲，這才轉過頭來。

那年長老者息事寧人道：「算了，算了，世侄也不必與他們這些人一般見識，咱們還是喝著酒，聊聊咱們剛才的話題。」

秦易昂然道：「老世伯也許不知道，如今這個年代，不懂規矩的人愈發多了，也不先拜拜碼頭，打聽打聽，就想隨便耍橫，像這種人，你若不治治他，沒準就會騎到你的頭上撒尿拉屎，忒沒勁。」

「啪……」他的話剛一落音，便見鄰座站起一個人來，往桌上重重一拍道：「你說誰哪？是說你自己吧？」

秦易哪裡受過別人這般鳥氣？刷地站起身來，怒目圓瞪道：「就罵你唄，小子，想找打嗎？」

他二話不說，手中已多出了一把亮晃晃的長劍，酒館中的氣氛頓時爲之一緊，眾人的目光都投射在那位站起來的漢子身上。

能在大雪天跑到酒館來喝酒聊天的人，都是閒得無聊的主顧，他們最大的喜好就是唯恐天下不亂，平日裡沒事還能惹出點事兒來，更何況現在事兒已經出來了?當然不會放過。

誰都睜大著眼睛，生怕看漏了這場好戲。

但那漢子並沒有馬上動手，而是將目光望向了同一桌上的中年漢子。

很顯然，這位中年漢子是這一群人的頭兒。

這是一群很普通的人，普通得讓你隨時都可以在大街上遇到幾位，他們的衣著打扮看上去一點都不像是江湖中人，然而在他們的身上，都帶著兵器，似乎也不是那麼好惹的角色。

秦易將劍拔出的剎那，這才意識到自己在人數上所處的劣勢。不過，他的心裡並不覺得有多麼地害怕。

因爲他相信自己的劍法。

「坐下——」一聲低沈的聲音從中年漢子的口中傳來，那名漢子猶豫了一下，終於坐了下去。

「這位兄台，你大人有大量，不必與我們這些山裡人計較，還請饒恕則個。」那中年漢子話雖然說得客氣，頭卻依然壓得很低，就像是從悶甕裡傳出的聲音一般，卻讓人感受到一股不可抗拒的力量。

秦易一怔之下，終於感覺到這一群人並不是自己想像中的好惹，但是就憑對方的一句話，就要自己將拔出的劍按回去，這個面子又實在丟不起。

他只有僵在當場。

但是，這種尷尬只維持了一瞬的時間，隨即酒館中的每一個人都被長街上傳來的一種聲音所吸引，翹首向門外望去。

清晰傳入眾人耳鼓的，是一串馬蹄之聲，之所以是一串，是因爲這馬蹄聲踏在長街上，發出如戰鼓般的震響，震得碗中的酒水蕩起一道道細細的漣漪。

只有數百匹的駿馬踏過，才有可能造成如此之大的聲勢，可這雪天裡，又哪來的這麼多馬匹？

那中年漢子的臉色驟然一變，直到這時，他才第一次將頭抬了起來。

這是一張冷峻如岩石的臉，滿臉的疤痕透出一種力度的剽悍，給人以堅毅的感覺。眉間緊鎖，一股殺氣淡然而生，平空讓人生出畏怯之心。

秦易心下駭然，不由暗自慶幸，這才明白這一幫貌似山裡人的漢子其實都是深藏不露的高手，隨便站出一人，自己都絕非其對手。

這麼多的高手同時出現在一個酒館裡，這本身就透著一種古怪，一種反常，以他們的武功，居然能夠容忍自己的飛揚跋扈，這似乎也讓人迷惑不解。

難道說他們隱忍不發，只是爲了隱蔽自己的身分？那麼他們這樣做的目的何在？

秦易想不通，就只有不去想，透過窗戶，他也很想看看長街上會出現一幫怎樣的人，如此大的聲勢，的確讓人有種想看一看的衝動。

◆

誰也沒有倒下，無論是龍賡，還是趙岳山。

所以誰也不知道他們之間的勝負。

風定塵散，火光依舊，兩人的刀與劍都懸於半空中。

「你錯了。」龍賡的臉色蒼白，淡淡而道。

「我的確錯了。」趙岳山的臉上卻顯得一片通紅，呼吸略顯急促。

「知道錯在哪裡嗎？」龍賡緩緩地將劍一點一點地撤回，當劍鋒撤至他的嘴邊時，他輕輕地吹了一吹。

他在吹什麼？

直到這時，紀空手才注意到龍賡的劍鋒之上赫然有一滴鮮血，雖然只有一滴，卻紅得耀眼，赤得驚心。

當龍賡輕輕一吹時，這滴鮮血猶如一枚玉珠般墜落於地，濺灑地面，恰似一朵帶血的梅花。

趙岳山一臉茫然，搖了搖頭。

「你太自信了。」龍賡將劍緩緩入鞘：「你本可以躲過我這一劍，卻最終沒有，這只因爲你不相信自己的刀法不能擋住我這一劍，所以無論如何，你都想試上一試。」

龍賡淡淡的笑容中，似有一絲寂寞，滿懷惆悵地接道：「可惜，你錯了，普天之下，能擋住我這一式劍招的人並非沒有，但卻不是你。」

他說完這句話後，已然轉身。

在他的身後，突然傳來了「砰……」地一聲巨響，就像是一塊豬肉摔在案板上的聲音。

趙岳山終於倒下了！

在他的眉間，多出了一點血紅的洞，這洞的位置不偏不倚，正在眉心當中，猶如傳說中的二郎神臉上的三隻眼。

趙岳山的死，只是證明龍賡他們取得了一時的勝利，縱觀全局，勝負殊屬難料。

這時，一聲號角傳來，響徹長街，四周的敵人在華艾的指揮之下，開始了有規律有組織的移動，一步一步地開始縮小著包圍圈。

一個趙岳山的死，不足以改變劉邦他們在人數上的劣勢，但在士氣上，無疑給了敵人以最大的打擊。

劉邦的臉已是一片鐵青，顯得超乎尋常的冷靜。當龍賡從他的身邊緩緩而過時，他聽到劉邦雖然低沈但有力的聲音：「保護好你的主子，我們向來路突圍。」

雖然只有一句話，卻充分顯示了劉邦的果斷、冷靜與智慧。

因爲每一個人的思維都有一種慣性，認爲劉邦從何處來，必將到何處去，所以敵人通常都會在劉邦的去路上佈下重兵，而忽略劉邦來時的方向。劉邦選擇從來路突圍，無疑是明智之舉。

龍賡微微一笑道：「漢王不必如此緊張，雖然敵人在人數上占盡優勢，但真正的高手並不多，假如我們一股作氣，未必就不能將敵人一舉擊潰。」

「本王絕不是杞人憂天，而是擔心真正的高手還沒有出現。既然這些人是項羽派來圍殲我的，就不可能只派這些俗手。」劉邦的臉色十分凝重，彷如罩上了一層嚴霜：「本王似有預感，真正的兇險還在後面，我們萬萬不可低估了敵人。」

◆

紀空手心中一驚，似乎也有這種預感，雖然這種感覺十分模糊，讓人一時難以確定，但兩大高手同時產生這樣的感覺，就證明並非是神經緊張所出現的錯覺。

「既然如此，我們就唯漢王馬首是瞻。」紀空手與龍賡交換了一下眼神，果斷地下了決定。

這是紀空手第一次將自己的命運與劉邦連在一起。

也叫做是同舟共濟。

對紀空手來說，這未必就是一種諷刺。

劉邦不再猶豫，集中起自己的親衛隨從，衝向長街的中心。

「呀……」踏步前行的敵人同時發出一聲喊，箭已在弦，腳步踏在長街之上，震天動地。

一聲似狼嗥般蒼涼的號角響起，在華艾的催動下，開始了一波又一波的攻擊。

「嗖……嗖……」之聲此起彼伏，連綿不絕，猶如和絃之音，煞是好聽。

在這高頻率的節奏之下，勁風撲面，箭矢如潮，漫天箭雨撲天蓋地而來，將劉邦這三十七人網在一片如天羅般的殺勢之中。

劉邦已然拔劍，暴喝一聲，衝進箭雨中，一標人馬如一道旋風般竄動，瞬息間便與敵人短兵相接。

滿天的長矛與短戟上下翻飛，左刺右戳，迅速將這標人馬分而割之，形成以十對一的局面。

敵人如此訓練有素，顯然不像是烏合之眾，看來這是一場早有預謀的殺局。

劉邦已知今日之戰事關生死，不是敵死，就是己亡，是以出手再無保留。

直到此刻，才真正體現出他身爲問天樓閥主的風範，劍一在手，彷似遊龍，每在空中劃出一道弧旋，三五隻斷手便會伴著三五聲慘嚎揚上半空，猶如煞神降臨。

紀空手看在眼中，心中駭然。他一直以爲劉邦的劍術雖然高明，卻不是他登上問天樓閥主的主因，這其中更多的是仰仗他的血緣。然而看到在激戰中連出殺招的劉邦，紀空手才知道劉邦原來一直是深藏不露，自己竟然低估了他的實力。

從某種意義上說，紀空手甚至有點感激這一戰，若非如此，他也許會在以後的一天中感到後悔。

戰事進行得十分激烈，隨著敵人不斷地夾迫而來，劉邦這一方雖然重創了不少敵人，但傷敵一千，自損八百，武功稍遜者，也受到了死亡的威脅。

等到劉邦率先衝到一條十字路口時，敵人絲毫未減，而在自己身邊的人，除了紀空手與龍賡之外，只剩下七八名死士緊緊相隨。

戰事的殘酷顯然大大超出了劉邦的想像，這只是一個開始，敵方高手一個也未出現。敵人所用的策略，就是以一幫死士來消耗劉邦等人的體力，等到他們成了強弩之末時，這才派出高手完成最後的一擊，也是致命的打擊。

幸好他們此刻已距敵人佈置的包圍圈的底線已經不遠，再過數十步，就可以完成突圍。

數十步外，長街顯得異常靜寂，彷彿與這邊硝煙瀰漫的戰場相隔成兩個世界。

劉邦心中一動，突然大吼一聲道：「上屋頂！」他似乎突然意識到，敵人有意將自己逼退向這段長街，其實是引誘自己進入他們事先佈置好的伏擊圈。

如果自己能避開這伏擊圈，是不是意味著已避開了敵人最精銳的力量，而從其他的方向突圍反而成了相對容易的事情？

他沒有猶豫，搶先竄上了長街邊的屋頂，還未站住腳跟，眼前精芒急現，三支隱挾風雷之聲的勁箭，自一個非常巧妙而隱蔽的角度射來，剛好封住了自己前進的空間，似乎讓人避無可避。

能射出這種勁箭的人，的確已是箭術高明的行家，乍眼看去，這三箭的角度不同，間距不同，似是新手所爲，但在劉邦這等高手眼中，便知這三箭互爲犄角，力道各異，若是避開了第一箭，第二箭射來的時間正是舊力未盡、新力未生之際，很難閃避。

劉邦心驚之下，身體硬生生地倒折過去，兩腳似在屋簷邊上生了根一般，整個人倒折九十度角，作了個大迴旋的動作，堪堪讓過這角度奇異的三箭。

這「鐵板橋」的功夫用得如此精妙，觀者無不叫好，但劉邦的身形並未因此打住，反而借這一旋之力，攻向了暗伏於屋頂上的那三名箭手。

然而他的人還未到，在他兩邊的暗處中突現出一杆長槍、一把長刀，同時向他的腰間襲至。

單聽這勁風之聲，劉邦明白，敵方的高手終於出擊了。

還未出手，自己已先陷險境。

攻來的長槍變幻莫測，槍芒如雨，勁氣飛旋；長刀重達數十斤，卻在一名大漢的手中使出，舉重若輕，渾若無物，在輕重有度間殺機盡現。

劉邦知道這兩人均是敵方高手中的佼佼者，雖然比及華艾、趙岳山略遜一籌，但刀槍合併，珠聯璧合，於攻防之道熟諳在心，絕不容自己有半點小視之心。

「呀……」劉邦情不自禁地一聲暴喝，宛如驚雷，長劍劃出，陡生三尺青芒，呈一種扇面橫掃向迎前的這兩大強敵。

他才一出手，始知不妙，原來這屋頂之上的幾名勁敵似乎早有默契，當劉邦的注意力已經集中到眼前的兩名強敵時，那三支猶如不散的陰魂之勁箭已然標空。

劉邦心裡不由「咯噔」一下，如明鏡般澈亮，第一次感受到死亡竟與自己如此接近。

劉邦已無法閃避，更無法抽身而退。

也許換作平時，他憑著自己超強的感應未必就不能逃過此劫，但經歷了一段時間的拚殺之後，他漸漸感到了自己的內力後續不接，直接影響到了應變能力。

他似心有不甘，卻又力不從心，就像是一個溺水者掉入了一個具有強大吸扯之力的漩渦中，已經無法自救。

對於死亡，他本無畏，只是想到霸業未成，復國無計，他心中多了一股不可名狀的悲情。

他已無法換回這既定的敗局，只能接受這殘酷的命運。

「呼……」然而就在這時，在他身後的虛空中，突然生出了兩道強大至極的殺氣，伴著兩聲長嘯，同時化去了即將降臨到劉邦身上的殺機。

兩條人影同時出現在劉邦的視線之中，以玄奇莫測的步法，一人使拳，一人用劍，恰如下山過林的猛虎，攻向了來勢洶洶的敵人。

來者不是別人，竟然是紀空手與龍賡。

這實在是一個讓人無法想到的結果，誰也沒有料到，紀空手竟然會救劉邦！

拋開紀空手與劉邦從前的恩怨不說，單是五音先生之死，就在他們之間結下了不共戴天之仇，紀空手完全有一千個理由擊殺劉邦！然而，他不僅沒殺，反而救了對方。

難道說他已徹底忘記了這段恩怨，還是因爲……

沒有人明白紀空手心裡所想，就連龍賡也未必知道。

龍賡之所以要救劉邦，並不是因爲劉邦的緣故，而是他相信紀空手，相信紀空手這麼做就必然有讓人信服的道理。

「多謝！」在劉邦的記憶中，這兩個字他從來就沒有說出過口，但此時此景，已由不得他不說。

他打心裡對「陳平」與龍賡的援手充滿感激！

同時他的精神爲之一振，背對一彎明月，他的長劍躍空。

這一刹那間，天地彷彿陷入一片肅殺之中，就連紀空手與龍賡也感到了劉邦劍上所帶出的酷寒之氣。

經歷了生死一線間的驚魂，劉邦似乎徹悟到了什麼，竟將體內的潛能迅即提升至極限。雖只一劍之勢，卻如千軍萬馬，彷如大山崩裂般爆發開來，殺氣如嚴霜，令屋頂上的每一個敵人如墜冰窖，呼吸不暢。

只有一劍，但這一劍在虛空中劃出一條奇異的曲線，猶如幻痕，雖是瞬息之間，但劍勢每向前移動一寸都有加速的跡象，隨劍勢而生的氣流亦更趨猛烈。

但在外人的眼裡，不過是劍光一閃。

更可怕的是，這一劍閃出，並非獨立的一式，竟然在有意無意之間與紀空手的拳、龍賡的劍形成互補，構築了三大高手同時出擊的陣式。

這才是最霸道的，試問天下，有誰還能擋得住這三人的聯手一擊？

答案是否定的，當然沒有人能夠擋住這雷霆萬鈞的一擊。

「轟……」屋頂爲之炸開了一個大洞，頭顱、斷臂、殘肢隨著塵土與血腥充斥著整個半空，面對這驚人的一幕，觀者無不心悸。

趁著眾人心神一怔間，劉邦三人腳步不停，旋即從房頂上殺開一條血路。經過了剛才的一幕，竟然再也無人敢出面攔阻。

眼見劉邦三人消失在黑夜裡，華艾並沒有下令手下追擊。這一役他雖然折損了大半人馬，但畢竟也不是全無戰功，包括樂白在內，劉邦一行三十七人已亡三十四人，其中不乏真正的高手。

望著劉邦三人逝去的方向，華艾只是冷然一笑，忖道：「這僅僅是一個開始，只此一戰，已讓你精英盡失，看來這一次漢王劉邦的大名，終於可以在天下諸侯中除名了。」

◆

長街上走來的，是一支五六百人的馬隊。

五六百匹駿馬在善騎者的駕馭下，整齊劃一地沿長街而來，每一位騎者都是綿甲裹身，手執矛槍，嚴陣以待，防範著一切變故的發生。

在馬隊的中間，是一頂十六人抬的大紅軟轎，轎身裝飾豪華，極度氣派，擺下這麼大的排場，可見轎中人的身分非同尋常。

這五六百騎士之中，不乏武功超強之士，全都圍守在軟轎的四周，神色凝重，如臨大敵，不敢有半點疏忽。

馬蹄踏過厚厚的積雪，揚起一地迷霧，保持著一種不緊不慢的速度，正從高升大街經過。

當馬隊距酒館還有五十步距離的時候，那中年漢子終於站了起來。

他並沒有急著出門，而是來到了秦易的面前，拱手道：「閣下貴姓？」

秦易倒嚇了一跳，忙道：「不敢！在下姓秦名易。」他本來是想說幾句硬話充充門面，誰料話到嘴邊，全變了味。

「原來是秦大爺。」那中年漢子淡淡一笑道，眼中似有一股奚落之意。

「還未請教大爺貴姓？」秦易已經看出這一群貌似普通之人其實並不好惹，所謂識時務者爲俊傑，他忙陪著笑臉問道。

那中年漢子深深地看了他一眼，微微一笑道：「你很想知道嗎？」

「若是大爺不方便的話，不說也罷。」秦易見他話裡的味兒不對，忙不迭聲地道。

那中年漢子搖搖頭道：「你若真想知道，就湊耳過來，讓我告訴你。」

秦易只得探頭過去，忐忑之中，只聽得那中年漢子貼在他的耳邊悄聲道：「記住囉，我姓田，齊國田橫就是我！」

「你是——」秦易霍然色變，條件反射般按住了腰間的劍柄。

對他來說，拔劍，只是一個很普通的動作，他自從練劍以來，每天都要重複地做上百次、千次，直到可以在瞬息之間讓劍鋒離鞘，然而這一次，他卻沒有做到。

他已無法做到，因爲他聽到了一聲「喀喇」之聲，然後，他就感覺到自己的身體已經不受自己頭腦的控制了。

他的頭竟然活生生地被田橫扭了下來。

血如泉湧，濺了一地，酒館內的人無不被這血腥的一幕驚呆了。

而田橫的臉上依然帶著酷酷的笑，手臂一振，將手中血肉模糊的頭顱拋向街心。

鮮血灑了一地，染紅了雪白的街面。

當頭顱飛出的時候，正是馬隊經過酒館門口的時候。

這是一種巧合，還是經過了精心測算的佈局？

難道說田橫的目標就是這五六百人的馬隊？

沒有人知道。

「殺人啦！」一聲撕心裂肺般的驚叫響起，酒館內頓時亂成了一片，然而奇怪的是，最先驚叫者，竟然是田橫同桌的人。

「啪……砰……」一桌的酒盞碗盤碎裂於地，然後這一桌的人無不大呼小叫，神色慌張地跑出了酒館，正好擋在了馬隊之前。

「希聿聿……」馬隊中的人與馬都被這突生的變故驚住了，趕緊勒馬駐足，更有幾名軍官模樣的人迎了上去。

「發生了什麼事？」一名軍官坐在馬上，驚問道。

「報……報……報……」一個看似老實巴交的漢子好像渾身打顫，報了半天也沒報出個什麼名堂。

「報你個大頭鬼！」那名軍官氣得一揚鞭，恨不得抽他一記。

他也不耐煩再聽這人的稟報，乾脆點了幾名戰士下馬，隨他一起入店察看。

可是他們剛剛走出兩步，就聽到了一種奇怪的聲音。

對他們這些成天舞刀弄棒的人來說，這聲音其實很熟悉，之所以覺得奇怪，是因爲這聲音本不該出現在這長街之上。

——是刀聲，是刀的鋒銳劈開空氣時所發出的低低銳嘯。

當他們明白過來時，已經有點遲了。

那名軍官只覺腰間一痛，猛然回頭間，眼前竟是那個老實巴交的漢子。

「去死吧！」說這句話的時候，他一點都不結巴，就像他的刀一樣，顯得乾淨利索。

這實在是一件很可怕的事情。

比這更可怕的，是這種刀聲還在繼續響起，以最快的頻率響起。

「有刺客——」直到第三十名騎者倒下，才有人反應過來，驚呼了一聲。

馬隊頓時顯得有些亂，馬嘶亂鳴中，殺氣籠罩了整條長街。

對方只有八個人。

但這八個人就像是八隻無人馭禦的猛虎，刀鋒過處，所向披靡。

但奇怪的是，田橫明明帶了十八位高手來到濟陽，還有十一人呢？

等到田橫這八人衝殺到離大紅軟轎還有七丈距離時，他們突然發現，他們已很難再搶近半步。

因爲在他們的面前，至少橫亙著三十名嚴陣以待的高手，這些人的武功絕不會弱。

來自流雲齋的高手，他們的武功通常都很不錯，雖然田橫的人可以在數百名勇士中間橫衝直闖，卻難以踰越這些人的防線半步。

所以田橫唯有止步！

「你們是什麼人？膽敢這般狂妄，與我西楚大軍爲敵！」寒木的聲音同樣很冷，冷中帶有一股傲意。

這三十人中，爲首者叫寒木，他沒有姓錯，的確冷酷，而他手中的長槍，更是寒氣十足。

「既然與你爲敵，當然就是敵人！」田橫似乎並不急於動手，淡淡笑道：「久聞西楚軍逢敵必勝，所向披靡，今日一見，方知全是狗屁！」

「這也許只是你的錯覺。」寒木銳利的眼芒緊盯住田橫道。

「哦，倒要請教？」田橫渾身沾滿了敵人的血漬，髮髻已亂，披散肩頭，猶如雄獅般挺立敵前，自有一股說不出的剽悍。

寒木冷冷地道：「你不覺得在此之前，你殺的人大多不是你的一招之敵嗎？他們只是戰士，而不是武者，只有在戰場上才能體現出他們真正的價值。當他們遇上你這一類的高手時，他們死得真的很冤，因爲無論他們多麼努力，都難逃一死！」

「明知一死，還要相拚，那麼他們也真的該死了。」田橫冷然而道：「而你們這些自以爲是高手的武者，竟然見死不救，豈非更是該死？」

寒木顯得十分冷靜，並未被田橫的話所激，只是淡淡而道：「我不能離開軟轎七丈之外，這是大王的命令。如果你敢闖入這七丈內，我可以保證，你一定會感到後悔！」

「我不信！」田橫搖搖頭道。

「你可以試一試。」寒木針鋒相對道。

田橫不再說話，只是將手中的長刀緊了一緊，然後大步踏前。

在他的身後，七名隨行的高手緊跟不離，似乎無視寒木的威脅。

寒木只是冷冷地看著他們。

當他們進入了軟轎七丈範圍之內時，寒木才輕描淡寫地揮了揮手道：「殺，殺無赦！」

一場混戰頓時爆發。

這的確是一場與先前迥然不同的戰事，雖然參與的人數銳減，卻顯得更激烈，更火爆，刀來槍往，漫天的殺氣瀰散於熱鬧的長街。

田橫已是高手中的高手，寒木與之相比，似乎也不遑多讓，兩人一出手俱是狠招，三個回合下來，誰也沒有占到什麼便宜。

正因爲雙方的實力旗鼓相當，使得這場混戰愈發精彩，人入局中，忘乎所以。

唯有旁觀者可以看出，田橫一方的行動十分怪異，看似是向前闖進，卻在有意無意間一點一點地在向後退。

寒木當然沒有覺察到這一點，殺得性起時，他的眼中唯有田橫這個強敵。

「痛快！殺得可真痛快！難得遇上你這樣的對手，就讓你我戰個三百回合！」刀來槍往中，田橫仍有餘暇開口說話。

「誰怕誰，我奉陪到底！」寒木長槍一振，幻化出萬千槍影，迎刀而上。

兩人激戰正酣間——

「砰……」突然數聲爆響，在軟轎的四周炸開，雪霧飛揚間，竟然從積雪之下閃出了十一條白影。

十一條白影，十一個人，這豈非正是田橫所帶來的高手？

這其實就是一個算度精確的局，它的成功之處，就在於對距離感的把握上做到了分毫不差。

他們顯然事先對這馬隊的列隊行進有所了解，測算出從馬隊的前端到軟轎的距離，然後他們來到長街，以酒館爲起點，算出軟轎的確切位置後，在這個位置的四周設下埋伏，希望收到突襲的奇效。

這樣的佈局實在巧妙，再經過一些小細節上的安排，就更讓人防不勝防了。
至少，在這一瞬間，無論是寒木，還是其他的高手，都已回救不及。

第十一章　驚蟄行動

末位亭之所以叫末位亭，是因爲它是夜郎西道通往巴蜀的最後一座古亭。

它是夜郎西道九大奇景之一，位於亂石寨過去三十里地的犀牛嶺。一到此亭，將面對十八里下山盤道，居高遠眺，雲層重疊，猶如海潮，有雅士取名曰：末位聽潮。

經過一夜狂奔，天將破曉時分，劉邦、紀空手、龍賡三人趕到了末位亭前的一段密林。三人饒是內力高深之士，經過這番折騰，也是氣息急促，呼吸渾濁，內力似有不繼之感。

當下三人互爲犄角，守住一方岩石打坐調息。三人調息氣脈的方式雖有不同，卻幾乎在同一時間完成了理順內息、調養精氣的過程，相視一笑下，頓感心中舒暢了不少。

劉邦在打坐之時，同時也在觀察著紀空手與龍賡的一舉一動：雖然他們在關鍵時刻救了自己一命，但他們所表現出來的超凡武功仍讓他感到了心驚，並有幾分疑惑。

以劉邦的性情爲人，是絕對不容身邊有不可信任之人存在的，愈是高手，他的心裡就愈是忌憚。他必須讓自己置身於相對安全的狀態下去爭霸天下，所以，他決定不著痕跡地試探一下。

目標是龍賡，劉邦的選擇當然有他自己的道理，一個像龍賡這樣超凡的劍客，絕對不會毫無來歷而橫空出世。

他應該有他的家世、他的師門，只要知道了這些，劉邦就不難查出龍賡真實的身分。

他並不怕龍賡說謊，只要證實了龍賡所說的是謊言，那麼敵我兩分，涇渭分明，他當然可以找到對付龍賡的辦法。

想到這裡，他緩緩地站了起來，整個人隱於林間的暗影處，抬頭看了天邊那一抹始出的紅霞，輕輕歎息了一聲：「看來項羽早已有除我之心，他已經算到了本王一定會赴夜郎之會，所以早早地派人斷我歸路，佈下了這麼一個殺局。」

「這個殺局的確花費了不少人力。」紀空手想到昨夜的一戰，心中猶有餘悸：「難得的是這麼多人湧到夜郎西道上來，還能不漏一點消息。」

「的確如此。」劉邦心裡也感到有幾分駭然，緩緩而道：「此時天下形勢漸趨微妙，強敵無處不在，本王只要一步踏錯，就是萬劫不復之局，唉……有時候本王真是覺得好累好累！」

他的臉上閃現出一絲倦意，毫不作僞，顯是心境的真實寫照。

「奇怪的是，昨夜的那一戰既是項羽早就佈下的殺局，他必然會全力以赴，精英盡出，因爲他不會看不到真正能與之一爭天下的人唯有漢王。然而，事實好像並非如此，雖然我們遇上了不少兇險，卻並沒有看到真正一流好手的出現！」紀空手皺了皺眉道。

劉邦驀然一驚道：「這顯然不是項羽的行事風格。」

紀空手道：「如果說昨夜七石鎮出現的人馬是項羽派來的人的全部，他們絕不會眼睜睜看著我們突圍而去卻無動於衷，必定緊追不捨，算算時間，也該到了，可是——你看！」

他望了望身後，看到的是乍明猶暗的景色，聽到的是風過密林發出的清嘯，根本就不見有什麼追兵。

「也許他們的任務就是阻斷我們的退路，而在我們的前方，才是他們真正高手出現的地點。看來，要想闖過去，我們還將有一場惡戰要拚！」紀空手的推斷不無道理，劉邦乍聽之下，也認定這種情況發生的可能性極大。

「可是，假若他們真的有一幫高手存在，爲什麼不在七石鎭時就向我們發動攻擊呢？」龍賡提出了自己的見解。

這的確是個難以解答的問題。

誰都懂得，集中優勢兵力攻敵，必可穩操勝券。如果紀空手的推斷正確，那麼這些敵人不是無知，就是瘋了。放棄兵力的優勢，卻兵分兩路圍殲他們，實在讓人不可思議。

然而，紀空手沈吟片刻，突然問道：「如果我沒有記錯，當日隨同習泗在萬金閣出現的人中，有八位高深莫測的老人。我久居夜郎偏荒之地，雖然不能知道他們的確切身分，卻看出他們絕對是一流的高手。」

劉邦的眼睛陡然一亮道：「對，的確有這八人的存在，一臉孤傲，拒人於千里之外的樣子，看來派頭著實不小。」

紀空手微微一笑道：「流雲齋身爲江湖一大豪門，雄踞江湖已有百年歷史，門下高手如雲，就連一些歸隱的高手，沒有一百，也有八十，這八個人會不會就列在其中呢？」

劉邦點頭道：「此時正是用人之際，不排除項羽會請出一些已經歸隱多年的前輩高人來助他爭霸天下，而且如果這八個人真是狙擊我們的主力的話，那麼他們不在七石鎮動手也就有了合理的解釋。」

龍賡心中一動，道：「這倒要請教漢王了。」

劉邦道：「這八個人既然是項羽請出的前輩高人，就必然武功高深，非常自負。他們當然不會將我們這些江湖後進放在眼中，而且，有四個字，鐵定了他們不可能與華艾一夥聯手對付我們。」

「哪四個字？」龍賡問道。

「自重身分。」劉邦微微一笑道：「這些前輩高人從來都是將自己的名譽看得比性命還重，如果讓他們與華艾聯手，就算殺得了我們，消息傳將出去，他們又怎能立足於江湖？」

龍賡的心情並未因此而輕鬆，反而沈重起來：「這八人既然如此厲害，我們又怎能從他們的手下逃生呢？」

劉邦想通了其中的關節，整個人彷彿變了個人似的，精神了許多，拍了拍龍賡的肩道：「正因爲他們自負，我們才有機會。何況前輩也好，高人也好，兩軍對壘，都是狗屁，沒有強大的實力，他們就什麼也不是。」

劉邦深深地看了龍賡一眼，笑了笑道：「如果讓本王選擇，我寧可與他們這些前輩高人爲敵，也不願意成爲你的對手。如果本王的眼力不差，天下劍客排名，你當在前十之列。」

龍賡心裡「咯噔」了一下，弄不清楚劉邦何以會這麼說話。但他的臉色絲毫不變，顯得十分鎮定地道：「漢王過獎了，本人劍法，哪堪入高人法眼？不提也罷。」

「本王絕非刻意奉承，因爲本王所用的兵器也是劍，雖然藝業不精，但卻能看出你在劍道上不凡的成就。」劉邦的眼芒中閃出一股銳利的東西，似笑非笑。

龍賡淡淡一笑道：「漢王如此推崇，倒讓我汗顏了。」

劉邦沈吟了片刻，抬頭望向天空，正當龍賡與紀空手認爲他又想到什麼事情上時，卻聽劉邦猛然盯住龍賡道：「你究竟是誰？何以本王從來不知道江湖上還有你這麼一號人物？」

龍賡的神經陡然一緊，但臉上的神情依然如舊，淡淡而道：「我已經說過了，我就是我，何需裝成別人？若是漢王對我心存疑意，我可以走！」

他說完此話，人已霍然站起。

紀空手心裡明白，這是龍賡所施的欲擒故縱之計。事實上，紀空手故意讓龍賡保持身分的神祕，就是爲使劉邦懷疑，以吸引劉邦的注意力，從而使自己處於一種相對安全的狀態。

既然龍賡已經開始了自己的表演，紀空手覺得該是自己配合他的表演的時候了。

「如果你還是我的朋友，就不能走，因爲我需要得到你的幫助。」紀空手攔住了龍賡，沈聲說道。

龍賡淡淡一笑道：「我一直把你當成是我最好的朋友，士爲知己者死，爲了你，我連死都不怕，又怎會輕言離去呢？可是，漢王卻不是我的朋友，我更不能忍受一個不是朋友的人對我這般侮辱。換在平時，我也許已經拔劍以捍衛我自己的尊嚴，而此時此刻，又在你的面前，我只能選擇走。」

他在說這些話的時候，並不像是在演戲，而更像是發自肺腑。因爲，他的確是將紀空手當作了自己最好的朋友。

劉邦看在眼裡，冷然一笑道：「你如果真的把陳爺當作是你的朋友，就更不能走！既然你連死都不怕，又何必在乎本王的這幾句話呢？」

龍賡渾身一震，緩緩回頭，銳利的目光如鋒刃般刺向劉邦的臉，道：「你說得對，我不能走，我既問心無愧，又何必在乎你這幾句話呢？」

劉邦這才微微笑道：「能屈能伸者，方為大丈夫。說實話，本王很欣賞你，正因為如此，本王才想知道一些你的底細。」

他拱手作了個長揖道：「這都是本王愛才心切，才會在言語上有所得罪，龍公子乃大度之人，還請恕罪。」

龍賡看了他一眼，搖搖頭道：「為人君者，當知用人之道，所謂疑人不用，用人不疑，龍某既然為漢王所疑忌，又焉能再在漢王左右？」

劉邦的臉上頓現尷尬之色，道：「本王只是無心之失，倘若龍公子不能見諒，本王只有在你的面前請罪了。」

他說著話，人已作勢向前欲跪，龍賡與紀空手趕忙搶上，扶住他道：「漢王何須如此？」

「若不如此，只怕龍公子是不肯原諒本王了。」劉邦苦笑著道。

他此話一出，心中彷彿靈光乍現，突然悟到，假若龍賡真是敵人，昨夜一戰，就根本不會相救自己。如果說這還不足以釋疑，那麼此時此刻，由龍賡與陳平聯手，只怕自己也難有活命之機。

「看來，我的疑心的確太重了。」劉邦不由得在心裡暗自對著自己道。

不知為什麼，自從到了夜郎之後，劉邦的心頭便有一股不祥之兆，這讓他總是心神不定，疑神疑鬼，像這種簡單的思維上的錯誤，換在平時，他是不可能犯的。他只能將這一切歸於自己神經緊張。

龍賡忙道：「漢王何需這般自責呢？換作我處於漢王的位置，也必會小心謹慎。」

他與紀空手擁著劉邦坐下，這才緩緩而道：「其實漢王之所以從未聽說過我的名字，是因為我這是第一次踏入江湖，若非陳兄誠心相邀，我只怕依然還在山林中逍遙，又何必為這凡間俗務而煩心？」

紀空手與龍賡早已設計了一套對付劉邦的說辭，這時點頭道：「的確如此，當時棋王大賽開賽在即，若無龍兄這等高手的壓陣，憑我陳家這點實力，要想保證棋賽順利進行尤為困難，所以我才會遠赴大理，將之請出。」

「龍公子原是大理人氏？」劉邦素知大理處在夜郎以西，是個富饒美麗的地方，山川靈秀，是歸隱的絕佳去處。

龍賡搖了搖頭道：「我在大理也不過十數年，只因避禍，才舉家遷到那裡，其實我也是大秦子民，自小生在巴蜀。」

「避禍？避什麼禍？」劉邦奇道。

「當年家父乃始皇派往巴郡的文武將軍，治理巴郡足有七年之久。正因如此，所以才得以與夜郎陳家結下深厚的交情。」龍賡若有所思，緩緩而道：「家父這一生中，為人仗義，愛交朋友，是個重性重義的真漢子，又有一定的才情，在巴郡一帶有著良好的口碑。可惜的是，他有一個致命的弱點，就是好賭，不僅愛賭，而且最喜豪賭，所以常常賭得一文不剩，欠下了一身債務。」

劉邦不免有些詫異地道：「就算他喜歡豪賭，以他文武將軍的身分，也不至於有多少虧空啊？怎麼會欠下債務呢？」

龍賡苦笑道：「別人做官，是爲了撈錢，家父做官，則是老老實實地做人，所以在任七年，並沒有積攢下多少錢財。不過，他雖然不搜刮百姓，膽量卻大得出奇，仗著他與夜郎陳家的關係，開始販賣起銅鐵。」

劉邦驚道：「這在當年始皇期間，可是死罪！」

「誰說不是呢？」龍賡淡淡而道：「這買賣做了不過半年，便有人告上朝廷。始皇大怒，便派人緝拿家父進京，家父一看勢頭不對，乾脆棄官不做，遠走高飛，這才遷到大理國去。」

「這麼說來，你的劍法竟是出自家傳？」劉邦猶豫了片刻，還是問道。

龍賡淡淡一笑道：「家父對賭術一道，尚且不精，更遑論劍道上的成就。只是我當年拜師之時，曾經發下毒誓，絕不向任何人洩露師門消息，所以還請漢王體諒一二，恕我不能說出。」

劉邦微微笑道：「原來如此，看來確是本王多心了。」

龍賡與紀空手相視一眼，道：「如今我們身在險地，前有高手攔截，後有追兵，形勢十分嚴峻，漢王要考慮的，應該是如何面對強敵，而不是疑神疑鬼，否則，這夜郎西道便是你我的葬身之地。」

劉邦的臉上流露出一絲非常自信的笑意，道：「經過了昨夜的一戰，我想，無論前面的敵人有多麼強大，都難以應付你我三人的聯手攻擊。對於這一點，本王充滿信心。」

他顯得是那般意氣風發，又顯得很是胸有成竹。看他此刻的樣子，顯然是忘記了昨夜那生死懸於一線的時刻。

當時若非紀空手與龍賡及時出手，一代漢王也許就從此消失在這個世界上了，如此深刻的痛，劉邦怎能說忘就忘呢？

面對劉邦剛毅自信的表情，紀空手幾乎不敢相信自己的眼睛，心裡猛地「咯噔」了一下，突然覺察到了劉邦的良苦用心。

那就是昨夜的一戰，劉邦根本就未盡全力，他將自己置身於險地，無非是想進一步試探紀空手與龍賡。這樣一來，既可以試出這兩人的忠心，亦可以繼續深藏自己的實力，顯示出劉邦超乎常人的心計。

防人之心不可無，這是劉邦做人的原則。他更明白，站在自己背後的朋友，遠比面對千萬個敵人要可怕得多，這已是屢試不爽的真理。

◆

十六人抬的軟轎，就像是一間可以活動的房子，顯得大而氣派，轎外一切豪華的裝飾顯出了轎中人高貴不凡的氣質。

轎中的人是誰？

田橫率領齊軍中最精銳的十八勇士趕赴濟陽，執行的又是一項什麼任務？

沒有人可以回答，因爲那厚厚的布帷已將軟轎隔斷成兩個世界，布帷不開，這答案似乎就無法公示人前。

但殺氣漫天的空氣中，流動著一股淡淡的花香，讓人在詭異之中彷彿看到了一點玄機。

「希聿聿……」馬群驚嘶，蹄聲亂響，當十一道白影驚現於軟轎四周時，一切顯得那麼突兀，沒有絲毫的先兆出現。

十一道白影，十一道寒光，就像是十一道破空的閃電，分呈十一個角度刺入軟轎。

寒木大驚，他身邊的高手無不失色。他們非常清楚這轎中的分量，更記得臨行之前的那道命令：「你們的職責就是保護轎中之人順利平安地抵達城陽軍營，若有半點差池，你們死不足惜，只怕還要連累九族的存亡！」

可惜的是，他們離軟轎最近者也在七丈之外，縱有回救之心，已是不及。

田橫的臉上不自禁地露出了一絲得意的笑意。

然而這笑是短暫的，甚至於只存在了一瞬的時間，就僵在了臉上。

他的眼中湧現的，是一種不可思議的表情，就好像看到了一件不可思議的事情。

就在十一道寒芒驟起的剎那，那包在轎外的布帷動了一動。

的確是動了一動，動得很快，就像是一道狂飆自轎中生起，帶動布帷向四周疾捲。

「呼啦啦……」布帷在掠動中淹沒了那十一道寒芒，氣流急旋間，「轟……」地一聲，布帷如一只膨脹的氣球陡然爆裂。

整塊布帷裂成碎片，如碎石飛射，帶動起地面的積雪，瀰散了整個空際。

喧囂零亂的空中，橫空降下無盡的壓力。

「呀……」慘叫聲驟然而起，那十一道白影如狂飆直進，卻在剎那之間猶如斷線的風箏向後跌飛。

這一切的變化，只因爲一隻手。

一隻如枯藤老樹的大手，伸出軟轎之外，如拈花般握著一柄刀。

是一柄刀，像新月，帶著一種玄妙的弧度，如地上的雪一樣瑩亮。

田橫霍然心驚，因爲他的眼力一向不差，所以十分清晰地看到了這把刀出手時的整個變化。

好快、好冷，而且狠！一出手竟然擊退了十一名高手的如潮攻勢。

雖然這把刀勝在突然，但單憑這個「快」字，田橫自問自己就無法辦到。

「小心！」有人驚呼。

田橫驀感一股殺氣向自己的左肋部襲來，身形一扭間，竟然置之不顧，飛身向軟轎撲去。

人在半空中，他發出一聲驚雷般的暴喝，手中的長刀直切向那只握刀的手。

「叮……」手未斷，更無血，那只握刀的手只是縮了一縮，以刀柄擋住了田橫這勢在必得的一刀。

寒木怒叱一聲，已然跟進。

田橫卻已飄然退在了三丈之外，在他的身邊，十八名勇士迅速將他圍在中間。

「好刀！」軟轎中的人輕輕讚了一句。

此話一出，田橫怔了一下，他怎麼也沒有料到擁有這樣一隻又老又醜的大手的人竟然會有如此動聽的嗓音。

這聲音軟糯動人，有如夜鶯，乍一聽，彷彿是二八少女的聲調。

「你是誰？」田橫心中有幾分詫異。

「你又是誰？」轎中人不答反問。

「我只是一個好客的人，想請轎中的人跟我走上一趟。但憑我的直覺，我所請的客人絕不是你。」田橫微微一笑，雖然他置身於數百強敵的包圍之中，卻十分鎮定，果然有大將之風。

「哦，你怎知道這個客人就不會是我？我豈非也是這轎中之人？」轎中的人輕輕一笑，並不急於翻臉動手。

「因爲我所請之人，乃是一位絕世佳麗。她貴爲王妃，深受項羽寵愛，據說項羽三日不見她一面，便食不知味。此次城陽之行，她便是應召趕赴軍營與項羽相會。像這樣一個能令一代霸王如此著迷的尤物，又怎會長出你這一隻讓人噁心的手呢？」田橫淡淡一笑，極盡刻薄之言，刺了這轎中人一句。

田橫行事，一向不屑於施用這等伎倆，實是此刻形勢緊急，要想成功脫逃出敵人的包圍，就唯有搶先制服轎中的王妃，讓對方投鼠忌器，而要想完成這個計畫，首先，田橫就必須將眼前這位用刀的高手制服。

這是一個非常艱鉅的任務，對田橫來說，至少如此，因爲他已經看出這位用刀高手的武功絕不在自己之下。他唯一的機會，就是激怒對方，然後在趁其不備的情況下動手。

而他口中所說的這位「王妃」，是否就是整形成虞姬的卓小圓呢？從種種跡象來看，這種可能性極大，但是不到轎門開啓的一刻，誰也無法斷定。

對方顯然被田橫的話所激怒，冷哼一聲，道：「敢這樣對我老婆子說話的人，我已經很久沒有見到過了。在我動手之前，爲了讓你死個明白，我也不妨告訴你我到底是誰！」

她頓了一頓，這才一字一句地道：「我就是人稱『白髮紅顏』的林雀兒，別忘了，免得你變成鬼後找人索命，把人找錯了。」

田橫的眉間一緊，心中大駭，他雖然是齊軍中的大將軍，但對江湖上的厲害人物也並不陌生，如果說要在天下間中找出十個最可怕的人物，林雀兒絕對名列其中。

據說在四十年前，林雀兒也算得上江湖中的一大美人，爲了一段情孽，她一夜白頭，才被江湖人以「白髮紅顏」相稱。從此之後，她斬斷情絲，歸隱山林，直到十年前重出江湖，刀術之精，已罕有敵手，更可怕的是她的性情大變，出手毒辣，曾經在一天之內連殺仇家十九人，其中就包括那位負心的男子。

女人本就難纏，像林雀兒這種性情怪異、武功極高的女人，不僅難纏，而且可怕，所以田橫一聞其名，頓感頭大。

然而無論林雀兒多麼可怕，田橫都必須面對，他現在需要的，只是一個出手的時機。

「白髮紅顏？」田橫哂然一笑，滿臉不屑地道：「我好怕，一個像你這樣的老太婆還敢自稱什麼紅顏美人，恐怕這世上再也找不到像你這樣臉皮厚的女人了。」

「可惡——」田橫的話還未落，便聽得林雀兒怒叱一聲。

「轟……」轎廂爆裂，碎木橫飛四濺，一條如妖魅般的身影破空而出。

田橫不得不承認，眼前這女人的確長得很美，如果不是事先知道其年齡，田橫必會把她當作風韻猶存的半老徐娘。

他忽然間明白了林雀兒何以一夜白頭的原因。

一個像林雀兒這樣美麗的女人，又怎能不自負呢？當她自以為可以征服一切男人的時候，卻被一個男人無情地甩了，而去另尋新歡，她當然不能接受這樣的事實。

然而此時此刻，既不容田橫心生感慨，更不容他再去細想，他只能暴喝一聲，揮刀迎上。

田橫雖不常在江湖走動，但他的刀在江湖中一向有名，他沒有必要害怕任何一位高手。

「叮……」雙刀在空中的某一點交擊，一錯而開，倏分即合，兩人在瞬息之間便互攻三招。

林雀兒心生幾分詫異，似乎沒有料到田橫的刀術也有幾分火候。

更讓她感到驚奇的是，田橫三招一過，突然向後滑退，整個身體就像一條靈蛇，退得是那般詭祕。

「想退？沒門！」林雀兒當然不會讓田橫輕易而退，她這一生何曾受過別人這般侮辱？在心裡已將田橫恨之入骨。

便在這時，寒木沒有再猶豫，大手一揮，指揮著數十名高手對敵人展開了近距離的攻擊。

一場混戰已在所難免。

田横不驚反喜，他想要的就是這個亂局，只有這樣，他才有衝進軟轎的機會。

他在動手之前，就已經盤算好了整個計畫的可能性，並且作了針對性極強的佈置，所以場面雖亂，卻一直在他的控制範圍。

雖然林雀兒的出現是一個意外，但對田橫來說，這種困難也在他的考慮範圍之內。是以，他並沒有因此而亂了陣腳，依然是照著計畫而行。

但戰鬥的殘酷遠比他想像中的可怕，刀光劍影中，伴著一陣陣慘呼，一排一排的人影隨之倒下，其中就包括了田橫所帶來的精英。

雷戈鬥得興起，以一敵五，絲毫不亂，就在他橫刀連殺數名強敵之際，突覺背後一道殺氣襲來。

雷戈沒有躲閃，那一槍結結實實地刺在了他的背心之上，但偷襲者陡然發現，那背心上沒有血，槍尖更沒有進入到雷戈的體內。

因爲有一隻有力的大手正將槍尖牢牢緊握，懸於空中。

那是雷戈的手，他用一種最簡單的方式，就在槍尖刺入他背心前的那一刹那，非常巧妙地抓住了槍尖。

那偷襲者爲之一愣，驟然感到一股如火炭般的熱力自槍身傳來，令他無法把握長槍。在他一鬆手的刹那，猛聽得雷戈大喊一聲，陡然發力，槍身竟如箭矢倒插在偷襲者的胸膛。

鮮血濺了田横一臉，並沒有擾亂他的視線，濃濃的血腥猶如一劑催發激情的靈藥，令他的精神爲之亢奮，整個人愈發冷靜。

林雀兒的刀很怪，總是帶著一定的弧度，以意想不到的角度出手。她的刀術十分的高深，指東打西，不僅與田橫為敵，甚至還有閒暇向其他人偷襲，顯出其不凡的功底。

但是林雀兒愈是這般自負狂妄，田橫就愈是意識到了自己的機會就要來了。他的每一個動作看似都已盡了全力，卻一點一點地提聚著自己的內力，充盈著握刀的掌心。

「就憑你這點三腳貓的功夫，也想挾持王妃？你也太自不量力了吧！看看你的身後，你所帶來的勇士正一個個像枯樹般倒下，馬上就該輪到你了。」林雀兒的聲音依然嫵媚，但聲調中所挾帶的殺氣，遠比冰雪更寒。

「仗著人多，算哪門子本事？你若有種，不妨單挑。」田橫讓過林雀兒斜劈而來的一刀，又退一步。

「和老娘單挑？哈哈哈……」林雀兒不由大笑起來，道：「你難道沒看見老娘現在一個人正與你們這些猴崽子周旋嗎？」

她笑得花枝招展，笑得眉開嘴咧，但這笑就像是一束曇花，只開一瞬。因為就在這時，田橫腳步一錯，旋身出刀。

田橫這一刀殺出，無論是力道還是速度，都比之先前的刀式高明了幾倍。更讓林雀兒感到吃驚的是，那吞吐不定的刀式乍出空中，變成純青之色。

修練刀道者，刀練到某種程度，始有刀氣產生。刀氣練至精純，方呈青色，所以青芒已是刀氣中比較高深的修為，劍亦同理。田橫刀生青芒，顯然已經出乎林雀兒的意料之外。

「咦，原來你還真是個深藏不露的高手，怪不得如此狂妄，好！待老娘打起精神領教你的高招！」林雀兒戰意大增，一臉凝重，手中的刀幻化成一抹淒豔的光雲，緩緩地向前推出。

極緩極緩的動作，彷彿如蝸牛爬行，但刀身的光澤在不斷地變化著顏色，似乎帶著一種玄奇邪異的魔力，一點一點地擠壓著這本已沈悶的虛空。

田橫只覺得空氣愈來愈沈悶，壓力如山般迫至，就像是陷身於一塊鬆軟腐爛的泥沼中，使他舉步維艱，呼吸不暢。

但是他的刀依然極速，迅如閃電。

快與慢之間，在這段空間裡幾無區別。

無論是田橫，還是林雀兒，心中都十分明白，速度在這一刻已不重要，無論是刀快，還是刀慢，它們最終都要構成一個交叉點。

「轟……」兩股勁氣悍然撞擊一點，爆發出一聲沈悶無比的勁響。

雪粒飛散間，林雀兒倒退了三步，胸口起伏不定，定睛看時，田橫竟然不見了，消失在她的視線範圍之內。

田橫去了哪裡？這是林雀兒心中的第一個念頭，瞬息過後，她霍然色變！

田橫既然不在她的視線之內，當然就在視線之外，而林雀兒視覺上的盲點，就只有她身後的空間。

她的身後，便是那十六人所抬的精美軟轎。

這才是田橫真正的目標所在！

對於田橫來說，雖然他早有準備，但面對林雀兒這樣的高手，他的氣血還是被震得上下翻湧，不能抑制，嘴角邊甚至滲出了一縷血絲，但他絲毫沒有猶豫，借著林雀兒強勢的勁氣向上一翻，騰上半空，然後俯衝向那數丈之外的轎頂。

人與刀形成一道筆直的線，就像是一隻潛水而入的魚鷹般劃過空間……

那少了布帷的軟轎十分靜寂，依然不能從外面看到轎中的動靜，這使得靜寂的軟轎依然透著幾分神祕。

十六人抬的大轎，這轎中的空間一定不小，這麼大的空間裡，是否還隱藏著像林雀兒這樣的高手呢？

田橫沒有想，也不敢想，他只知道，這是他今天的最後一次機會，就像是孤注一擲的豪賭，他已將自己這一方人的生命全部壓在了這一刀上。

一旦失敗，他只有接受全軍覆滅的命運。

◆

山風依然呼嘯於林間，天空中的鷹隼卻在山風中盤旋。

大山中的鷹隼，是最兇猛的飛禽，它的每一次盤旋，都是用其鋒銳的目光追索著自己利爪下的獵物。

牠們一次次地起飛，一次次地盤旋，卻半天不敢下落，那只因爲地面上有人。

在這靜寂的大山中，在這靜寂的黎明，雲霧淡淡地縈繞在末位亭的亭頂，而在亭內，的確有人靜坐其中。

八九個人，或站或坐，圍在一張石桌上，眼中緊盯著桌上攤下的一盤玲瓏棋局。山風吹過，並沒有讓他們有任何的動靜，但這一切寧靜掩飾不了那股潛在的殺機，更淡化不了那流動於空中的殺氣，已經與這段空間融合成了一個整體。

一輪暖日斜出，趕不走這山中的寒意。亭中的人，絲毫不覺得這靜中的寂寞，反而顯得悠然自得，很有耐心。

他們似乎在等待著什麼。

眼見日頭從雲層中躍出，他們中的一人終於開口了：「莫非他們已經不能來了？」

說話者是習泗，他是項羽派往夜郎參賽的棋王。當他目睹了陳平與卞白的那盤棋之後，他唯一的選擇，就是棄權而去。

他之所以這麼做，一來是他毫無勝機，與其徒勞掙扎，坐望失敗，不如瀟灑而退；二來他雖然嗜棋如命，卻明白棋局中的東西都是虛幻的，只要有實力，有頭腦，在棋局裡面得不到的東西，往往可以在棋局之外找到，關鍵是人不能總是吊死在一棵樹上。

他想通了這一點，就立即去做，所以他與隨行的八位老人很早就到了末位亭。就算房衛贏了陳平，得到了銅鐵貿易權，他們也很難活著回到巴蜀。

只要沒有活人得到這銅鐵貿易權，那麼習泗這棋是輸是贏都不重要，他至少可以達到自己的目的。

所以習泗他們把末位亭這一戰看得很重，只能贏，不能輸，否則，他們就別想回到西楚。

「什麼意思？」其中一位老者似乎並不明白習泗話中的含意。

「不能來的意思，只有一種，那就是他們已經死了。經過七石鎮一戰，他們已全軍覆滅。」習泗淡淡一笑道。

那老者顯然是這八位老者中的首領，姓于名岳，換在二十年前，可是江湖上響噹噹的一號人物。

通常像這樣的名人，都非常自負，他們最愛說的一句口頭禪，就是「想當年……」藉此來證明他們輝煌的過去。而他們最大的通病，就是瞧不起那些新近崛起江湖的後生晚輩。

「你也許太高估了華艾的實力，那些人的武功究竟如何，老夫不太了解，但老夫相信閥主的眼光，若是連華艾都能將那些人擺平，閥主請我們這些老傢伙出山，豈非是多此一舉？」于岳顯然對華艾的實力有所懷疑，這並非表示他就目空一切，事實上當他看到項羽的時候，他往往就像一隻見了貓的老鼠，不僅害怕，而且自卑。

「于老說的也有道理。」習泗深知這些老人的德性，趕忙附和道。

于岳很滿意習泗對自己的態度，神色稍緩道：「其實，並非老夫瞧不起華艾，而是江湖之大，天外有天，真正的高手，即使是人數上占著劣勢，也能憑著自己的經驗扭轉戰局，從而一戰勝之，所以對付敵人，貴在精而不在多，要想置敵於死地，還得靠我們這群老傢伙。」

「不過，如果那些人闖過了七石鎮，按理來說，這麼長的時間過去了，他們也應該來了，怎麼到現在還不見他們的動靜呢？」習泗猶豫了一下，還是提出了自己的疑問。
于岳怔了一怔，眉頭一皺道：「也許他們是發現我們守在末位亭，心裡怕了，從別處改道而去。」
習泗搖了搖頭道：「從夜郎到巴蜀，自古只有一條道，否則，我們又何必在這裡死等下去呢？他們若真是闖過了華艾的那一關，就肯定要通過末位亭，這是毋庸置疑的。」
于岳剛要開口說話，忽然耳根一動，似乎聽到了一串風鈴聲。
這是一串極有韻律的風鈴聲，時隱時現，似乎還在很遠的地方傳來。
當于岳再一次非常清晰地聽到這種聲音時，它正伴著得得的馬蹄聲而來，愈來愈近，不多時，便見一匹駿馬慢悠悠地沿著山道映入眾人的眼簾之中。
「終於來了。」習泗一臉凝重地道。
于岳的眉鋒一跳，有些詫異地道：「怎麼只有一人？」
「而且是一個絕對陌生的人！」習泗的眼裡充滿著幾分詫異和好奇，雖然他不認識對方，卻相信此人的出現一定與劉邦有關。
繫在馬頸上的風鈴在動，風鈴之聲也愈來愈近，「希聿聿……」當這匹馬距離末位亭尚有十丈距離時，馬的主人似乎感受到了來自前方的殺氣，一勒繮繩，駿馬長嘯一聲，終於立定。
山風依舊在呼嘯著打旋，掀起一路的沙塵瀰散在這略顯乾燥的空間。
馬的主人將手緊緊地插在披風之中，一頂帽子緊扣頭上，當帽子微微上抬時，一雙凌厲中充滿殺意的眼睛若夜空中的星辰出現在眾人的眼際。

習泗與于岳相視一眼，無不感到了一股發自內心的寒意。

來人是誰？他與劉邦會是一種怎樣的關係？

無論習泗，還是于岳，他們認定來人與劉邦頗有淵源的原因，是因爲在這段時間裡，不可能有任何外人經過這段路徑。

所以九個人，九雙不同的眼睛，同時將目光聚集在來人的身上。

那石桌上的玲瓏棋局，只不過是一種擺設。

「劉邦是死是活？他的人會在哪裡？」習泗的心裡老是在想著這個問題，眼前的這種場面顯然大大超出了他自己的想像。

在于岳的示意下，有三名老者踏出了古亭，一步一步地向來人逼進。

他們的步子不大，頻率極緩，但一起一落之間，卻極富氣勢。

當他們與呼嘯而過的山風融爲一體時，更有一種讓人心中引發震撼般的肅殺。

那坐在馬背上的人，任由山風吹動，衣袂飄飄。當這三名老者逼近五丈距離時，他才緩緩地伸出一隻修長而有力的大手。

這大手是一隻握劍的手，它的出現，彷彿就是天生爲握劍而生的。五指修長，爲的是能夠更好的把握劍柄：強烈的力感，可以讓手中的劍變成真正的殺人銳器。

然而這只大手沒有拔劍，只是用一種極爲優雅的方式摘下帽子，甩入空中，然後顯露出一張高傲而冷漠的臉，臉的輪廓分明，表達出一種張揚的個性，就像一把未出鞘的劍，鋒芒內斂也掩飾不了那股刻在骨子裡的剛強。

他正是龍賡，一位孤傲而自信的劍客，無論他在哪裡出現，總能給人一種鶴立雞群的感覺，非常清晰地印入每一個人的意識之中。

「你們在等我？」龍賡冷冷地打量著橫在眼前的三位老者，眼睛的餘光卻盯著穩坐古亭的習泗。那三位老者沒有開口，只是相互望了一眼，同時將大手伸向了腰間。

「他們是刀客，真正的刀客。」習泗微微一笑，替那三位老者開口道：「他們說話的方式不是用嘴，而是用刀，所以他們不可能回答你的任何問題。」

「他們不能回答，你呢？你又喜歡用什麼方式說話？」龍賡的臉就像一塊堅硬的岩石，絲毫不見有任何的表情。

「我是個不喜歡暴力的人，當然是用嘴來說話。我之所以沒有回答你的問題，只是因為我不知道你是否就是我們要等的那個人。」習泗伸手捏住了一顆黑色的棋子，細細地在手上把玩著。黑色的棋子在他的手中，就像一個有生命的精靈，跳動著美的音符。

「你既然不知道我是否是你們要等的人，還是讓人攔住我的去路，這種行徑未免太霸道了吧？」龍賡看著習泗手中把玩的棋子，突然想到，如果這棋子是精鋼所鑄，那倒不失為上佳的暗器，其威力之大，應該不會在鐵藜蒺、鐵菩提這等暗器之下。

「在這個世上，霸道一點也未嘗不可，關鍵在於有沒有這個實力。對於有實力的強者來說，霸道的作風本身就是一種震懾，更要有天下王者捨我其誰的霸氣。」習泗淡淡笑道，不知為什麼，他想到了項羽。項羽以「西楚霸王」自居，一個「霸」字，已經涵括了項羽的一切特質。

龍賡微一點頭道：「你說的一點也沒錯，承蒙提醒，看來，我的確應該對你們霸道一點。」

他儼然以王者自居，是想激怒對手，然而不可否認的是，就劍道而言，他縱算不上王者，亦是大師級人物，所以他的手一按在腰間的劍柄上時，整個人已具王者風範。

這種王者之風，是一種與生俱來的氣質，是別人無法刻意模仿得來的。它總是在不經意間自然而然地湧出，完全已融入了人的血液之中。

習泗吃了一驚，于岳也吃了一驚。那些老者都是曾經叱吒風雲的人物，可是面對龍賡，他們的心裡彷佛多出了一股不可排洩的壓抑。

習泗深深地吸了一口氣，淡然而道：「不知者無罪，你敢這般狂妄，只能說明你很無知。站在你面前的每一個人，都是江湖中的高手，武林的中堅，如果你聽到了他們的名字，想必就會有所收斂了。」

龍賡的臉上露出一絲淡淡的笑意，眉間極具張狂之氣，道：「我不否認你說的都是事實，不過，我也得提醒你一句，這是一個變化極速的亂世，你們曾經也許是風雲一時的人物，曾經名動江湖，但也僅僅是曾經而已。而當今這個年代，已經不屬於你們了，所以你們的出現，只能是一個錯誤。」

這的確是狂妄之極的措詞，縱是再有涵養的人，也不可能忍受這種侮辱。

「一個錯誤？是你的，還是我們的？」習泗冷然一笑道：「我們也許真的老了，但那也僅是年齡，而不是我們手中的刀槍！」

「那我倒要請教請教。」龍賡一臉不屑地道：「請問各位是一個一個地上，還是一齊來？」

于岳已是忍無可忍，暴喝一聲道：「對付你們這種無名小卒，何須興師動眾？來來來，讓老夫來領教你的高招！」

他的話一出口，便見龍賡的臉上露出一絲不易察覺的微笑，就像是一個獵手看著獵物鑽進自己設下的陷阱，有一種得意的感覺。

「好，既然你有心，我又豈能讓你失望？」龍賡翻身下馬，如閒庭信步，向前邁出了三步，似乎害怕于岳反悔。

于岳已起殺心，冷然一哼，手腕在空中一翻，已然多出了一柄大銅錘。

在江湖上，以銅錘為兵器的人並不少見，但真正能夠躋身於一流行列的，卻並不多，于岳無疑是其中之一。

他的銅錘重達七十八斤，若沒有天生的臂力，是很難將之揮灑自如的，可見于岳絕非浪得虛名。

龍賡看著于岳一步一步逼近，不敢有半點小視之心，雖然他的外表極度藐視對手，但內心深知，像于岳這種上一輩的高手，單是閱歷之豐以及臨場應變就遠勝自己，稍有不慎，就有可能敗於他手，所以，他唯有冷靜以對。

他的人已經來了，劉邦呢？他和紀空手又去了哪裡？

就算他們三人聯手，也很難是習泗等人的對手，而今，卻只有龍賡一人現身，難道說他們另有圖謀？

第十二章　悲喜由心

「呼……」田橫這幾近全力的一刀，終於劈入了那靜寂的軟轎之中。

他的心中不由一陣狂喜，更為自己選擇時機的準確感到得意，可是他萬萬沒有料到的是，他這一刀劈出，卻劈在了一片金屬之上。

「叮……」猶如驚雷的巨響震得人頭腦發暈，耳膜出血，田橫的手臂更被自己的大力反彈回來，神經為之麻木，長刀幾欲脫手。

由喜到悲，只不過是一瞬的時間，田橫的心境經歷了這種大起大落，反而更加冷靜。

他霍然明白，為何這頂軟轎會由十六條大漢來抬？

這只因為軟轎竟然是以鐵木所鑄，除了門和窗之外，敵人根本不可能從其他方向攻入。

田橫的心裡生出一股近乎絕望的情緒。

他寄予厚望的一刀竟然徒勞無功，這使得他把自己置身於一個更加兇險的境地。

唯一的補救辦法，就是重新提聚內力，再從門窗殺入。

可是，這一切都已遲了。

兩條人影一晃，林雀兒與寒木已經守在了軟轎的門窗口上。

「呀……」幾聲慘叫傳來，田橫心中一凜，知道又有幾名手下慘死於敵人的亂刀之下。

他的心裡輕歎一聲，不得不承認自己精心籌劃了半月之久的計畫以失敗而告終。不僅如此，他還要為自己的生存而戰鬥，去掙扎。

直到此刻，他才真正感到了對手的可怕。

他發出了一聲呼哨，下達了撤退的命運。作為這次行動的統帥，他不能眼睜睜地看著自己手下的精英為沒有希望的勝利而搏命。

雷戈等人聞聽之後，不由黯然沮喪，他們顯然也不能接受這慘澹的敗局。

然而想全身而退，談何容易？此時在田橫的身邊，除了雷戈之外，還有三五名輕傷在身的勇士，要想突破寒木等眾多高手的攔截以及數百鐵騎的包圍，無異難如登天。

田橫眼望著這一切，一股悲情湧上心頭，面對著強大的敵人，他已無所畏懼，戰意勃發間，橫刀於胸，暴喝道：「凡我大齊勇士，只能站著死，不求跪著生，有種的，跟我來！」

他的手腕一振，頓時劈倒了兩名衝前而來的敵人。

雷戈等人精神大振，同時發一聲喊，跟在田橫身後殺入敵群。

這一番廝殺，比之先前更狂、更烈，所謂置之死地而後生，田橫一幫人在生死一線間激發出了體內最大的潛能，刀光血影間，充盈著莫大的勇氣與無匹的戰意。

「呼……」一陣勁風刮過，寒木長槍一抖，幻出萬千槍影撲面而來。

他無疑是對方中除了林雀兒之外的第二高手，更是護送軟轎的這支馬隊的首領。他既身先士卒，手下的戰士更是奮勇爭先，紛紛攔截。

田橫心中一動，大喝一聲，長刀自上而下緩緩劈出。他的刀速雖然極慢，但刀勢卻在一點一點地增強，自刀身七尺之內，一片肅殺。

他已拿定主意，這一刀不能斬敵於馬下，也要與寒木同歸於盡。

他已無畏死亡，在這種險境之下，他願意用自己的生命來捍衛戰士的榮譽。

「田兄，萬萬不可！」在這千鈞一髮之際，一個雄渾有力的聲音在十丈外的一幢高樓上響起。

田橫一驚之下，旋即改變主意，長刀一斜，架住寒木刺來的長槍，同時身形滑出三丈開外。

他隨著聲音望去，只見一位英俊瀟灑的青年穩穩地站於屋脊之上，單手握槍，如大山頂上的一棵蒼松傲立。在這年輕人的臉上，似有一分焦灼，卻有九分沈穩，給人以十足的信心。

「海公子！」田橫幾乎失聲叫道。

來人正是化名「海公子」的扶滄海，他在這萬分緊急的形勢下趕到，頓讓田橫重新看到了一線生機。

「哀大莫過於心死，田兄，振作一點，記著你可是統領千軍的田大將軍！你的戰士們等著你回去呢！」扶滄海一聲厲喝，猶如一道晴天霹靂。

「多謝提醒。」田橫聞言，平添無數力量，一刀劃出，正好劈中一名敵人的胸口。

扶滄海微一點頭，勁風吹過，將他的衣衫刮得獵獵作響。當他的單手將長槍舉至半空時，乍眼看去，猶如戰神。

「殺——」扶滄海終於暴喝一聲，俯衝而下，其聲之烈，轟動全場。

屋脊上的積雪悠悠而落，可見這一喝之威。

他的長槍隨著這聲驚吼漫舞虛空，像波浪般起伏，發出一種如聲波般的震顫。強大的氣流呼嘯而出，氣壓加重，在槍尖的中心爆裂出一團暗色的雲團，照準寒木當頭刺來。

寒木爲之色變！

他本就是使槍的高手，沒有想到來人的槍法之妙，已到了出神入化的地步，他自問自己絕對不能使出這樣妙至毫巔的一槍，心中已然生怯。

他只有後退一步，將長槍在頭頂上揮舞出萬道寒芒，企圖封鎖住對方這足以驚豔的一槍。

「他是誰？他怎能使出如此霸烈的槍法？」寒木心中的這個念頭一閃而過，根本無法在他的意識中存留過久，因爲他已感到了那股如刀鋒般鋒銳的殺氣。

「呀……」他壓制不住自己心中的沈悶，更負荷不起這驚人的壓力，唯有借聲壯膽，迎槍而上。

「叮……」兩杆長槍幾乎在十萬分之一的概率下悍然交擊，暗雲散滅，湧起層層氣浪，將長街的積雪捲走大半。

寒木大驚，幾乎不敢相信自己的眼睛，就在雙槍交擊的剎那，他分明看到了一道煞白的電流透過自己的槍身，飛速傳到掌心。

他的手臂有如電擊，身子彷彿像一片落葉飄退。他不得不承認，無論自己如何努力，都無法抵擋得住扶滄海長槍帶來的瘋狂殺意。

那是一種霸氣，如高山滾石，已是勢不可擋。
扶滄海只用一槍驚退強敵，這一手完全鎮住了全場，如此瀟灑卻不失霸道的武功，在不經意間揮灑而出，怎不讓每一個武者心儀？
然而，只有扶滄海自己心裡清楚，這一槍自己已經用盡了體內的潛能、心智，他絕不能讓田橫死！
而能讓田橫不死，就必須讓所有的敵人都在同一時間內突然走神，這種走神的時間無須太長，只要一瞬便已足夠。
所以他沒有絲毫的猶豫，身形急退間，剛好退到了田橫的身邊，然後用力抓住田橫的腰帶，手臂劃弧甩出。
田橫心驚之下，人已到了半空，像一隻滑翔而行的大鳥，越過了敵人的頭頂，飛向高樓的屋脊。直到這時，林雀兒與寒木才回過神來，紛紛向扶滄海逼去。
扶滄海心裡十分冷靜，到了這種時刻，他明白自己只要稍有差池，走的就將是一條不歸路。他絕不會是林雀兒與寒木二人的聯手之敵，更不可能從這數百鐵騎中殺出重圍。他早已計算到了自己的逃生方式，現在所要做的，就是要等待一個時機。
扶滄海放開雜念，讓自己的心境處於一種至靜的狀態，去感應著四周的一切危機。
單手擎槍，漫入虛空，遙指著兩丈外的寒木，而任出林雀兒從自己的左手方一步一步逼近。
長街之上，靜寂無邊，彷佛忽然間陷入一片肅殺之中，本是深冬的季節，卻遠比嚴寒更甚。

四周的敵人都在踏步向前，收縮包圍圈，但玄奇的是，扶滄海聽不到絲毫的聲音，只是清晰地感應著數百道殺氣同時在虛空竄行的軌跡。

兩丈、一丈、九尺……

扶滄海一直在算計著林雀兒與自己之間的距離，當林雀兒的刀鋒逼入他的身體七尺範圍的剎那，他的眉鋒陡然一跳。

他動了，終於動了，人與槍結合成一個完美的整體，如電芒般標射向寒木的面門。

他只有在這個距離內行動，才可以讓林雀兒無法應變，甚至改換角度。也只有在這段距離出手，才是寒木意想不到的時機。

寒木顯然沒有想到扶滄海會在這個時候不守反攻，心中的驚駭實是難以言表，不過他雖驚不亂，手臂一振，人已躍上半空，揮槍迎擊。

「轟……」雙槍一點之下，扶滄海這一次卻絲毫不著半點力道，反而借著寒木爆發出來的勁氣，借勢騰上半空，向街邊的高樓掠去。

「想逃？」林雀兒怒叱一聲，在扶滄海出手之際，已然有所洞察扶滄海的意圖。她的反應之快，就在扶滄海長槍點擊的剎那，她的彎刀已劃出一道弧線脫手而去。

「呼……」這脫手的一刀，無論是在力度上，還是角度上，都拿捏得精確無比。而這出手的時機，更是妙至毫巔，顯示了林雀兒對戰機把握上的敏銳。

這一刀是衝著扶滄海的背心而去的，出手的剎那，誰也覺察不到它的精妙，唯有扶滄海感應到了這股殺氣之後，才明白自己還是不能逃脫。

繼續前行，扶滄海就躲不過這一刀的襲殺，而要躲過這一刀，他唯有下墜。

他輕輕地歎息了一聲，知道自己浪費了一個最好的機會。他除了沈氣下墜，已別無它途。

就在這時，一條人影飛竄過來，眼見扶滄海距離地面尚有數尺時，雙手拍出，大喝一聲道：

「起！」

扶滄海只感到有兩股大力湧向自己的腳底，形成一種向上的衝力。他沒有猶豫，像一隻鷹隼般衝天而起，直射向十丈外的高樓，拉著田橫轉瞬不見。

這條人影正是雷戈，他雖然不知道扶滄海是誰，卻知道扶滄海是他們的朋友，所以，他義無反顧地出手，助了扶滄海一臂之力。

他全力一擊之下，已完全放棄了自己應有的防禦。當他眼看著扶滄海滑過這長街的上空時，聽到了「噗噗……」之聲，至少有三道鋒芒插入了他的身體。

三道鋒芒，所插的每個部位都足以致命。

「砰……」地一聲，雷戈的身體轟然倒在了長街的積雪之上，但此刻誰也沒有發覺到已死的他臉上竟露出了一絲笑意……

◆

習泗很想知道，此刻的劉邦是死是活。

而要知道這個答案，就只有向龍賡求證。

所以習泗寄希望于岳的出手能夠有效地制服對方，然後再逼出這個答案。

可是當習泗的目光關注到龍賡的身上時，卻覺得自己實在不應該低估了對手，因爲在龍賡下馬一站間，渾身上下湧出了一股讓人無法形容的霸殺之氣，猶如一座屹立千年的山峰，讓人無可攀援，更無法揣度。

他開始爲于岳擔心，雖然他知道于岳的銅錘在江湖上絕對算得上一絕，但不知爲什麼，他的心裡卻湧出一絲悲情。

交手的雙方在相距兩丈處站定。

龍賡的臉上自于岳逼來時就多了一絲微笑，顯得意態神閒。但他的手絲毫不離腰間的劍柄，因爲他心裡明白，一個能讓項羽委以重任之人，一定有其可以仰仗的本錢。

輕視對手，其實只是在輕視自己的生命，像這樣的傻事，龍賡絕對不做。

龍賡沒有出手，就像一塊岩石屹立不動，絲毫沒有要出手的意思，但是于岳的感受卻截然不同，因爲他已經感受到了來自龍賡身上的那股殺意。

于岳知道，真正的高手，是氣勢與意志壓倒一切，雖然龍賡此刻沒有出手，但卻散發出一種有實無形的氣機，正一點一點地侵佔著整片虛空，而他的意志卻在駕馭著整個戰局，一旦到了時機成熟的時候，他就已經奠定勝局。

于岳當然不會讓龍賡輕易地占得先機，所以他的銅錘開始在他的手中緩緩地旋動，每旋動一圈，他體內的勁氣便向四周擴散一分，就像是投石湖中蕩起的一道道漣漪。

當勁氣擴散到七尺範圍時，于岳感到有一種無形的東西開始禁錮著自己氣機的活動，這種禁錮有如實質，又似是精神上的一種感覺。

龍賡的確自信，當他心中的劍意升起時，自信就成了一種實質存在、無處不在的壓力。那種睥睨眾生的氣概，讓人想到了君臨天下、一統六國的秦始皇，更讓于岳想到了當今統兵百萬、凌駕於諸侯之上的霸王項羽，彷若世間萬物，皆在腳下，沒有任何事情是他辦不到的。

古道兩邊是峭壁峽谷，本已壓抑的空間變得更加壓抑。

氣息陡然變得沈悶起來，讓所有的人都感到了這空氣中的異變。

習泗手中的棋子依然在他的五指間跳躍，但頻率卻明顯有所減緩。他發現龍賡偉岸的身體正一點一點地起著驚人的變化，彷彿從流動的空氣中感應到一股釋放空中的能量，在他身體外層的一尺處構築了一道非常魔異的五彩光環。

戰意，在相峙中醞釀，在無聲無息中充盈至某種極限。當于岳的銅錘開始一點一點地加速旋轉時，似乎證明他已無法忍受這種沈悶的氣息，而要使自己不失去先機，他唯一能做的，就是打破這種沈悶。

他終於在忍無可忍時出手！

兩丈的距離，既不算遠，也不算近，但它卻是每一個高手都喜歡選擇的距離。銅錘飛旋著漫向虛空，到處都是隱生風雷的幢幢錘影，甚至連他自己也融入了這錘影之中，漸化成風。

龍賡的劍，不知在什麼時候已橫在虛空，如一道橫亙於荒原之上的山脊，似是隨手的一劍，簡簡單單，不帶任何花哨。

于岳的錘風有如鶴唳，有若奔馬馳騁的錘式在旋轉中化作一串串驚雷，連綿不絕，氣勢如虹，以一種玄奇而極富動感的態勢飆向龍賡，爆裂龍賡那有若山脊般硬朗的劍勢。

「嗤……」劍影驟動，不動的山脊化成一片流雲，悠然而散漫，在優雅中透著深刻的內涵。

于岳的錘一觸即走，這一刻，舉重若輕，幾近無物，似一隻孤燕輕靈。

但兩人交擊的中心點卻平生一股颶風，風中剛猛的勁氣旋成一股股奔湧的氣流，向四方鼓湧席捲。

「轟……呼……」山林呼嘯，塵飛石落，峽谷的回音隆隆傳來，將這古道的沈悶打破，取而代之的，是充滿毀滅氣息的一種生機，一股活力。

龍賡迎風而上，衣中獵獵作響。

「重錘出擊，卻若無物，輕重之間拿捏得如此精妙，唯君而已。」他由衷地贊了一句，錯步而上，劍從偏鋒出。

他自始至終保持著逼迫式的壓力，根本不容于岳有任何喘息之機。

劍出，似是來自於風鈴，之所以會有這種錯覺，是因爲這一劍的起始恰在一串風鈴聲後。風鈴聲是如此地單調，劍卻揚起了半空淒迷，遮擋著人眼，讓人無法看到這一劍漫空的軌跡。

于岳的眼中閃過一絲訝異，有幾分迷茫的感覺湧上心頭。他是當局者，所以他感應著這一劍在空中的每一個變化，當這變化轉換成一個個帶有殺機的凶兆時，他的心肌也隨之抽搐，神經繃緊至某種超負荷的極限。

事實上，他既不知這一劍起始於何處，也無法估算出這一劍最終的落點。他只能感覺到龍賡那如流水般的劍勢透過這漫漫虛空，向自己發出若水銀瀉地般的攻擊。

他知道，這是充滿著無限殺機的一劍，容不得他有半點大意。

隨著一聲清嘯，錘如光球般在于岳身體的周圍繞行出一道亮麗耀眼的光弧，產生出一股巨大的前推張力，封鎖住了他周邊一丈的空間。

他彷彿在剎那間為自己砌了一堵牢不可破的氣牆，更在氣牆之後隱伏著隨時起動的殺機。

「嗤……」龍賡的劍勢強行擠入這段空間，金屬與空氣在高速中產生的摩擦激起了一串令人炫目的火花，更發出一種利刃裂帛的刮刺之音，聞之無不毛骨悚然。

「轟……」氣牆轟然向外坍塌，氣流激湧間，銅錘幻作一團暗雲下的一道驚雷，砸向前行的龍賡。

這一錘在于岳的手中演繹出來，幾乎用錘的語言，來詮釋著攻防之道至深的原理。這一刻，沒有驚心的殺勢，也沒有攝魂的殺氣，有的只有那唯美的意境。

龍賡的眼中流露出一種欣賞的神情，他懂得什麼是美，更懂得如何來對付這唯美的攻擊。

美的反面是醜，而醜是什麼？

醜是一種破壞，破壞一切美的東西，醜就自然而生。

而且打破一種美遠比營造一種美更為簡單，更為容易。

所以龍賡化繁爲簡，在劍與錘相交的一剎那，劍身一翻，以沈重的劍脊拍開了疾掠而來的銅錘。

于岳的身體一震，他沒有想到龍賡竟會用這樣簡單的方式破去自己苦悟了十年所創的一擊，而此刻那舉輕若重的劍背猶如大山壓下，幾欲讓自己手中的銅錘脫手。

「能將銅錘這種蠢笨之物舞出一種美感，證明你不是浪得虛名之輩，來來來，再接我這一劍試試。」龍賡的笑意更濃，就像是一種調侃，讓于岳感到自己是耍猴人牽著的那隻動物，不由得他心中不怒。

他不能容忍別人對他的輕視，自從他錘技有成之後，一向在人前享受的是一種被人敬重的風光，他已經習慣了別人的恭維，所以才會在歸隱多年之後重新出山。

然而，他又不得不接受現實，眼前的這位年輕人的確有狂妄的本錢，從一開始對峙起，他就絲毫沒有占到任何的便宜，反而在對方凌厲的劍式攻擊下，完全限制了自己錘技的發揮。

「嗤……」他心中一凜間，龍賡的劍鋒再起，這一次，對準的竟是自己的眉心。

于岳大驚，橫錘劃於胸前。他不得不如此鄭重其事，因爲龍賡的劍不僅劍跡迷幻，而且速度奇快，完全脫離了時空的限制和空間的範圍，進入了一種絕非自己可以企及的全新境界。

于岳退了一步之後，這才將銅錘平移前推。

在推進的過程中，錘邊的弧度微微顫動，生出一股股利如鋒刃的氣流。

他已經明白，自己唯一的取勝之道，是自己體內雄渾的內力。面對深諳劍道精華的龍賡，以比拚內力的方式來抗衡對手，不失爲揚長避短的方式。

當氣流流瀉到一定的程度，于岳的銅錘再一次按著逆時針方向旋動，而這一次，銅錘湧出的不是向外擴散的張力，而是讓氣旋繞行成一個層疊無窮的漩渦，產生出一股巨大的內陷之力。

龍賡目睹著眼前的一切，臉上第一次出現了凝重的表情。

強大的內陷之力影響到了龍賡出劍的速度，同時也影響到他出劍的角度。他提聚著自己的勁力，不斷地針對著對手調整自己的劍鋒。

他的鼻尖滲出了一絲冷汗，認識到了對手的厲害之處。

但是，他依然讓自己保持在一種非常冷靜的狀態之下，看著自己的劍一點一點地被巨力的漩渦吸納過去。

習泗沒有想到戰局的變化會如此莫測，從一開始，他就看準于岳的銅錘未必是龍賡的對手。銅錘講究勢大力沈，與劍走輕靈是截然不同的兩種概念，一旦僵持，就很難占到上風，然而于岳的內力之強，不僅出乎了龍賡的意料，也大大超出了習泗的想像。

「想不到十年歸隱生活不僅沒有磨滅他們的銳氣，內力還精湛了許多，閥主請他出山，果然是獨具慧眼。」習泗不由得有些酸溜溜地想道。

他討厭于岳，討厭于岳的飛揚跋扈，獨行專斷，本來此次夜郎之行項羽讓他領頭，負責整個計畫，偏偏這于岳倚老賣老，總是與他抬槓，這不免讓他心裡感到好不窩火。

「如果是同歸於盡的話……」這個念頭剛起，就被習泗自己按了下去，他覺得自己這種想法未免有些卑鄙。其實弄個兩敗俱傷，讓于岳身體上留下一點殘廢，已經足以讓自己解氣，做人，何必總是要趕盡殺絕呢？

習泗不由為自己人格的昇華而在心裡暗暗佩服自己，同時也為華艾那面沒有一點動靜感到有些納悶。

他卻不知，華艾身為流雲齋的二號人物，早就對他們這幫桀驁不馴的老傢伙感到厭煩，既然項羽請了這些老傢伙來助拳，他乾脆不聞不問，樂個清靜，早就收拾好人馬撤了。

華艾敢這麼做，很大的因素是他十分了解這幫老傢伙的實力。這些人雖然行事作風與自己格格不入，但以他們「西楚八隱」的名號與當年為項梁立下的戰績，他相信對付劉邦三人，應該沒有太大的問題。

可是……如果……

這個世上並沒有太多的可是，也沒有什麼如果，不過，如果華艾能夠看到最後的結局，他一定會為自己的行動感到後悔。

事實果然不出習泗所料，龍賡的腳步滑動數步之後，突然手臂一振，劍向漩渦的中心刺去。

這無疑是擺脫于岳氣場吸力的方法，只要破去他的氣場，吸力自然散滅無形。

于岳一驚之下，陡然發力，一股勁流猛然隨銅錘爆出，迎向來劍。

「轟……」氣流四瀉間，龍賡的身體倒翻空中，只聽一聲悶哼，似有幾分晃動地飄掠而走。

「哈哈，想走？可沒那麼容易！再讓老夫領教你的高招！」于岳雖感有些意外，但他已看出龍賡受了不輕的內傷，哪肯放過？當下直追過去。

龍賡的身形在晃動中起落，絲毫不慢，只眨眼功夫，已經轉過一道彎口。

看著于岳也消失在山道的盡頭，習泗的心裡不免有幾分失落，緩緩地站將起來，對身邊的七名老者道：「等了半天，就等來這樣一個小子，看來再等下去也不是辦法，不如我們一路搜索過去，到七石鎮與華艾會合。」

那七名老者紛紛站起，向亭外走去。

他們並不擔心于岳，既然敵人已經受了內傷，憑于岳的武功，應該不難對付。

當他們才踏出不過五步，突然一聲悲呼，響起在山道的盡頭處。

習泗與這七名老者無不心頭一震，面面相覷，因爲他們分明聽到這是于岳的聲音。

◆

扶滄海與田橫越過腳下層層疊疊的青瓦，奔出里許之後，突然間扶滄海跳入一堵高牆。

田橫怔了一怔，隨之跳入。

放眼望去，只見小橋流水，池塘亭台，雖然積雪無數，卻依然掩飾不了這園林的靈秀，置身其中，彷彿到了冬日的江南。

這幢建築占地足有百畝，構建精美，恢宏氣派，樓閣典雅，以木石爲主構，從瓦簷到花窗，裝飾華美，顯示出主人財大氣粗以及深厚的文化底蘊。

「這是哪裡？我們貿然闖入，被人發現叫嚷起來，只怕不妥。」田橫見扶滄海逕自向前，如入無人之境，心中隱覺詫異，道。

「田兄無須擔心。」扶滄海臉上依然還有血跡，卻十分鎮定，微微笑道：「這只是我在濟陽城裡的一處房產，到了這裡，就像是到了家一樣安全。」

田橫驚道：「難道你不怕敵人追蹤至此嗎？」他的擔心絕不是多餘的，當他們從屋瓦掠過時，終會留有痕跡。踏雪無痕的輕功提縱術，只不過是江湖中神化了的傳說。

扶滄海道：「我怕，當然怕，所以我早就佈置了十數個高手，以收拾殘局，並且迷惑對手。」

扶滄海領著田橫進了一幢閣樓，沿途過去，田橫雖然不見一個人影，卻感受到在整個園林之中透露著一股森寒的殺意。

閣樓的一張案几上，放了一只火鍋，燙了一壺溫酒，顯然是有人才準備停當，只等扶滄海與田橫入座。

「請！」扶滄海將酒斟滿，與田橫乾了一杯。

田橫放下酒杯，一臉沮喪，搖頭歎道：「可惜呀可惜，最終功虧一簣，今日若非遇上你，我們一行十九人便是全軍覆滅。」

扶滄海深深地打量了他一眼道：「你莫非認爲，遇上我是一種運氣？」

田橫詫異地看他一眼道：「難道不是嗎？」

扶滄海搖了搖頭道：「其實我一直就在你們的身邊，只是沒有露面而已，如果不是情況有變，我們完全有能力將虞姬劫持。」

「那轎中的人真是虞姬？」田橫想到自己一行拚死拚活，竟然連轎中人的面也沒有見著，情緒上不免有些黯然。

「你應該相信我，這個消息既然是我提供給你們的，就有十足的把握。也許你還不知，其實就在你們實施計畫的同時，我也派出了不下於五十名高手埋伏在那條長街，只要我一聲令下，完全可以控制住整個戰局。」扶滄海淡淡笑道，他說的似乎很是平淡，但聽在田橫耳中，心裡陡然一驚。

田橫相信扶滄海所說的絕不是大話，事實上他心裡清楚，這位海公子的背後，一定有一股龐大的勢力在支撐。可是他不明白，既然可以將虞姬劫持，爲何這位海公子又選擇了放棄？

而且，既然你海公子要選擇放棄，就不該讓自己來佈置這樣一個殺局。想到那十八名忠義勇士的慘死，田橫的心中頓時湧出一股悲情。

他沒有說話，只是默默地端起酒杯，喝了一口，扶滄海看到了田橫眼中的迷茫，也猜到了田橫心中的所想，緩緩而道：「我也不想這樣，只是我沒有料到，世事無常，計畫永遠不如變化快。」

田橫知道他必有下文，只是靜靜地看著火鍋中冒出的縷縷熱氣，淡淡一笑。

「你離開城陽幾天了？」扶滄海突然問了一句。

「十天。」田橫答道，他的心裡陡然間生出一股不祥的預兆，不明白扶滄海怎麼會問上這麼一句。

「十天可以讓很多東西改變。」扶滄海站了起來，踱至窗前，輕輕地歎息一聲道：「你可知道，我爲何又會在緊要關頭放棄劫持虞姬的計畫？」

「我也正想聽聽你的解釋。」田橫的大手已經握在了刀柄之上，十八名勇士的生命與鮮血，足以讓他作出任何瘋狂的舉動。

扶滄海渾似不見，道：「那麼你能告訴我，劫持虞姬的用意是爲了什麼？」

田橫冷然道：「虞姬既是項羽最寵愛的王妃，以她爲籌碼，向項羽提出退兵的要求，解我大齊軍隊的城陽之圍。」

扶滄海緩緩地轉過身來，深深地看了田橫一眼，道：「城陽已無圍可解，那麼我們劫持虞姬還有什麼意義？」

「什麼？你說什麼?!」田橫霍然心驚道。

扶滄海一字一句地道：「就在你們動手的時候，我接到了一個消息：昨日午時，城陽已被西楚軍攻破。」

田橫臉色驟變，撲過來道：「這絕不可能！」

扶滄海輕輕地拍了一下他的肩頭道：「不僅如此，而且齊王田榮兵敗之後，逃到平原，不幸身亡。」

「砰……」田橫手中的酒杯墜地而碎。

田橫的臉色刷地一下變得蒼白，連連搖頭道：「你在騙我！這絕不是事實！」

他無法接受這樣的事實。

扶滄海的臉色肅穆，道：「我也不希望這是事實，但事實就是如此。」

他扶住搖搖欲墜的田橫，一五一十地將城陽之戰的經過悉數告之——

原來，就在西楚軍包圍城陽之後，陳餘、彭越等人各自在自己的封地紛紛起事，回應田榮，並且取得了一系列的大捷。

田榮接到戰報之後，斷定項羽必會在幾日之內退兵回楚，就佈置兵力準備追擊。因爲他認爲這是一個不可多得的機會。

事態的發展的確如他所料，未過三日，西楚軍開始退兵，田榮下達了三軍追擊的命運。可是，當他率領人馬追出數十里之外時，他卻陷入了西楚軍的重重包圍之中。

這正是范增所獻的「引蛇出洞」之計，其目的就是故意讓陳餘、彭越等人大捷的消息傳到田榮耳中，使其不疑西楚軍的退兵有詐，然後設下埋伏，誘敵深入，實施「圍而殲之」的戰略計畫。

這個計畫無疑是成功的，它不僅在一戰中擊潰了數十萬齊軍，更讓田榮死於戰爭之中，達到了西楚軍北上伐齊的目的。

當扶滄海接到這個消息時，連他也不相信這是一個事實，冷靜下來之後，他才認識到了自己肩上的任務艱鉅。

他是奉紅顏之命率領一部人馬趕到齊地的，他的任務就是相助田榮，抗衡西楚，把項羽的大軍拖在齊國。

扶滄海不明白這個任務的目的是什麼，更不明白爲何要這樣做，他只知道這個命令是來自於紀空手留下的一個錦囊，裡面詳細地對這個任務作了應有的交代，他只須照章辦理即可。

自從紀空手離開洞殿之後，就一直沒有了他的消息，作爲他忠實的朋友，扶滄海願意爲他付出自己的一切，所以，扶滄海以一種神祕的身分來到了齊地，並且結識了田氏兄弟。

事態的發展一切如紀空手所料，進行得非常順利，然而誰也沒有料到田榮的大齊軍隊會在如此之短的時間內戰敗於城陽，這使得扶滄海不得不動用第二套方案解決眼下的危機。

聽完了扶滄海關於城陽之戰的講述，田橫的眼中赤紅，卻無淚，他的臉龐稜角分明，顯現出剛強的個性。此時此刻，在他的心裡只有兩字，那就是「復仇」！

然而，他深知要想擊殺項羽，憑他一人之力，是永遠不可能完成的，他現在需要的，是一種冷靜。

扶滄海的目光緊緊地鎖定在他的臉上，半晌之後，方道：「你現在最想做的，也許就是復仇，但是復仇的方式，卻有兩種，不知你會作何選擇？」

田橫的眉鋒一跳，道：「哪兩種？」

「一種就是行刺項羽。這種方式要想成功，只有萬分之一的概率，就算我傾盡所有財力人力幫你，恐怕都唯有失敗一途。」扶滄海冷靜地分析道。

「理由呢？」田橫的話少了很多，使得他的思路變得簡潔而清晰。

「理由只有一個，那就是他不僅是西楚霸王，更是流雲齋的閥主，且不說他的身邊高手如雲，難以近身，就算接近了他，誰也沒有把握成爲他的對手。」扶滄海說的是一個無情的事實，以項羽的武學修爲，天下能夠與之抗衡者又有幾人？以田橫的實力，不過是以卵擊石。

田橫深深地吸了一口氣，點了點頭道：「還有一種方式。」

「這種方式更難，卻十分有效，可以讓你的仇人痛苦至死，只是它需要太長的時間，你未必能夠等待下去。」扶滄海肅然道。

田橫斟上了一杯酒，一飲而盡，道：「君子報仇，十年不晚，我田橫雖不是君子，等上五年也許還成。五年的時間，夠不夠？」

扶滄海點頭道：「也許用不了五年。」

他頓了一頓，緩緩而道：「只要你接過你王兄的抗楚大旗，重新召集舊部，以你的軍事才能，復仇之事便能指日可待！」

田橫的眼睛一亮，復又黯淡，苦笑一聲道：「我又何嘗不想？可我現在只是孤家寡人，要錢沒錢，要人沒人，重振我大齊軍威，談何容易？」

「你至少還有我這個朋友。」扶滄海伸出手掌道。

「我能相信你嗎？」田橫的手伸至一半，卻懸於空中，一臉狐疑地道。

「無論如何，你都得信我一次。因爲，這是你唯一能夠東山再起的機會。」扶滄海說出了一個事實。

的確，對田橫來說，若沒有扶滄海的襄助，他將一事無成。一個能夠隨時拿出十萬兩黃金的人，又能拿出當今最緊缺的大量兵器，他的實力足以讓田橫將之視作靠山。

他沒有理由不相信扶滄海，至少，他相信扶滄海絕不是自己的敵人。雖然他不知道扶滄海的底細，更不知其背景，但他從扶滄海的目光裡，讀到了一股真誠。

田橫的手掌終於拍在了扶滄海的掌上，兩隻大手緊緊地相握一起。

◆

當習泗他們趕到慘叫聲響起的地方時，于岳已然倒在了一灘血泊中。

在這位流雲錘隱的咽喉上，赫然多出了一個洞！

習泗心中的驚駭無以復加，以于岳的武功，任何人要想在這麼短的時間內將他擊殺，絕對不是一件容易的事情，唯一的例外，就是偷襲。

從傷口來看，對手顯然是用劍的高手，不僅快，而且狠，一招致命，絕不容情。

那麼，殺人者是否就是剛才的年輕人呢？

想到這裡，習泗這才看清眼前竟是一片密林。在夜郎西道上，道路兩邊不是峭壁就是峽谷，像這麼一大片密林，的確少見。

習泗斷定剛才那位年輕人一定已經隱匿到了密林之中，可是問題在於，這密林中還有沒有其他的人？如果有，是誰？

他的心裡隱隱覺得，劉邦也許正在這密林裡，無論如何，他都不能放過，否則，他根本無法向項羽交代。

雖然于岳已死，但習泗望著身邊的這七名老者，依然保持著強大的自信。他堅信，不管這密林裡暗伏著多麼兇險的殺機，他們這一幫人都足以應付。

「習兄，我們現在是繼續等下去，還是進去展開搜索？」說話者叫莫漢，他雖與于岳同列西楚八隱，也曾並肩作戰過數次，但于岳的死卻絲毫沒有影響到他的情緒。

「等絕對不是一個辦法，看來我們只有兵分三路，主動出擊。如果我所料不差，劉邦應該就在林中，大夥兒務必小心。」習泗叮囑道。

他把己方的七人，連同自己，分成了三組。爲了保持相互間的聯絡，臨時規定了幾個訊號，這才分頭闖入林中。

這片密林的存在顯然已有久遠的年代了，是以一入林中，使見森森古木，遮天蔽日，陽光只能從枝頭縫隙間透入，形成點點光斑，使得整個林中光線極暗。

習泗與一名老者從密林的正前方進入林內，一路小心翼翼，既不放過任何一個角落，也時刻提防著敵人的襲擊，顯得十分警惕。

他之所以如此小心謹慎，是因爲從于岳的死中看出了對方的意圖。

很顯然，那位年輕人劍法高深，卻敗在于岳手上，這其中必然有詐。他的用意無非是將敵人引至密林裡，而密林之中，肯定有他或他們事先設好的陷阱。

習泗明知這一點，卻還是闖入林中，一來他深知己方人人都是高手，只要相互配合，謹慎小心，未必就不能破掉對方的殺局；二來他們的目標既是劉邦，沒有理由看著目標存在而不去搜索。想到項羽臨行前許下的重賞，他們更是抵不了這等誘惑，唯有鋌而走險。

「刷啦啦……」原本靜寂的林間，突然響起了枝葉搖動聲，驚起無數宿鳥，撲簌簌地向空中飛竄。

「誰？」跟著習泗的這名老者霍然變色，驚問道。

聲音傳來的地方，除了枝葉搖亂的光影外，再也沒有其他動態的東西。

習泗循聲而望，搖了搖頭道：「吳老，這可不是開玩笑的地方。」

「我哪有閒情幹那事情。」這名被習泗喚作「吳老」的老者臉色凝重，道：「當年我們被項爺派至死亡幽境去屠殺幽雲十三狼，我都沒有什麼感覺，但剛才看到于老大的死，心中卻有一種不祥之兆，所以我們得多加小心才是。」

「小心是對的，但不能過分，像你這樣草木皆兵，早晚會被你嚇出神經病來。」習泗的心裡也有一絲緊張，看著這林間四處的暗影，誰也不能保證這裡面沒有隱藏著敵人。

「習兄，我並未說笑，自從進了林子，我心中真的就有一種不安的感覺，你說這該不會是凶兆吧？」吳真揉了揉眼皮道。

「虧你在江湖上闖蕩了這麼多年，難道就練成了這副膽量？早知如此，你就該少蹚這趟渾水。」習泗臉上露出一絲不屑之色，頗不耐煩地道。

「我這不犯窮嗎？歸隱江湖這些年來，以前掙下的本錢也沒剩下幾個，趁著眼下自己還能動，被哥們幾個一慫恿，就跟著跑來了！」吳真笑得有點窘。

習泗瞅了他一眼，搖搖頭道：「這錢可不好掙……」

他沒有繼續說下去，與吳真一前一後，向林子深處走去。

他的思緒還在繼續，甚至想到了陳平與卞白的那一盤棋。他一生最愛的，就是弈棋搏戲，自問棋藝已經到了很高的水平，所以當項羽登門拜訪，他二話未說，就一口答應下來。

可惜的是，他沒碰棋盤，就已經放棄，但他還是覺得不虛此行。

他想不到圍棋還可以這麼下。陳平每落在棋盤上的一顆子，都讓他感到不可思議，細細琢磨，又似在情理之中。

在不知不覺中，他會讓自己的意識進入到陳平所闡釋的唯美意境之中……

「呀……」一聲淒厲的慘叫自左手方的密林間傳來，打斷了習泗的思緒，也讓他的心裡「咯噔」了一下，大吃一驚。

他聽出這慘叫聲依然是來自於自己的同伴，那種撕心裂肺的腔調，就像是驟然遇上鬼似的讓人有極度恐怖的感覺。

習泗明白，敵人出手了，是在進行一場有目的的偷襲。

吳真的臉色變了，抬頭循聲望去，但因密林相隔，光線又暗，根本就無法看到任何情況。他忽地拔出了自己腰間的長刀，正要趕過去，卻被習泗一把攔下。

「現在趕去，只怕遲了。」習泗顯得非常機警，而且精明。

「那我們現在應該怎麼辦？」吳真問道。

習泗沈吟了半晌，眼中露出一絲得意的神情，道：「如果你是敵人，在偷襲得手之後，會怎麼辦？」

吳真的眼光掃視了一下地形道：「當然不會留在原地，而是逃竄。」

「逃竄的路線呢？會不會從我們現在這個地方經過？」習泗問道。

吳真能列入西楚八隱，無疑也是一個經驗豐富的好手，豈會聽不出習泗的話外之音？會心一笑道：「這麼說來，我們應該守株待兔，待在這裡？」

「不，錯了。」習泗搖搖頭道：「應該是守株待虎，只有虎才會吃人，我們萬萬不可大意。」

兩人剛剛藏匿起自己的身影，便聽得有一陣似有若無的腳步聲躡足而來，雖然他們無法看到來人，卻同時感應到了來者的氣息。

林間有風，枝葉輕搖，沙沙的枝葉擺動之聲猶如春日窗外的細雨，使得林間的氣氛顯得十分靜謐。

來人是紀空手。

他刺殺了一名敵人之後，迅即離開了現場，借著地勢林木的掩護，悄然往這邊而來。

他不得不有點佩服劉邦。

要想順利地沿夜郎西道轉回巴蜀，就必須解決習泗這批高手。憑他們三人的實力，要想對付這些闖蕩江湖多年的老傢伙，未必就有必勝的把握，最好的辦法，便是將他們引至這片密林。借助林木地形，分而割之，一一殲滅。

第十三章　流雲邪刀

事情進展的非常順利，紀空手的腳步自然就顯得輕盈，然而當他閃入這片密林的時候，異常敏銳的感官讓他嗅到了一股危機。

這股危機的存在，似幻似滅，說明敵人的實力只高不低。對於一般的高手，紀空手可以在瞬息之間捕捉到對方的氣息、方位，然而，當他再一次展開靈覺，卻無法尋到這股氣機的來源。

他不認爲這是自己一時的幻覺，事實上他曾經非常清晰地感受到了這股氣機的存在。雖然存在的時間只有一瞬，卻非常深刻，這只說明擁有這種氣機的人是實力不凡的高手，在氣機張放之間，已達到了收發自如的境地。

雖然紀空手並不知道對手是誰，但對他來說，無論是誰，都不容他有半點小覷之心。

他緩緩地在草叢間站了一刻的時間，向這股氣機最濃的方向走去。

他此刻的身分雖然是夜郎暗器世家之主陳平，但他的手中仍無刀，這只爲了不讓劉邦有絲毫的懷疑，所以他捨棄了屬於自己的很多東西。

但紀空手的手上仍有一根半尺長的樹枝，這是他在走路的時候隨手折下的。

他向前走，來到了一棵大樹前，就在這一剎那，他的眉鋒一跳。

「呼……」一聲輕嘯自他的背後響起。

他沒有回頭，也來不及回頭，因爲他感到這一刀的來勢極凶，也快得驚人，根本不容他有回頭的時間。

他只有反手一撩，將手中的短枝斜斜刺出。

雖然只是一截樹枝，但到了紀空手的手裡，它已如刀般鋒銳。

當他捨棄離別刀的那一剎那，心中已無刀，而刀卻無處不在。

「叮……」一聲脆響之後，紀空手迎著強風轉身回頭，便見三丈外站著一名刀客，手中的刀在光斑的反射下發出耀眼的光芒。

偷襲者正是吳真！

他選擇了一個最佳的時機出手，劈出了幾盡全力的一刀，但是效果並不像自己預先想像的那般好。

他只感到自己握刀的手一陣發麻，等到他看到紀空手手中所用的兵器時，竟然嚇了一跳。

他實在想不到對方只用一截樹枝就硬擋了自己這勢在必得的一刀，若是此人的手中握的是刀，那麼豈非……

他不敢想像下去，而是一退之後，揮刀再進。

「呼……」刀出虛空，猶如一道暗黑的鬼影，斜拖著掃向空際。

不可否認，吳真的膽子雖然小了點，但他的刀法卻異常的邪而猛，竟然自一個任何人都想像不到的角度出手。

「好！」紀空手由衷地暗讚了一句，短枝再起，隔在胸前。

雖然只是一根短枝，卻如一道橫亙虛空的山樑，瞬間化去了吳真刀中的二十一道幻影。

吳真一驚之下，手腕一振，便見那雪亮的刀身上，發出了一圈暗淡的光影。

光影朦朧，似幻似滅，在空中劃出玄奇而富有內涵的軌跡，有若天邊飄過的那一抹流雲，在暗淡無華的林間，閃射出一股邪異的幻彩。

那是一種無法形容和掌握的軌跡，就像是從陰冥地府中竄出的幽靈，令紀空手也不得不爲之色變。

高手，這些人中果然無一不是高手。

對於紀空手來說，面對這玄奇的一刀，他最好的選擇就是退。

「嗤……」可是他一退之下，便聽得一聲似有若無的清嘯出自一簇草叢，回頭看時，天空中急竄出無數黑點。

帶著強勁的黑點，拖出風聲，在空中疾射。紀空手的眼力不弱，終於看清了這些黑點竟是棋子。

每一顆棋子都已失去了它原有的功能，變成殺人於瞬息之間的暗器。十數枚棋子從空中而來，分打紀空手身上的各大要害。

夾擊之勢只在刹那間形成，容不得紀空手再有半點猶豫。

「呔……」紀空手暴喝一聲，提聚於掌心的勁力陡然爆發。

「刷啦啦……」他手中的樹枝突然裂開分杈，就像是迎風的柳枝四下張揚，在他的身後織起了一張大網。

每一絲枝條都蘊含著勁氣，繞行的氣流產生出一股巨大的吸扯之力，似欲將這漫天的棋子一網網盡。

然而這一切尚不足以讓紀空手脫離險境，當他做完了這個動作之後，再回頭時，吳真的刀已逼至面門。

九寸，只距九寸，有時候，生與死的距離就只差一線。

只剩下這麼短短的一點距離，紀空手還能做出什麼呢？

是應變，還是等死？

連吳真肅穆凝重的臉上也流露出一絲難看的笑意，對他來說，他這一生闖蕩江湖，最缺的就是自信，否則他也不會退隱，而是留在流雲齋任長老之職。

但是這一次，他非常自信，相信在這九寸距離間，沒有人可以避過他流雲邪刀刀氣的勁力。

但是，在這個世界上，從來就沒有絕對的事情。

吳真所面對的，是人，是以智稱雄的紀空手！

人是一種有思想的動物，所以他會永遠充滿變數，也許唯一不變的，就是死亡。當他變成一堆白骨時，始終會堅守在入土的方寸之地。

死，對於有的人來說，是可怕的事情，也有人根本無畏。無畏的人，大多都是能夠把握自己命運的人，所以他們同樣可以把握住自己的生命。

紀空手無疑就是這樣的一個人。

當吳真的刀鋒只距九寸距離時，紀空手的心裡還是十分地冷靜，沒有因爲形勢的緊急而感到恐慌。

他之所以能夠如此鎮定，只因爲他還有一隻手，一隻空閒的手。

這手中什麼也沒有。

可是當他出手的時候，這隻手就像是一把才開鋒的寶刀，突然捏住了吳真的刀鋒。

這隻手出現的是那般突然，那般不可思議，讓吳真臉上的笑意在剎那間消失殆盡，取而代之的是一臉的驚愕，渾如夢遊的表情。

一切都似在紀空手的算計之中，一切都出乎了敵人的意料之外，無論是習泗，還是吳真，他們都在這一剎那間感到一絲困惑，不明白眼前的這個人究竟是人，還是神！

如果眼前的這個人是一個人，那麼也是一個被神化了的人。那明明是一隻有血有肉的大手，當它捏住吳真的刀鋒時，分明響起的是金屬相擊的沈悶之音。

這的確是太讓人匪夷所思了，更可怕的是，這一切的動作並不是一個終結，而只是一個開始。

就在吳真一怔之間，他陡然發覺自己的腰腹處有一道殺氣迫來，這殺氣之突然，氣勢之淩厲，使得吳真絕不能置之不理。

他沒有抽刀回來，不是不想，而是無法辦到。他感覺自己的刀鋒在紀空手的手上已然生根了一般，根本不能撼動半分。

他只有出腳，因爲他已看清，對方所用的同樣是腳，他倒想看看是誰的腳更硬，誰的腳更具威脅。

吳真自有一副小算盤，更對自己的腳有相當的自信。因爲他當年在得到邪刀笈的時候同時也得到了鐵腿錄，並且他隨時隨刻都不會將套在自己腿上的鐵罩取下。

這絕不是一般的鐵罩，之所以與眾不同，是在鐵罩的外面安有不下於五十六根細如牛毛的倒刺，一旦刺入別人的肉裡，拉扯下來的必是大片大片的血肉。

他自以爲計謀必將得逞，所以心中不免又得意起來。可是就在雙腳相擊的刹那，他突然看到了一道亮麗而熟悉的刀光。

這刀光閃爍著玄奇的弧線，帶著一種可以將人生吞活剮的殺機。

紀空手的手中本無刀，這刀又來自何處？

吳真一怔之間，陡然發覺那把緊緊握在自己手中的刀，此刻卻到了紀空手的手中。

「呀……」一聲慘呼，驚破了整個虛空。

吳真只覺得自己的身體一沈，一痛，自小腿以下，竟然被這一刀生生截斷。

「呼……」一習泗感受著這攝魂的一刻，狂風自身邊刮過，眼中的黑影一閃之間，沒入了一棵大樹密密匝匝的枝幹中。

眼前飛起的是漫天的碎枝斷葉，猶如一陣細雨飄落，凌厲的刀氣便似一把大剪，將樹的輪廓再次修整。

碎葉紛飛間，習泗才發現吳真已經倒仆地上，無聲無息地收縮一團。顯然，那撕心裂肺的慘呼正是來自他的口中。

習泗沒有想到紀空手還有這麼一手，震得目瞪口呆之下，半晌才回過神來，同時間他揚起一把棋子，以漫天之勢向那樹枝間疾打過去。

那棵大樹的枝椏還在不住地晃動，表明著剛才的確有人從這裡穿過。當棋子打在枝葉上時，「劈哩叭啦……」地彷若下了一場急雨。

「呀……」又是一聲慘嚎，從東面的林裡傳來，習泗一驚之下，發出了一聲呼哨。

直到此時，他才發現自己犯了一個不可原諒的錯誤。

他根本就不該分三路人馬進林搜索，從于岳的死就可看出，敵人的用意是想借用地形的條件，對己方實施分而割之、各個擊破的戰術。

自己兵分三路，雖然增大了搜索的範圍，但在無形中將己方兵力的優勢分散，這無疑是一個非常致命的錯誤。

「沙沙……」的腳步聲從兩個方向靠攏過來，單聽響聲，可以看出來人的心情甚爲惶急。

習泗的眉頭一皺，只見從林間暗影中現出三四條人影，急匆匆地趕到習泗的面前，每一個人的臉上都顯現出一股驚悸慌亂的表情。

習泗倒抽了一口冷氣，不過是一刻間的功夫，己方的人員就已折損大半，可見對手的戰力之強，絕不容自己有半點大意。

「習兄，怎麼啦？」莫漢剛問了一句，便看到了倒在血泊之中的吳真。

「方老五與張七呢？」習泗的心裡還存在著一絲僥倖。

「他奶奶的，都死了，兩人全是被敵偷襲，一劍致命。」莫漢忍不住打了個寒噤。

「兇手是什麼人？長得什麼樣子？」習泗的眉頭皺了一皺道。

他這樣問的用意是想知道對方到底有幾個人，不過，既然方老五與張七都是被劍所刺身亡，那麼習泗已經可以斷定敵人至少是在兩人以上。

莫漢搖了搖頭，眼中閃過一絲迷茫道：「這也怪了，他們倒下的時候，我就在他們前面，等我回過頭來，就只看到有個背影閃沒林中，想追也追不上了。」

「這麼說來，敵人不僅是用劍的高手，而且是有備而來，否則的話，以方老五與張七的身手，絕對不會沒有任何反抗就遭人襲殺。」習泗沈吟道。

剩下的幾名老者都默不作聲，顯然，他們身邊所發生的這一切的確十分詭異，讓人的心裡多少生出了一絲懼意。

「嘩……」一聲近乎淒厲的低嘯驟響，自習泗等人的背後傳來。

「快閃！」習泗心中一緊，身形一矮，貼伏著草叢向旁邊飛竄。

這風聲之勁，既非兵器所爲，也不像是人力爲之，但其速之快，端的驚人。

等到習泗驚魂未定地回過頭來時，只見自己的一名同伴又倒在了一棵大樹上，一排用青竹組成的排箭自死者的背後插入，從前胸出，緊緊地將之釘在樹幹之上。

刺殺竟在眾目睽睽之下發生！

習泗、莫漢等人竟然作不出任何反應，若非親身經歷，他們誰也不敢相信。這令他們緊繃的神經處於崩潰的邊緣，更重重地打擊了他們原有的自信。

「先退出去再說！」習泗心生一種膽顫心驚的恐懼，只有作出這樣的選擇。習泗的身邊除了莫漢之外，還有兩位老者，這是他可以仰仗的最後一點本錢，當然不想揮霍殆盡，更何況我在明，敵在暗，他才不想成為別人刺殺的靶子。

當他們相互提防著向林外走去的時候，卻聽到了「嘩……」地一聲響，靠左側的一片林木晃動起來。

習泗等人無不心驚，放眼望去。

卻見那晃動的林木慢慢地歸於平靜，好像有野獸竄過的痕跡。

這讓習泗輕輕地鬆了一口氣。

然而莫漢眼尖，指著那林木下的一根細繩類的東西道：「那是什麼？」

習泗近前一看，原來在林木下繫著一根長長的細繩，一直通到很遠的一片草叢中。當有人拉動繩索時，這片林木也就不住晃動，以吸引別人的注意力。

這既然是有人刻意為之，那麼佈下這個機關裝置意欲何為？

習泗微一沈吟，臉上霍然變色。

可惜的是，他醒悟得太遲了。

一股驚人的殺氣自他們的右側狂湧而至。

那是自一棵樹上傳來的劍氣，光斑與暗影交織間，森冷的寒芒閃爍在一片斷枝殘葉裡，如閃電般俯衝而來。

驚呼聲起，人影飛退。

「呼……」習泗的目光鎖定在空中的暗影裡，雙指一彈，手中的棋子以奇快的速度疾射出去。

「叮……」那黑影一聲長嘯，以劍鋒一點，正好擊在棋子中央，用檀木做成的棋子頓成碎末，散滅空際。

同時，那條黑影身如雲雀，借這一彈之力穩穩地站在一根兒臂粗的樹枝上，雖一起一伏，卻如腳下生根一般。

習泗等人驚魂未定地仰首望去，只見一縷光線正從枝葉間透過，照在這黑影的臉上。

這是一張沒有任何表情的臉，透著冷酷與無情，給人以高傲的感覺。他的整個身子並不高大，但卻像一株傲立於山巔之上的蒼松，渾身上下透著驚人的力量，巍巍然盡顯王者之風。

「漢王劉邦——」習泗的眼睛情不自禁地瞇了一瞇，不由自主地倒退了一步。

面對著自己搜索無果的目標突然現身，習泗並沒有任何驚喜的感覺，反而多了一股沈重，他明白，真正的決戰開始了。

「我的確是你們一心欲置之死地的漢王劉邦，遺憾的是，我沒有如你們所願，依然好好地活在這個世上。」劉邦的劍已在手，他的目光就像是劍上的寒芒，冷冷地掃視著眼前的敵人。

習泗深深地吸了一口氣，讓自己盡快地冷靜下來道：「你雖是一代王者，但行事鬼祟，行偷襲手段，非王者應該的行爲。所以，你讓我感到失望。」

「哈哈哈……」劉邦發出一陣狂笑，笑聲剛震上林梢，便戛然而止，冷然道：「身爲王者，更應審時度勢，不能意氣用事。我以自己弱小的兵力對付你們強勢的兵力，不用偷襲，難道還等著你們以多凌寡嗎？真是可笑！」

習泗沒有料到劉邦的話鋒亦如劍一般犀利，臉上一紅道：「既然如此，你又何必現身出來？」

「這便是王者與常人的不同。」劉邦傲然道：「當敵我兵力處於均衡的狀態時，再施偷襲，便不是王者應具的風範。」

「如此說來，你欲正面與我大戰一場？」習泗的眼睛陡然一亮。自他入林以來，就一直小心翼翼，緊繃神經，心情十分地壓抑，恨不得與人痛快淋漓地廝殺一場。

「這豈非正是你所期望的嗎？」劉邦揶揄道。

「此話怎講？」習泗怔了一怔。

「因爲只有這樣，你們或許還有一丁點的機會。」劉邦的身體隨著樹枝的起伏在空中晃蕩著，突然腳下發力，借這一彈之勢，整個人如大鳥般俯衝過來。

習泗臉上的神情爲之一窒，當先迎了上去，在他的身後，莫漢與另兩位老者也同時出手。

他們絕不能再讓劉邦逃出他們的視線範圍，因爲他們非常清楚，如果這一次還不能將劉邦留下的話，他們可能就再也沒有什麼機會了。

這絕非虛妄之詞，事實上如果不是劉邦主動現身，他們至今還難以尋到劉邦的蹤跡。

「嘩……呼……」林間的空氣被數道勁流所帶動，生出若刃鋒般的壓力，枝葉絞得粉碎，揚起一道淒迷，散漫在這緊張得令人窒息的虛空之中，使得這空際一片喧囂零亂。

劉邦的劍是那般地快捷，掠出一道淒豔玄奇的弧跡，整個身體猶如無法捉摸的風，從敵人的殺氣縫隙中一標而過，快得就像是一道幽靈。

「叮……噹……」一串金屬交擊聲伴著一溜奇異的火花綻放空中，彷如一曲變異的簫音。

當這一切愈來愈亂時，劉邦的身影一閃間，疾退了七尺。

沒有人知道他爲什麼要退，更沒有人知道他爲什麼要在這個時候退。

要知道他所面對的這四個人都是高手，每一次出手都有十足的氣勢，一旦讓他們形成追擊之勢，必將勢不可擋。

習泗心頭一喜，他知道，這是一個機會。

不管這林中有多少敵人，都顯得已經不太重要了，只要自己能夠將劉邦擊殺，就可以功成身退。

莫漢和那兩名老者的臉上無不露出一絲亢奮之色，顯然，他們也意識到了這稍縱即逝的機會對他們來說是多麼地重要。

所以，他們沒有猶豫，全力出手了。

喧囂的虛空密織著無數氣流，割裂肌膚，令人生痛，四道驚天的殺氣如飛瀑流瀉，攻向了同一個目標——正在飛退中的劉邦！

劉邦退得很快，退到了兩棵大樹之間。

「轟……」就在習泗他們逼近劉邦的剎那，在劉邦左面的一蓬野草叢猛然炸裂開來，帶著泥土的草葉攪亂了每一個人的視線，迷濛之中，一道人影若電芒般掠向最後一名老者。

這是一個意外，一個意想不到的意外。

至少對這名老者來說，應該如此。

所以他在倉促之間應變，向掠至的人影攻擊，「砟……」地一響，他卻聽到了割肉裂骨的聲音。

「呀……救我——」這名老者近乎絕望地慘呼道，一瞬之後，他才明白，對方的劍已經自他的雙膝以下削過，地上多出了兩隻猶在蠕動的腳板。

習泗的心頭寒至極致，絕不是因爲自己同伴的這一聲充滿絕望而恐懼的慘叫，也不是因爲自己的實力又因此受損，而是他突然感到，自己好像陷進了劉邦他們佈好的殺局，就像是幾頭待捕的獵物。

「嗖……」習泗沒有猶豫，手腕一翻，十數顆棋子電射而出，如疾雨般襲向那破土而出的人影。

「叮……叮……噹……噹……」猶如大小珍珠落玉盤，棋子與劍鋒撞擊的聲音帶著一種節奏，一種韻律，響徹了林間，震顫著每一個人的心靈。

那條人影隨即向後彈開，飄出三丈之後如一杆標槍般筆直站立。

然而意外的事情總是接二連三，就在習泗出手的剎那，他同時聽到了自己左側的另一位老者的驚叫。

這聲驚叫撕心裂肺般讓人心悸，就好像在一個淒冷的寒夜裡，他獨自一人走過墳場，卻猛然撞見了一個衝他眨眼的鬼怪一般，極度恐懼之中帶著一種不可思議的感覺。

的確是不可思議，因爲就在這名老者全力向劉邦發出進攻的同時，在他的腳下的泥土裡多出了一雙手。

一雙大手，充滿力度的大手，它緊緊地抓住這名老者的腳踝，以飛速之勢將這拖入地下。

莫漢以極速掠至，那名老者已完全消失，但地面上卻隆起一道凸起的土堆，急劇地上下波動，情形顯得十分詭異。

「呼……」莫漢沒有猶豫，更不憐惜自己同伴的安危，而是揚刀直劈，正劈中土堆的中心。

「轟……」泥土散射，彷若下起一場疾雨，塵土揚起一片，一條人影從泥塵中衝天而出，飄落於三丈開外。

劉邦、紀空手、龍賡三人分立而站，互爲犄角，對習泗、莫漢兩人形成了三角夾擊之勢。

毫無疑問，這無疑是當今天下最具威勢、最完美的強力組合。

第十四章　傾城媚術

城陽經歷了戰火的洗禮，顯得蕭條而凝重，一隊一隊的西楚軍從大街上走過，刀戟並立，氣氛十分緊張，依然透著濃濃的硝煙味道。

東城外的大軍營帳裡，一片肅穆，只有從項羽的主帳中，偶爾傳出一陣「咯咯」的嬌笑聲，伴著項羽的幾聲大笑，讓百里軍營多出了一絲鬧意。

「水中的愛妃，就像是一條白魚，在這迷人的霧氣裡，卻又彷若仙子，我項羽能與愛妃同盆戲水，便再不豔羨鴛鴦，倒要豔羨自己了。」望著沈浮於水霧中半隱半現的卓小圓，項羽由衷地讚道。

兩人泡在一個數丈見方的大木盆中，盆中注入溫水，水中撒上梅花，盆沿四周燃起檀香，的確是一個男女調情的絕妙處。

「大王若記得妾身的好處，就不會讓妾身獨守空閨這數月了。」卓小圓細腰一扭，躲過項羽的大手騷擾，似嗔似笑道。

「這麼說來，愛妃是在責怪本王的無情囉？」項羽一把將之摟入懷中，輕輕地在她的紅唇上碰了一下。

「無情的男人誰也不愛，妾身當然也不例外。」卓小圓吃吃笑了起來，眼兒一挑，極盡媚態。

項羽的雙手從她的背後繞過，托住其胸前挺立而豐滿的乳峰，微微一笑道：「本王可以對天下間的任何女子無情，唯獨對你是個例外，因爲從我們相識的第一天起，你就是我的女人，我也是你的第一個，也是唯一的一個男人！」

「你好壞！」卓小圓雪白的肌膚上突然泛出了一層淡淡的紅暈，螓首深埋在項羽的胸前，不經意間，她的身體擦著了項羽身體最敏感的部位。

「我若不壞，你只怕真的就不愛了。」項羽的呼吸開始急促起來，心裡泛起一絲驚奇而又滿足的感覺。不知爲什麼，他們之間親熱過不下千次，但每一次項羽都能感覺到一種新鮮與刺激。

如此一代尤物，又叫項羽怎不心生迷戀呢？

不過，生理上的變化並未讓項羽的理智徹底淹沒，他雖然此刻正坐擁美人，但思緒卻放在了寒木剛才所說的事情上。

濟陽長街一役中，敵人是田榮的餘黨，這已毋庸置疑了。既然田橫逃脫，那麼齊國的形勢依然不容樂觀，除非將田橫擒獲或擊斃，方算除去了心頭之患。

如此算來，要從齊國撤兵，還需有些時日。當務之急，就是要肅清田榮餘黨，追捕田橫，絕不能讓敵人有任何喘息之機。

但是，在項羽的心裡，田橫並不是他真正看重的對手。他更忌憚的是，那位救出田橫的神祕人物究竟是誰？會有什麼樣的背景？

這個念頭剛剛在他的腦海裡生起，卓小圓就感覺到了他身體上明顯的變化，斜了他一眼道：「大王又想到了另外的女人了，是嗎？」

「我還有其她的女人嗎？」項羽笑了起來，決定先不去想那些煩心的事情，今朝有酒今朝醉，還是先享受一下眼前的情趣。

「楚宮之中，佳麗五百，哪一個不是大王的女人？」卓小圓微哼了一聲，卻將身體與項羽貼得更緊。

「可在大王的眼中，她們加在一起，也抵不過愛妃的一根腳趾頭。」項羽的大手順勢而下，滑向了那溫熱滑膩的女兒私處。

「唔……」卓小圓抓住他的手，搖了搖頭道：「不要！」

正是這欲拒還迎的嫵媚，反而激起了項羽心中的慾火，他猛地翻過身去，借著水波的起伏，整個身體緊緊地壓在了卓小圓的身上。

這如玉般光滑的胴體，在溫水中顯得異常嫵媚，那淡淡的幽香，更讓人陷入一段情迷之中。項羽盯著那沈浮於水中的兩朵白蓮花似的乳峰，再也忍受不住心中的衝動……

一時間整個主帳溢滿春色，呻吟聲、喘息聲和著水波衝擊聲如樂器奏響，在項羽近乎霸道的方式下，卓小圓尖叫著進入了她性愛的高潮。

對於任何一個男人來說，卓小圓無疑是女人中的極品，這不僅是因爲她擁有「幻狐門」的不傳之祕——補陰術，可以讓男人嘗到夜夜見紅的滋味，更因爲她是一個很容易滿足的女人，雖然滿足之後她還要，但卻很容易又得到滿足。

這種女人的確是男人的最愛，因為男人滿足她時，她也同樣滿足了男人——其中包括男人在這方面的虛榮與尊嚴。

天色漸黑。

經過了一番聲勢浩大的水戰之後，項羽鐵打的身軀都感覺到了一絲疲累。當他正想從水盆中跳出時，卻見卓小圓若蛇般的胴體重新纏在了他透著古銅色的身軀上。

「唔……妾身……還要……」卓小圓嬌喘著，媚眼若絲，重新撩撥起項羽身為男人應有的本能。

他一把摟過卓小圓，將之壓在盆浴邊，不住用身體擠壓著她的敏感部位。

水中的梅花打著旋兒，在蕩漾的水波中一起一伏，一點淡紅的顏色在溫熱的水裡顯得十分淒豔，更讓項羽的心裡生出一股強烈的征服感。

他雙手探到她的臀下，緊緊地與自己的小腹相貼相迎，讓她無可避讓，而嘴角微張，輕咬住卓小圓剔透晶瑩的耳垂……

卓小圓被他撩撥得臉色泛紅，神魂顛倒，嘴唇微開，發出咿咿唔唔般銷魂的聲音……

就在項羽便要挺身而上時，卓小圓輕輕地推了他一下，嬌吟道：「好像有人來了。」

「誰敢在這個時候進入大王的主帳？他一定是活得不耐煩了！」項羽輕喘了一口氣道。

「大王不是通知亞父了嗎？」卓小圓剛剛開口，便感到項羽身下的東西起了一絲變化。

「哦，愛妃若不提醒，大王倒差點忘了這事。」項羽的頭腦頓時清醒過來，停止了手上的動作。

卓小圓柔媚地斜了他一眼道：「軍機要事與妾身之間，孰輕孰重，大王當有所選擇，否則為了妾身而耽誤了大王一統天下的霸業，妾身縱是萬死也不足以贖罪。」

項羽深深地看了他一眼，甚是憐惜地道：「這也是大王對你寵愛有加的原因，你能處處爲本王的霸業著想，而不像其她女人那樣爭風吃醋，可見你對本王的愛是出自真心，而不是抱有其他的目的。」

卓小圓的嬌軀微微一震，低下頭道：「妾身只不過是出於人妻的本分，一個女人，終歸要依附一個男人才能成其爲真正的女人。只有大王事業有成，我們這些做臣妾的才能有所依靠。」

「哈哈……」項羽看著卓小圓盡顯女人柔弱的一面，心裡由衷地感到了一股力量在支撐著自己，不由霸氣十足地在她的豐臀上重重捏了一把，道：「本王就衝著愛妃今日所言，可以鄭重向你承諾，只要本王有一統天下之日，便是愛妃你一統後宮三千粉黛之時！」

他言下已有立卓小圓爲后的意思，可見在項羽的心中，已經對她難以割捨。

當項羽一身整齊地走出內帳時，范增已安坐在主帳的一席案几旁。

「亞父幾時到的？」項羽不稱「先生」，而稱「亞父」，是因爲城陽一戰，功在范增的奇計，所以項羽以「亞父」封贈，由此可見，在項羽心中，范增已是他所倚賴，也是最器重的謀臣。

「微臣來了有些時間了，聽說大王正忙，所以不敢打擾，在這裡靜坐想些事情。」范增一直忙於城陽的安撫事務，接到項羽的命令之後，這才自城中匆匆趕來。

項羽似乎聽出了范增話中的弦外之音，臉上一紅道：「亞父應該聽說了一些事情吧，譬如說，前些日子在濟陽，田橫率領一幫高手企圖劫持虞姬。」

「這也正是微臣想向大王說起的事情，此時此刻，正是大王一統天下、成就霸業的最佳時機，萬萬不可因爲沈湎於女色，而使即將到手的霸業拱手讓出，功敗垂成。」范增肅然正色道。

項羽頗顯不以爲然道：「亞父所言雖然有些道理，但萬千人的霸業成敗，怎能繫於一個女人的身上？這未免有些危言聳聽了。對本王來說，在繁忙緊張的征戰之中，偶拾閨中情趣，正是調節心情的一種方式，亞父不會連這點小事也要管吧？」

范增連忙請罪道：「微臣不敢，但是——」

他故意頓了一頓，引起了項羽的注意。

「亞父於我，不僅是君臣，更被本王視同叔伯，有話儘管直說，無須避諱。」項羽看到范增臉上的惶恐，忙安撫道。

「大王既如此說，微臣斗膽直言。」范增捋了一下花白的鬍鬚，沈吟半晌，方壓低嗓音道：「虞姬雖好，可是在霸上之時，曾經有不少關於她的傳言，萬一屬實，只怕於大王不利。」

「啪……」項羽拍案而起，臉色陡然陰沈下來，冷哼一聲道：「江湖流言，亞父豈能輕信？其實早在亞父之前，已有人在本王的耳邊聒噪，本王也就淡然處之，但亞父乃聰明之人，應該懂得，若是那些流言真的屬實，本王還會對虞姬這般寵愛嗎？」

范增打了個寒噤，不敢作聲，對自己所竭力輔佐的霸王，他有著深刻的了解，不僅行事無常，而且比及始皇，暴戾之氣只增不減。當下唯唯喏喏，支吾過去。

項羽見他不再提起虞姬，神色稍緩道：「本王今日將你召來，是想知道是誰救走了田橫。田榮雖死，但羽翼猶在，以田橫的能力，只要有人稍加支持，未必不能東山再起。」

「情形的確如此，雖然城陽一戰我軍大捷，敵軍死傷無數，但仍然有一小部分人保存了完好的戰力。如果我們此時退兵歸楚，不用半年時間，這田橫恐怕就是第二個田榮！」范增曾經詳細詢問過寒木，心裡一直覺得奇怪：當田橫與那位神祕人逃走之時，憑寒木等人的實力，完全可以對敵人展開追擊。可寒木的回答卻是，當他們上了房頂之後，田橫與神祕人竟然消失了。

范增明白，無論速度多快，沒有人可以在那麼一瞬間逃出人的視線範圍，這只能說明，對手早就佈置了一條安全的撤退路線，利用地形環境掩飾自己的行蹤，使得寒木等人根本無心追擊。

如果事實真是如此，那麼這位救走田橫的神祕人必定還有同黨。要想在大雪天裡不留下腳印是不可能的事情，在短短的時間內清除掉這些腳印，非一兩人的努力可以辦到。

那麼這位神祕人是誰呢？在他的背後，又是什麼來頭？

「所以本王才想知道是誰救走了田橫，他的目的何在？」項羽皺了皺眉道。

范增對這個問題想了很久，他也知道項羽一定會提出這個問題，所以早有準備，不慌不忙地道：「此人救走田橫，無非是想輔助田橫，讓他發展壯大，成為我們在齊國的心腹之患，其目的就是要將我們數十萬西楚軍拖在齊國。而我們一旦與田橫的殘存勢力交上手，勢必很難在短時間內脫身，這樣一來，得利的人就只有兩個，他們雖然不能與大王的雄才大略相比，卻是可以對大王構成真正威脅的兩個人！」

他的推測並沒有錯，可是卻忽略了一個人，正因為忽略了這個人，所以推理不錯，結果卻錯了。

因為范增沒有想到，一旦西楚軍陷入齊國的戰火之中，可以從中得利的人中，還有一個紀空手！

項羽也沒有想到，所以他聞言之後，眼睛一亮道：「非劉即韓？」

范增點了點頭道：「劉邦身爲漢王，挾巴、蜀、漢中三郡，進可攻三秦，退可借地勢之利保住根本，乃是大王日後的頭號大敵；而淮陰侯韓信，雖然是因大王的恩賜才得以封侯，卻與劉邦來往密切，這一兩年來發展之快，已成一支任何人都不可小視的力量。倘若這二人聯手，那麼形勢將對我們西楚軍大大不利！」

項羽臉上閃過一絲狐疑道：「如果他們真是有心反叛於我，何以田榮起事之後，他們卻按兵不動，沒有動作？」

「這只因爲，田榮的起事太過突然，完全在他們的意料之外，他們根本沒有心理準備。假若微臣所料不差，只要田榮堅守城陽再多一個月，劉韓二人必然反叛！」范增非常肯定地道。

項羽微一沈吟道：「亞父的意思是說，劉韓二人在田榮起事之初之所以沒有任何動作，不是不想，而是不能，但是他們都看到了這是他們可以出兵的最佳時機，然而田榮敗得太快，打亂了他們的出兵計畫，他們只能按兵不動，等待機會？」

「等待機會？」范增搖了搖頭道：「對劉韓二人來說，等待機會不如創造機會，只要助田橫東山再起，拖住我軍主力，然後他們東西夾擊，大兵壓境，那麼對我西楚軍來說，便是岌岌可危了。」

「亞父說得極是，看來，劉韓二人開始動手了。」項羽的眼中閃出一道如利刃般鋒銳的寒芒，乍射空中，頓使這主帳內一片徹寒。

面對項羽的冷靜，范增知道，項羽的心中已有了對策。

項羽雖然不善於駕馭自己的情緒，喜怒無常，活似暴君，但范增卻明白當項羽冷靜下來的時候，不僅是一個王者，更是一個智者。

一個能夠保持不敗記錄的人，當然不會是一個頭腦簡單的人，項羽可以在群雄並起的亂世中走到今天這個地步，絕非偶然，這本身就可以說明問題。

「劉韓二人既已開始動手，那麼大王呢？」范增微微一笑道。

「我？」項羽淡淡笑了起來：「如果本王要動手的話，目標是誰？應該採取怎樣的方式？」他的心裡似乎有了答案，不過，他更願意聽聽范的高見，以此印證自己的想法。

范增沒有絲毫的猶豫，斷然答道：「只有刺殺劉邦，才可以一勞永逸，永絕後患！」

「爲什麼不是韓信？」項羽的眼中充滿著欣賞之意。

「沒有了劉邦，韓信尚不能單獨對我西楚構成威脅，而劉邦則不同，他不僅是漢王，統轄數十萬大軍，而且種種跡象表明，他與問天樓有很深的淵源。在這個亂世的時代，擁有一大批武功高強的人尤爲重要，在某些關鍵的時候，他們甚至可以扭轉整個戰局。」范增的言語之間不免有一絲惋惜，當日在鴻門之時，若非項羽一意孤行，放走劉邦，今日的天下只怕早就姓項了，他范增無疑便是功勳卓著的開國元勳。

其實鴻門宴上放走劉邦，也是項羽心中之痛，不過他沒有爲此而後悔，因爲處在當時的情況下，劉邦以一種非常的手段博取他的信任，他很難作出殺伐的決斷。

更主要的是，從當時的天下形勢來看，他要統領諸侯滅秦，就不可能失信於天下，這才是他不殺劉邦的主因。否則，就算沒有范增的力勸，他也不可能縱虎歸山。

項羽聽出了范增話中的弦外之音，淡淡一笑道：「亞父的分析一點不差，對本王來說，刺殺劉邦正是本王馬上要採取的行動！」

范增心裡陡然一驚道：「莫非大王已經準備動手了？」

他的心裡不免有些失落，刺殺劉邦無疑是一個重大的決策，項羽居然瞞著他著手開始了行動，這是否說明項羽對他的依賴性有所減弱？

項羽站了起來，緩緩地在帳中踱了幾步方道：「其實早在鴻門之時，本王就有殺人之心，只是礙於當時的時機不對，這才放棄。這兩年來，本王一直關注著劉邦的一舉一動，之所以沒有派人動手，是因爲連本王也無法摸清劉邦的真正實力！」

范增倒吸了一口冷氣道：「難道說大王以流雲齋閥主的身分，尙且不敵於他？」

「那倒不至於。」項羽的眼芒暴閃，渾身上下陡生一股霸氣，道：「就算他武功再高，最多與我也是半斤八兩。本王所想的是，不動則已，動則必取劉邦首級！如果沒有十足的把握，強行動手，萬一失敗，就再無殺他的機會了。」

「大王所慮甚是。」范增沒有想到項羽的心思居然如此縝密，很是欣喜道：「那麼依大王所見，該派何人去執行這項任務最有把握呢？」

「其實你應該猜想得到。」項羽的臉上露出了神祕的一笑。

范增怔了一怔，一臉茫然。

項羽緩緩而道：「亞父與我項家乃是世交，也是從小看著本王長大的，應該深知本王絕非是沈湎美色而胸無大志之人。就算本王是別人眼中的好色之人，也不會爲了圖一時歡娛而讓自己的愛妃千里迢迢趕到軍營。本王之所以將虞姬接到軍營，只是爲了掩人耳目，真正的目的，是想在神不知、鬼不覺地情況下，本王可以脫身軍營，前往南鄭，將劉邦的首級取回！」

項羽的聲音愈說愈低，到了後來，幾如蚊蟻，但聽在范增耳中，卻如一記霹靂，嚇得他驚出一身冷汗道：「大王，如此萬萬不可，您身爲西楚霸王，直統數十萬大軍，豈能爲了一個劉邦而去冒這些兇險？」

「本王豈能不知個中兇險？但若是本王不親自前往，又有誰可擔此重任？」項羽顯得十分沈著冷靜，顯然對計畫中的每一個細節都考慮得相當周全：「滅劉邦，乃是勢在必行，一旦讓他成勢，出兵東進，那我西楚將面臨最大的威脅。到那時，我西楚軍所要面對的就不單單是齊國軍隊，甚至將經受三線作戰的考驗！」

「可是……」范增心裡知道，項羽的擔心絕非多餘，其決策也是唯一可行的辦法，不過讓他一人去冒這種風險，實在牽涉到太大的干係。

項羽看出了范增臉上的關切之情，心裡也有幾分感動，微微一笑道：「沒有可是，本王的行程已定，不可能有任何更改。不過，亞父大可放心，此次隨我前往南鄭的，還有我流雲齋中經武堂的三聖。有這三位前輩高人的保駕，此次行動絕對是萬無一失！」

「三聖？」范增的臉上頓時輕鬆了不少，他與項梁本爲世交，當然清楚此三人的實力。當年大俠荆柯刺秦失敗後，天下間的有志之士從未放棄過刺殺秦王的念頭，而他們卻是唯一幾次都能從秦宮全身而退之人。故此項梁才讓范增千方百計的請三人加入流雲齋，而此三人也以自身的實力助項梁平定了西楚武林。

「最關鍵的一點是我在暗，劉邦在明。當天下人都道本王尚在城陽肅清叛軍餘孽的時候，本王卻悄然到了南鄭。」項羽淡淡一笑道：「所以，在閻王的生死簿上，劉邦的大名已被勾了一筆。」

他很自信，在他的身上，的確有一股常人沒有的霸氣。

◆

漢都南鄭位於沔水之濱，乃是沔水與褒水的河流交匯處。

在劉邦進入漢中之前，南鄭作爲漢中郡府的所在地，就已經極具規模。到了劉邦進入漢中之後，大興土木，鞏固城防，使得南鄭變得易守難攻，固若金湯。

南鄭作爲緊依三秦的戰略重鎭，又是漢王劉邦的建都之地，市面十分繁華。這固然與它緊扼著水陸交通的要塞有關，也與劉邦鼓勵、支援工商的政策大有關係。

劉邦與紀空手、龍賡闖過末位亭後，進入巴蜀，便遇上了蕭何派來的援兵護送。一路上走了十來日，南鄭古城已然在望。

這時蕭何親自率領的先頭部隊在城外十里相迎，數千騎兵擺開陣勢，列隊恭迎。

作爲漢王丞相，蕭何已是今非昔比，漸漸表現出他治理國家的才能，深得劉邦器重。

紀空手自沛縣之後，就再也沒有見過蕭何，今日乍見故人，他的心裡感慨萬千。不過，由於他身分的改變，並沒有將自己的這些情緒流露出來，反而更加收斂自己的言行舉止，以免被人看出破綻。

幾句寒暄之後，繼續上路，一直進入南鄭城。

南鄭城高牆廣築，城廓相連，周圍城壕深廣，氣象萬千，沿途戒備森嚴，每一隊士兵都顯示出極高的戰意。在南鄭城中，籠罩著一股非常緊張的備戰氣氛。

「漢王不愧爲漢王，良將手中無弱兵，有這樣強大的一支軍隊，項羽不敗的記錄只怕就要在你的手中改寫了。」紀空手由衷讚道。

劉邦坐於馬上，兩眼精光閃閃，顧盼生威，聽到紀空手的誇讚，神情不由一黯道：「本王的確有東進之心，可惜的是，本王卻錯失了出兵的最佳時機。」

「此話怎講？莫非事情已生變故？」紀空手大吃一驚。

「城陽一戰，田榮敗了，而且敗得很慘，幾乎是全軍覆滅。」劉邦很是痛惜地道。他所痛惜的不是田榮之死，而是痛惜項羽又少了一個對手。

紀空手沒有說話，田榮戰敗顯然是在他意料當中的事，但他絕沒有想到田榮會敗得如此之快，數十萬大軍竟守不住一座孤城。由此可見，項羽統兵打仗的確有其過人之處，這讓紀空手愈發感到了自己肩上的擔子沈重。

「如此說來，漢王已經不準備東進了？」紀空手輕輕一帶手中的繮繩，勒馬駐足道。

劉邦回過頭來道：「你想走？」

他的眼芒暴射在紀空手的臉上，讓紀空手的心裡爲之一緊。

「漢王既已不準備東進，我留在南鄭也就全無意義了。」紀空手淡淡一笑道。

「不！」劉邦沈聲道：「本王需要你這樣的人才，如果你真的離開了，本王也許才會放棄東進。」

他凝神看了一眼紀空手，這才緩緩接道：「經過這段時間的相處，我發現你與龍兄都不是甘於寂寞的人，夜郎雖好，卻容不下你們這兩條蟄伏池中的蒼龍，只要給你們一個機會，你們就會騰雲於萬里長空，呼風喚雨，叱吒天下。而且，也是最重要的一點，就是我需要你們這樣的朋友！」

這的確令人感動，也讓人感覺到其話中的真誠是發自肺腑。如果站在劉邦面前的人不是紀空手，也許會為遇上劉邦這種明君而感動不已。

可惜的是，聽者是紀空手，他太了解劉邦了，當劉邦將一個人當成朋友時，只不過證明你對他還有一些利用價值。以劉邦的為人處事，他根本就不會把任何人視為永久的朋友。

「好！就衝著你這句話，我們留下！」紀空手表現得非常激動，猛地點了點頭。

進入南鄭之後，便見這南鄭比之咸陽雖然規模不及，但繁華有餘，城內街道之寬，可容十匹馬並肩齊行。大街兩旁店鋪林立，商業發達，人流如織，卻井然有序，可見在劉邦的統治之下，一切都顯得生機蓬勃。

在衛士開道下，大隊人馬通過一段熱鬧的大街，來到了以原有的漢中郡府為基礎而擴建的漢王府前。

漢王府巍峨矗立於長街的盡頭，府前有一個占地數百畝的廣場，高牆環繞，古木參天，三步一崗，五步一哨，戒備極爲森嚴。

紀空手與龍賡被安排在府中的一座宅院中，這裡的環境清幽，很適合於像陳平這種棋士的清修。爲了讓紀、龍二人感到舒適，劉邦還專門派了十二名千嬌百媚的美婢前來貼身侍候。

紀空手並沒有刻意推辭，因爲他心裡明白，這十二名美女中，必有劉邦安插的耳目。

經過一番梳洗過後，紀空手精神爲之一震。

他終於進入了劉邦權力的心臟——漢王府！

可奇怪的是，他的心裡並沒有多麼地興奮，多麼地緊張。

雖然他心裡清楚，只要自己一步走錯，就將永遠要葬身於此。

在這個世界上，本就有一種天生喜歡冒險的人，在平時的時候，他也會爲了一點小事而哭而鬧，甚至表現得緊張焦慮。可是當他面臨真正危險的時候，他反而會變得非常冷靜，就像是一頭冷血的野狼。

紀空手無疑就是這種人，所以當劉邦領著一個人進來的時候，他看見紀空手正在與一位美女打情罵俏，一隻大手還停留在那位美女傲挺的豐臀之上。

「哈哈哈……」劉邦笑了起來，道：「男人好色，英雄本色，看來陳爺雖然潛心棋道，美女當前，卻依然不能免俗啊！」

紀空手忙與龍賡起身恭迎，當他看到劉邦身後之人時，心裡不禁「咯噔」了一下。

來者竟是身爲大將軍的樊噲！他與紀空手一向頗有交情，劉邦叫他來此，莫非是對紀空手的身分已有所懷疑？

「這位是……」紀空手眼中的樊噲，依然沒有任何改變，好像這兩年來的時間並未在他的臉上留下多少痕跡。

「在下樊噲，忝爲漢王帳下的東征大將軍，見過陳爺、龍爺。」樊噲說起話來就像是一陣風，顯得乾淨俐落。

他刻意將「東征大將軍」這幾個字說得異常清晰，似乎是在向紀空手表明，東進伐楚並不是停留在紙上的計畫，而是正按部就班地進行著。

紀空手笑了一笑道：「久仰大名，我聽說將軍正率領十萬大軍搶修通往三秦的棧道，何以又到了南鄭？」

樊噲怔了一怔道：「陳爺怎麼知道這個消息？」

紀空手道：「我就是不想知道也不行，像你們這樣大張旗鼓地修復棧道，是否想迷惑章邯？因爲稍具土木知識的人都懂得，這數百里棧道，全在地勢險峻之中，沒有三年的時間根本不可能修復。」

樊噲望了劉邦一眼，沒有作聲。

「你很聰明。」劉邦淡淡一笑道：「本王之所以要修復棧道，其意的確是想迷惑章邯，而我東征的線路，將另闢蹊徑，唯有這樣，才可以做到出其不意，在最短的時間內搶佔三秦之地。」

「那麼，我能爲此做些什麼呢？」紀空手請戰道。雖然他的心裡非常清楚，劉邦前往夜郎真正的目的是爲了如何才能取到登龍圖的寶藏。

「你什麼也不用做。」劉邦的回答出乎紀空手的意料：「這三天之內，你將由樊將軍陪同一道，盡情地領略我南鄭風情，三天之後，你們夜郎國的第一批銅鐵將運抵南鄭，我們將對這批銅鐵的價值進行估算，然後再以貨易貨，等價交換。」

紀空手明白在沒有完全取得劉邦的信任之前，劉邦是不會將登龍圖寶藏的事宜和盤托出的，所以這三天絕不會如劉邦所說的那麼輕鬆悠閒，而是其刻意爲自己設下的一個局，其中必定有種種試探與考驗。

「既然如此，那我就樂得清閒。」紀空手非常平靜地道。

劉邦凝神看了他一會，淡淡而道：「我原以爲，你一定會感到詫異。既然我親自去夜郎將你請來，就一定有重要的事情交給你，爲什麼又讓你去忙活這些破銅爛鐵的事情呢？」

紀空手道：「我雖然嘴上沒說，可心裡正是這樣想的。」

「在城外的大營裡，現在已經聚齊了巴、蜀、漢中三郡的所有優秀工匠，共有一千七百餘眾，其中不乏經驗豐富的鑄兵師。如果這些人從現在起開始做工，忙活一年，可以保證我漢軍數十萬人的全部裝備。」劉邦緩緩而道。

「這麼說來，東征將在一年之後進行？」紀空手怔了一怔道。

「如果沒有意外的事情發生，據最保守估計，我漢軍也需要一年的時間來準備。可是，我剛剛接到了一個消息，說是齊國那邊的事情又有變故，假如一切順利的話，三月內，東征可行。」劉邦的臉上終於露出了一絲笑意，因爲他心裡清楚，如果東征在一年之後進行，隨著項羽勢力的擴張，會使東征變得愈加艱難，勝率也會大大地降低。

「齊國那邊又發生了什麼變故？」紀空手心裡一陣激動，他隱約猜到，這變故也許與他的洞殿人馬有關。

「城陽一戰，田榮雖死，但他的兄弟、大將軍田橫卻逃了出來，聽說正在琅邪台召集舊部，繼續抗楚。只要他的聲勢一起，勢必會拖住西楚大軍，讓他們撤兵不得。到那時，我們的機會就來了。」劉邦說到這裡，整個人不自禁地流露出些許的亢奮。

紀空手想到了他留給紅顏的三個錦囊，淡淡一笑，心中卻對五音先生多出一股崇敬之感。這三個錦囊之中，其實都是五音先生生前的智慧，想不到在他死去之後還能派上用場，可見高人風範，不同凡響。

「就算田橫能夠拖住項羽大軍，可是軍隊的軍備卻需要一年才能完成，漢軍在三月內又如何可以東征呢？」紀空手道。

「所以我根本就不靠這批銅鐵與匠人，而是另有裝備軍隊的計畫。這批銅鐵與匠人，就像我們修復棧道一樣，其實都是一個障眼法，取到迷惑敵人、麻痹敵人的作用，讓章邯和項羽都以爲我軍若要東征，至少還需一年時間的假像。」劉邦信心十足地道。

紀空手微微一笑道：「而且爲了使整個效果更加逼真，我們還要故意弄得煞有其事的樣子，讓這些消息傳到項羽與章邯等人的耳中，使他們相信漢軍在短時間內並無東征的能力。」

「你說得很對，這也是我爲何要在三天之後前往軍營與你就銅鐵貿易權談判的原因。只有我們鄭重其事地把這件事情辦好，才可以欺騙對方那些眼線耳目的眼睛。」劉邦得意地笑了一笑。

紀空手不得不承認劉邦的計畫十分周全，幾乎考慮到了每一個細節。然而，現在最關鍵的問題，似乎並不在南鄭，而應該在琅邪台的田橫。他是否可以迅速召集舊部，成爲一支新的抗楚力量，這無疑決定了劉邦最後是否能完成東征。

劉邦對天下形勢的發展把握得極有分寸，更對各方的實力有著非常清晰的認識。如果沒有田橫爲他吸引住西楚軍的大部主力的話，他是絕不會輕言東征的。

這一點從他與項羽分兵進入關中一事就可看出，當時若非項羽率部拖住了章邯的秦軍主力，他劉邦憑什麼可以只率十萬人馬進入關中？

這也正是劉邦的狡猾之處！

「不過，你是否想過，如果項羽知道了田橫在琅邪台召集舊部的消息，他會無動於衷、任其所爲嗎？而且，就算田橫召集到了舊部，他又能在項羽面前支撐多久？」紀空手的眉頭一皺道。

「這些我都不知道，也不想知道。」劉邦所言出乎紀空手的意料之外，不過劉邦緊接著說了一句很富哲理的話，讓紀空手的心中一動。

「我只知道，謀事在人，成事在天，天若不讓我劉邦得此天下，我百般努力也是徒勞！」

◆

琅邪台在琅邪山頂。

琅邪山在大海之濱。

綿延百里的山脈橫亙於平原之上，使得山勢愈發險峻，密林叢生，的確是一個可容人藏身的好去處，更是一個易守難攻的絕妙之地。

田橫正是看中了這一點，所以才會選中這裡來作爲他起事的地點。在經過了非常周密的佈置與安排之後，琅邪台已成爲他抗楚的根本之地。

在短短的數天時間裡，從齊境各地聞訊趕來的舊部已達萬人之數。在扶滄海的大力支持下，琅邪台上不僅有充足的糧草，更有一批綿甲兵器，足夠讓五萬人使用。

五萬人，是田橫起事需要的最起碼的兵力，只有達到這種規模的兵力，才足以保證攻下一郡一縣。按照目前的這種勢頭，只要再過半個月，這個數目並不難湊齊。

不過要想得到五萬精銳，著重在於整編人員，肅清軍紀，配以有素的訓練。這一切對於田橫來說，可以說是出自手上，並不陌生。有了幾位將軍的輔助，使得琅邪台上一切都顯得井井有條，緊然有序。

而扶滄海與車侯所帶的一千餘名洞殿人馬，其主要職責就是負責琅邪山的安全，嚴防奸細的透入，並對前來投靠的齊軍將士給予周到的照顧。

自項羽率部攻克城陽之後，不僅焚燒齊人的房屋，擄掠齊人的子女，而且殺戮無數，犯下累累暴行，引起齊人公憤。所以當田橫登高一呼，重豎大旗之後，消息傳開，不少跟隨田榮的舊部蜂擁而至，使得這一向清靜的琅邪山熱鬧不少。

琅邪山腳下的琅邪鎮，本是一個僻靜的小鎮，不過數百戶人家，一向冷清得很，可是在這段時間裡，卻變得一下子熱鬧起來了。

這只因爲，它是出入瑯邪山必經的一個路口，每天總有一大批百姓和江湖人出入其中，想不熱鬧都不行。

在鎭口的一家酒樓裡，坐滿了一些遠道而來的江湖客，這些人既不同於投軍的百姓，也不同於歸隊的齊軍舊部，他們都是從遠道慕名而來，其中不乏武功高強之士，絕大多數都是來自於江湖的抗楚志士。

他們之所以待在這家酒樓裡，是因爲這是全鎭上最大的酒樓，坐個五六十號人也不嫌擁擠；還因爲在這家酒樓的門外，寫了一行大字「江湖好漢，入內一坐」。

他們既然自認爲自己是江湖好漢，當然就沒有理由不進入坐坐。何況裡面管飯、管酒，再泡上一壺濃濃的香茶，那滋味倒也讓人逍遙自在，說不出的舒服。

也有一些閱歷豐富的老江湖，踏入門來就問掌櫃，這才知道原來這是山上定下的一個規矩，爲了不埋沒人才，凡是自認爲身手不錯的好漢都可進樓歇息。到了下午時分，山上便來一幫人，對樓中的每一個客人逐一考校，擇優錄用。

當然，這其中也不乏濫竽充數者，不過，大多數人都心安理得地享用這種待遇，而且，信心十足地等著山上來人。所謂真金不怕火煉，沒有幾下子，還真沒有人敢跑到這裡來混吃混喝。

這不，午時剛過，又進來了十七八個江湖豪客。可奇怪的是，他們明明是一路而來，但一到鎭前，就自動分成三路，相繼進了這家酒樓。

第一撥人只有兩位老者，個子不高，人也瘦小，一進門來，眼芒一閃，誰都看出這兩人都是不好惹的角色。

他們走到一張靠窗的桌前，那原來坐著的人還沒明白是怎麼回事，就被扔出窗外，騰出的座位空著，兩老者也就老實不客氣地坐了下來。

第二撥人顯然要低調得多，七八個漢子看看樓裡沒有空座，都閒站在大廳中，倒也悠然自得。不過，只要是稍有見識的人就可看出，這七八人看似隨意地一站，其實已佔據了這整個酒樓的攻防要位，一旦發動，可以在最短的時間內控制局面。

第三撥人卻連門都沒進，三三兩兩分站在酒樓外的空地上，不時地聊上兩句。乍眼看去，還以爲他們都是這鎮上的老街坊，閒著沒事在一起瞎聊呢。

他們的行跡雖然詭異隱密，但這一切仍然沒有逃過一個人的眼睛。這是一個五十來歲的老者，普普通通，就像是一個常年耕作於田地的老農，坐在靠窗邊的一個角落裡，絲毫沒有引起任何人的注意，但是他看似無神的眼眸中偶露一道寒光，說明此人絕非是等閒之輩。

這人是誰？這些人又是誰？

沒有人知道，但稍有一些江湖閱歷的人，已經感受到了這酒樓裡的那股緊張沈悶的氣氛。

山雨欲來風滿樓，也許正是這小鎮酒樓此時的寫照。

時間就在這沈悶中一點一點地過去。

眼看快到約定的時間了，一陣得得的馬蹄聲由遠及近，隱隱傳來，引起了酒樓一陣小小的騷動。

誰都想看看掌握自己命運的人是誰，畢竟他們在心裡猜測了許久，都沒有一個固定的答案。然而，他們知道一點：來者既然是爲考校他們的武功而來，其修爲就絕不會弱！

「希聿聿……」一彪人馬如旋風般來到酒樓門前，從馬上下來十數位矯健的漢子，當中一人，手握一杆長槍，英姿勃發，正是扶滄海。

他沒有跨入酒樓，而是站在門外的空地上，冷冷地向酒樓裡望了一眼。

這已是選拔精英的第四天了。自從他幫助田橫在琅邪台豎起抗楚大旗以來，不少江湖人士也紛紛加入，針對這種現象，爲了不讓義軍出現魚龍混雜的情況，也爲了避免讓一些江湖好手埋沒在一般戰士之中，扶滄海與田橫商量之後決定，在義軍的編制之外另外成立一支「神兵營」，專門吸納一些江湖中的有志之士，成爲義軍中的王牌精銳。

一連數天，經過嚴格的考校，已有兩百餘人成爲了神兵營的首批將士。爲了避免其中有西楚軍的奸細滲透，扶滄海還制訂出一套非常嚴謹而詳細的程式，以考驗這些將士的忠心。

不過今天，當他再次來到酒樓前的時候，不知爲什麼，他的心裡隱隱感到了一絲凶兆。因爲，他在來之前就已經接到了自己人的密報，說是有一批西楚高手奉令前來琅邪山，準備對田橫實施刺殺行動。

這其實早在他的意料之中，項羽能夠不敗的一個很重要的原因，就是利用流雲齋在江湖中的勢力，在兩軍對壘之前派出大批高手行刺對方的主帥，或是統兵的將領，以達到讓對方不戰而亂的目的。

扶滄海深知項羽慣用的伎倆，所以派出洞殿中數十名精英對田橫實施晝夜保護，而且爲了保險起見，他必須在考校每一名江湖好手的時候有所篩選。

按照行程與時間推算，這批西楚高手應該在今天到達。扶滄海當然不敢有任何大意，所以在做了大量的精心佈置之後，他終於現身了。

「各位都是來自五湖四海的朋友，今天能夠來到琅邪，與我們共舉抗楚大旗，是我們大齊的榮幸！不過，家有家法，軍有軍規，想必我們的規矩諸位也都清楚，我在此也就不多說了，還是那句話，只要你有真本事，只要你是真心抗楚，我們就真心地歡迎你加入我們的大軍。」扶滄海面對酒樓，深吸了一口氣，這才緩緩地道。

他的嗓門不高，音量也不大，但隱挾內力，使得樓中的每一個人都聽得異常清晰。當下從樓中出來八九個人，舞刀弄棒一番，然後肅立一旁。

扶滄海的目光並沒有著重放在這幾個人的身上，而是更多地放在了站在酒樓外的那七八人的身上。

他一眼就看出這七八人的神色有異於常人，不過，他不動聲色，直到第三批人通過了考校，他才衝著他們其中的一人笑了笑道：「你也是來從軍的吧？」

「是。」那人也笑了笑，恭聲答道。

「那麼你爲什麼不下場試試？」扶滄海的聲音不大，卻有一種讓人無法抗拒的威儀。

「其實你應該看得出來，我已不用試。」那人的聲音雖冷，臉上卻笑得嫵媚。

「哦？」扶滄海有些詫異地道：「你莫非以爲自己的武功遠在這些人之上，所以，就要特殊一些？」

他的話聽在那些已經經過考校的那班人耳中，著實不舒服。這些人無不將目光投在那人的身上，臉上大不以爲然。

「我的武功好不好，你一眼就該看得出來，在高手的眼中，即使我不出手，你也可以看出我武功的高低。」那人的眼中暴閃出一道寒芒，往那些人臉上一掃，頓時封住了眾人的嘴。

扶滄海淡淡一笑道：「我看不出來，不過，我手中有槍，你是不是高手，一試便知！」

那人哈哈一笑道：「可是刀槍無眼，且無情，萬一傷著了閣下，我還能上山入夥嗎？」

「你若真能傷得了我，我這個位置就讓你來坐，所以你不必擔心，更不要有什麼顧慮，儘管放手一搏！」扶滄海顯得十分平靜地道。

「好！」那人的話音未落，他腰間的長刀已出。

一道冷風竄起，快得讓圍觀的人群發出一陣驚呼。

但扶滄海並沒有動，直到這冷風竄入他七尺範圍之內。他身子滑退數尺，讓過刀鋒，喝道：「且慢，我已知道你是誰了！」

那人身軀一震，刀已懸於半空。

「我是誰？」那人神情一怔道。

「你是江南快刀堂的人。從你出刀的速度來看，已是快刀堂中的佼佼者。」扶滄海出生南海長槍世家，對江南武林瞭若指掌，是以話一出口，那人竟然沈默不語。

「聽說快刀堂的人一向孤傲，喜歡獨行獨往，今日見到仁兄，方知江湖傳言，不可盡信。你既然有心加入我們抗楚大軍，那就請吧！」扶滄海指了指上山的路，拱手道。

「你是誰？何以能從我出刀的速度上看出我的來歷？」那人緩緩地將刀歸入鞘中，忍不住問了一句。

「你應該從我手中的兵器上猜到我是誰。」扶滄海淡淡一笑，突然間手腕一振，槍尖幻出千百朵花般的寒芒，存留虛空，瞬間即滅。

「你，你是……」那人陡然驚道。

「不錯，我就是南海長槍世家的扶滄海！」扶滄海此言一出，四座皆驚。

當年登高廳一役，扶滄海一戰成名。

隨著紀空手的息隱，他也歸於沈寂。

誰也沒有想到，數年之後，他會出現在齊國的琅邪山，支持田橫豎起抗楚大旗。

這無疑是一個信號，向天下人傳遞著一個重要的消息：紀空手又出山了，這一次，他意不在江湖，而是天下！

扶滄海在這個時候傳出這樣的一個資訊，無疑是經過精心策劃的舉措。

◆

送走了第一批錄用的江湖人士，在酒樓裡，尚剩下三四十人。當扶滄海帶領隨從踏入門中時，他立刻成爲了眾人目光的焦點。

他無法不成爲別人目光的焦點，人之名，樹之影，他往人前一站，便如傲立的蒼松，平添一股無形霸氣。

不經意間，他的身軀若山般擋住了整個廳框。

這間酒樓擺放了十幾張桌子，整齊而有序，開了四五扇窗戶。此刻雖然天近黃昏，但陽光透窗櫺而入，使得店堂裡並不顯得暗淡。

扶滄海第一眼看去，就注意到了靠窗前的那兩名老者，只見兩人神情孤傲，對斟對飲，似乎根本就沒有留意到他的進來。

「哈……怪不得今天我下山時眼睛直跳，敢情是有貴客光臨，稀客呀稀客，兩位可好啊？」扶滄海的眼睛陡然一亮，大步向那張桌子走去。

那兩位老者依然是我行我素，並不理會。等到扶滄海走至近前時，其中一老者才微眯著眼睛，有些不屑地道：「莫非你識得我們？」

「不識得。」扶滄海的回答顯然出乎所有人的意料之外，看他剛才打招呼的樣子，誰都以爲他與這兩個老頭的交情絕對不淺。

「你既不識得我們，憑什麼過來打招呼？」那老者冷哼一聲，心裡似有些生氣。

「不憑什麼，就憑你們腰間的兵器！」扶滄海淡淡一笑道。

那兩老者身子微微一震，同時將目光射在了扶滄海的臉上道：「我們的兵器既在腰間，你又怎能看出我們所使的是何種兵器？」

「我不用看，只憑感覺。」扶滄海笑了一笑道：「因爲我一進來，就感覺到了你們腰間所散發出來的殺氣。」

那兩名老者的臉色同時變了一變，其中的一位老者有些不自然地笑道：「殺氣？殺誰？我們不過是路過此地，進來喝一杯酒而已，你卻跑來大煞風景。」

「哦，原來你們不是上山入夥的江湖朋友，那可真是有些可惜了。」扶滄海淡淡而道：「母弓子箭，七星連珠，一旦出手，例無虛發。像兩位這般高人，不能爲我所用，豈不是讓人感到遺憾得很嗎？」

「你恐怕認錯人了。」那兩老者神色一緊，握著酒杯的手已然不動。

「人也許會認錯，可你們身上的這股殺氣不會錯。且二位的一舉一動，無不流露出弓和箭的痕跡，也讓我肯定了自己的推測！」扶滄海的聲音一落，店堂裡的空氣瞬間變得緊張起來，每一個人都感受到了強烈的窒息之感。

這兩位老者的確是母弓維陽與子箭歐元，他們是同門師兄弟，以他們師門獨有的方式將弓與箭的運用演繹得淋漓盡致，別具一格，在江湖上大大有名。此刻聽到扶滄海揭穿了他們的身分，雖驚不亂，顯得更加沈著冷靜。

「你既然證實了我們的身分，就不該還留在這裡，你也不想想，若是沒有十足的把握，誰敢來到此處？」維陽的眼睛一瞇，眼芒如針般射在扶滄海的臉上。

「這麼說來，你們是有備而來？」扶滄海的聲音極爲冷淡，好像沒有感到身邊潛伏的危機一般。

「你不妨回過頭看看。」維陽冷哼一聲，臉上閃出一絲得意之色。

扶滄海沒有回頭，卻聽到了身後那錯落有致的腳步。他感覺到自己與隨從正被一群人包圍著，就像是踏入了一張大網之中。

只要是稍有經驗的人就可以看出，當扶滄海一踏入酒樓之時，有一撥人就在不經意間移動著腳步，當有人意識到這種情況的時候，這一撥人已經佔據了這酒樓之中最有利於攻擊的位置。

這一撥人只有八個，卻像八隻結網的蜘蛛，牢牢將扶滄海與他的十數名隨從控制在網中，只要網中的獵物一有妄動，必將遭至最無情的打擊，甚至是一場毀滅性的災難。

毫無疑問，這一撥人都是擅長實戰的高手，因爲只有高手才能懂得怎樣控制全局。

然而，扶滄海的鎮定卻出乎了維陽與歐元的意料。他似乎並沒有意識到自己正處於危險的中心，反而淡淡一笑道：「我不用再看，就能感受到他們的存在。」

「那麼你現在是否還會認爲我們狂妄呢？就算我們狂妄，也是建立在一種強大的自信與實力之上。同時，我們也絕不會低估任何一個對手。」維陽的眉間沛然生出一絲傲意，看著自己帶來的殺手們傲立於這群江湖人中，他似乎看到了勝利。

其實，當他聽到扶滄海在門外說出自己的名字時，他就感覺到自己立功的機會來了。就在他們出發之前，范增就猜到在田橫的背後，必定有一股勢力支持，否則，田橫絕不可能在這麼短的時間內東山再起。

這股勢力究竟是什麼背景？范增無法知道，所以他要求維陽務必在擊殺田橫的同時，摸清這股勢力的底細。

現在既然證實了這股勢力是來自於紀空手方面，維陽就覺得自己已經完成了大半的任務，如果能夠順利將扶滄海這一撥人一網打盡，那麼，對於維陽來說，此次琅邪山之行，就實在再圓滿不過了。

至於田橫的生死，倒成了次要的問題，因爲維陽深信：如果連大樹都倒了，那獼猴還能不散嗎？

「我相信你所說的都是事實。」扶滄海笑了，是一種淡淡的笑。在維陽看來，一個人還能在這種情況下笑得出來，是需要勇氣的，但更讓他吃驚的，還是扶滄海下面的這句話：「不過，這必須在一個前提之下，那就是他們要有足夠的時間能夠出手！」

「你認爲他們無法出手？抑或是，他們連出手的機會也沒有？」維陽覺得扶滄海的話未免太幼稚了，他應該知道，這八個人都是實力超群的高手，瞬息之間，可以結束一場戰局。

但扶滄海居然點了點頭，道：「是的，當他們成爲另一種人的時候，這種情況就會發生。」

「哪一種人？」維陽忍不住問道。

「死人。」扶滄海的話音一落，驚變在瞬息間發生了。

無論是扶滄海，還是他身邊的隨從，他們都沒有動，動的是那八名殺手身邊的江湖客。

這些散落在店堂外的江湖客，每一個人都普普通通，毫不起眼，就像他們手中的刀，通體黝黑，很難讓人覺察到它的鋒刃。

但它的的確確是殺人的兇器，而且不止一把，它不僅快，且又狠又準。當這些刀襲向那八名殺手的時候，就像是一條條正在攻擊的毒蛇，顯得十分的突然。

在刀與刀之間，各有間距，卻相互配合，三四個人形成一組，構成一個近乎完美的殺局。

《滅秦⑥》完

請續看《滅秦⑦》

滅秦 6 【珍藏限量版】

作　者：龍人
發行人：陳曉林
出版所：風雲時代出版股份有限公司
地址：10576台北市民生東路五段178號7樓之3
電話：(02) 2756-0949
傳真：(02) 2765-3799
執行主編：劉宇青
美術設計：許惠芳
業務總監：張瑋鳳
出版日期：2024年7月新版一刷
版權授權：蔡雷平
ISBN ：978-626-7369-94-4
風雲書網：http://www.eastbooks.com.tw
官方部落格：http://eastbooks.pixnet.net/blog
Facebook：http://www.faccbook.com/h7560949
E-mail：h7560949@ms15.hinet.net
劃撥帳號：12043291
戶名：風雲時代出版股份有限公司

風雲發行所：33373桃園市龜山區公西村2鄰復興街304巷96號
電話：(03) 318-1378　　傳真：(03) 318-1378
法律顧問：永然法律事務所 李永然律師
　　　　　北辰著作權事務所 蕭雄淋律師

行政院新聞局局版台業字第3595號 營利事業統一編號22759935

定價：340元　　

國家圖書館出版品預行編目資料

滅秦／龍人 著. -- 二版 -- 臺北市：風雲時代出版股份有限公司, 2024.05 冊； 公分.
ISBN : 978-626-7369-94-4（第6冊：平裝）

857.7　　113002954

有華人的地方就有

龍人的作品